내 안의 사람들

내 안의 사람들

김춘권 산문집

사단법인 한국소설가협회

　참으로 오랜만에 독자들과의 해후를 생각하니 가슴떨리는 설레임과 기쁨보다는 왠지 첫사랑의 고백을 받고 수줍음에 몸둘바 몰라 얼굴이 홍시처럼 붉어지는 산처녀의 그 화끈거림보다 더한 내 얼굴의 붉어짐은 무슨 까닭에서일까?

　이제나 저제나 독자들과의 친숙한 만남을 늘상 염두에 두고 있었으면서도 실천치 못한 가장 큰 이유는 아마도 옹골차지못한 나의 눅진함 때문임을 후회한들 무엇하랴. 모름지기 작가란 독자들과의 끊임없는 대화의 지속성이 제일의 덕목이며, 책무일진대, 나는 내 어리석음의 부끄러움을 이제야 깨닫게 되었으니 어찌 한심하다하지 않을쏘냐.

　이제 지난 시간의 아쉬움으로부터 탈출을 위한 분발을 촉구하며, 가일층 채찍질을 가해야할 때가 바로 지금이 아닌가 싶다.

　덧붙여 원고를 맡아주신 한국소설가협회의 김성달 주간님께 감사드리며, 독자 여러분들의 성원과 격려를 바랄 뿐이다.

2023년 3월
먼동이 트기 전 이른 새벽에
평택 고덕에서,
김춘권 씀.

차 례

작가의 말

내 안의 사람들

이불에
지도 그린 남자

「눈물도 한숨도 나 혼자 씹어 삼키며 밤거리에 뒷골목을
누비고 다녀도 사랑만은 단 하나의 목숨을 걸었다. 거리의 자
식이라 욕하지 마라」

1964년, 추억의 가수 최희준의 목소리로 전국에 울려 퍼진 영화
〈맨발의 청춘〉의 주제곡이다.

당시의 젊은이들치고 이 노래를 불러보지 않은 사람이 없었을
것이며 영화 500여 편에 출연한 톱스타 신성일의 대표작이라 할
만큼 유명한 이 작품을 쓴 시나리오 작가가 바로 서윤성이다.

그는 1956년 현대문학에 소설 「사형수」가 추천되면서 작가의
길을 걷게 되어 잡지사와 신문사, 그리고 영화계에 종사하면서 소
설보다는 시나리오와 방송극 집필에 몰두하게 된다.

1963년 시나리오 「사나이의 눈물」을 내놓으면서 「떠날 때는

말 없이」,「위를 보고 걷자」,「용사는 살아있다」,「말띠 신부」,「섬 마을 선생님」,「위험한 여자」,「고교 결전」,「자! 지금부터야」 등을 비롯해서 40여 편의 오리지널 시나리오를 발표하면서 시나리오 작가협회 부회장을 역임하기도 하였다.

그는 약간 살이 붙은 체격에 성격이 호방하고 인성이 부드러운지라 주변에 사람들이 자주 모였으며 또한 잘 어울리기도 하였다.

80여 명에 이르는 시나리오 작가들 중에 극히 일부인 몇 명을 제외한 모두가 술을 좋아했는데 그중에서도 그는 유독 남달랐다.

마셨다 하면 인사불성이 된 예가 한두 번이 아니었다.

「막내야, 오늘 한잔하고 내려가!」

협회의 정기총회가 끝나기가 무섭게 선배님이 나한테 하는 말이었다.

「저 술 못하는 거 아시잖아요.」

「그럼 안주 먹으면 되잖아.」

「안줏값이 더 나올 텐데요.」

「괜찮아! 이번 술은 조흥일이가 사는데 「월남에서 돌아온 김상사」 원고료가 나왔대.」

「선배님 말씀은 고맙습니다만, 전 내일 새벽에 현장엘 나가야 돼요.」

「그래? 그럼 할 수 없지. 그건 그렇구 너희 집은 다 지었니?」

「곧 끝나갑니다.」

「내가 왜 묻는지 알지?」

「알다마다요. 집들이 날짜 정해서 연락드릴 테니 내려들 오십
시오.

「알았어, 알았다구!」

뭔가 만족해하는 선배님의 표정을 읽으면서 나는 그 자리를 떠
났다.

어슴푸레한 어둠이 깔리기 시작한 저녁나절이었다.

포근한 날씨였지만 배꽃처럼 하얀 눈송이가 꽃잎처럼 사뿐사
뿐 내려앉은 거리엔 전파사의 스피커에서 흘러나오는 크리스마스
캐롤송이 아기 예수의 탄생을 축복하듯 거리는 한층 들뜬 기분이
었다.

오늘은 서윤성 선배님을 비롯해서 몇 분이 더 오시기로 약속된
날이었다.

수개월에 걸쳐 짓기 시작한 집이 완공되어 집들이를 하는 날이
었다.

나는 내려오는 그들이 협회에서 소문난 술고래들이란 사실을
진즉부터 알고 있는지라 혹시 모를 불상사에 대비하기 위해 상비
약을 구입하려고 근처의 절친한 형님이 운영하는 약국엘 갔다.

그곳엔 평소에 친분 있는 고등학교 교사인 정형순 선생님과 진
우석 선생님이 와있었다. 그들은 약국 형님과는 고등학교 동창생

인 관계로 오늘도 자주 만나는 날 중에 하루일 거라는 빠른 생각
이 머릿속을 스치는 순간 환하게 웃는 정 선생이 나에게 손을 내
밀며 악수를 청했다.

나는 허릴 굽히며 두 손을 내밀어 화답했다.

「요즘도 바쁘지?」

미처 인사할 틈도 주지 않고 나를 향한 진 선생님의 물음이 먼
저 나왔다.

「덕분에 여전합니다. 헌데 형님과 선생님들은 자주 만나시네
요. 남들이 부러워할 만큼요.」

「그래? 오늘은 곗돈을 주러 왔어. 이 사장 사모님이 계주거든…」

「이번 곗돈은 얼마야?」

정 선생이 약국 주인 이 사장에게 묻는 말이었다.

「난 모르지. 끝번까지 와서 액수가 좀 많을 건데. 조금 기다려
봐! 우리 안식구 곧 올 테니까.」

하며 그는 진열장에서 박카스를 꺼내 나와 두 선생님들에게 따
주기까지 하였다.

「뭐 약 지을려구?」

나를 보며 이 사장이 물었다.

「네, 숙취에 좋은걸루요.」

「술도 못하는 자네가 숙취용이라니?」

이해가 안 간다는 듯 의아하게 물었다.

「서울에서 선배님들이 몇 분 내려오시는데 워낙 주당들이라서요.」

「자네 선배님들이라면 작가 선생님들이 온단 말인가?」

반응 빠른 정 선생의 물음이었다.

「네. 우리 집들이 겸 송년회를 겸해서 술 한잔 대접하려고 오시라고 했습니다.」

「그래 몇 분이나 오시는데?」

이번엔 진 선생이 물었다.

「연락 온 걸 보니까 네 사람이에요.」

「우리 합석해도 될까?」

「안될 건 없습니다만, 괜찮으시겠어요?」

「괜찮다마다, 귀하신 손님들하고 동석한다는 것만으로도 우린 영광이지.」

찬동한다는 뜻의 정 선생 말이다.

서윤선 선배님과 함께 온 분들은 한우정, 임하 그리고 허진 선배님이었다.

이들은 협회에서도 곧잘 어울려 다니는 만큼 오늘도 예외는 아니었다.

선배님들은 약국 형님과 두 분 선생님이 함께 어울리게 된 데 대해 매우 기뻐해 하는 기색이었다.

집에서 저녁 식사를 끝내고 그들을 안내한 곳은 번화가가 아닌 조용한 맥주싸롱이었다.

테이블이 좁다 할 정도로 빙 둘러앉은 우리 앞에 웨이터들의 바쁜 동작이 이어졌다.

「아가씨들은요?」

한 웨이터가 허릴 굽히며 서 선배에게 물었다.

「우린 필요 없어. 술만 마실 거야.」

「네, 알겠습니다!」

대답과 함께 뒷걸음을 하는 그를 보고 서 선배는 다시 가까이 오라는 손짓을 했다.

다가온 그에게 언제 주머니에서 꺼냈는지도 모르는 쪽지를 내밀며 말을 이었다.

「일루 전화해서 한진회가 나오면 여기 위치를 알려주면 돼요.」

쪽지를 받아든 웨이터는 대답과 함께 물러갔다.

「한진회가 어딨는데?」

한우정 선배의 물음이었다.

「온양에서 촬영 끝나고 밤늦게 올라가는데 우리가 송탄 간다고 하니까 오늘이 촬영 마지막 날인데 서울 올라가면서 들린다고 했어.」

「그래, 촬영이 끝났다면 긴장도 풀리고 쉬고 싶을 텐데 성의가 고맙구만.」

한우정 선배가 잔을 놓으며 하는 말이었다.

서로 주거니 받거니 시간이 꽤나 지난 듯했다.

출입구 쪽에 있던 웨이터의 안내를 받으며 이들이 있는 테이블을 향해 걸어와 멈추는 훤칠한 키의 남자가 있었다.

조명 아래 드러난 그의 얼굴은 한진희였다.

「선배님들을 여기서 뵙게 되다니 반갑습니다.」하며 선배님들과 번갈아 가며 악수를 하던 그가 선생님들을 보고 뻥한 표정을 지었다.

「아. 인사드려! 오늘 우리와 함께하시는 선생님들이셔.」

서 선배의 말이 끝나기도 전에 그는 그들과 서로 악수를 주고받았다.

「일루 앉으십시오!」

정 선생이 자릴 넓히며 앉으라는 시늉을 했다.

「고맙습니다!」

대답과 함께 자리에 앉는 그가 이번에는 잔을 가득 채워 내미는 정 선생에게 허릴 굽히며 고마움을 표했다.

「자, 서로의 만남을 축하하는 의미에서 잔을 듭시다.」

서 선배의 제안에 화답하듯 모두들 잔을 치켜들어 건배했다.

서로가 들었던 잔을 비우고 다시 옆 사람의 잔에 술병을 기울이는 순간이었다.

「여기 사인하나 해주세요!」

옆자리에서 일행들과 어울리던 한 여인이 한진희 씨를 알아본 듯 다가와 수첩과 펜을 내밀며 하는 말이었다.

「아, 네…!」

하며 그는 당연한 의무인 것처럼 능란하게 사인을 해주자 여인은 기쁜 듯이 제자리로 갔다.

그러자 이번엔 홀 안에 있던 많은 사람들이 남녀 가리지 않고 그의 주변에 몰려들었다.

이런 상황에서 마음 놓고 술을 마시지 못한다는 것을 파악한 듯 자릴 일어서며 그가 말했다.

「괜히 저 때문에 선배님들 술자리까지 어렵게 만들겠으니 먼저 일어나겠습니다. 서울에서 봐요.」

꾸벅꾸벅 고갤 주억거리며 양해도 구할 틈도 없이 쫓기듯 출입구 쪽을 향해가며 뒤따르던 웨이터에게 봉투 하나를 건네주며 귓속말로 짧게 소곤거렸다.

그리고는 도망칠세라 출입문 밖으로 빠져나갔다.

그를 에워싸던 많은 사람들은 아쉽다는 듯 그가 사라진 출입문 쪽에서 한동안 시선을 떼지 못하고 바라만 보고 있었다.

「이게 뭐야?」

웨이터가 그에게서 받은 봉투를 내밀자 서 선배가 하는 말이었다.

「자리가 끝나면 술값에 보태라고 했습니다.」

「보관했다 계산하면 되잖아.」

15

「알겠습니다.」

봉투를 주머니에 넣는 그는 허릴 굽실하며 대답했다.

얼마나 시간이 흘렀을까? 홀 안의 많던 사람들은 이미 다 빠져나가고 우리 일행들만 덩그러니 남아있었다.

「저, 영업시간이 끝났는데요.」

다가온 웨이터가 조심스럽게 말을 했다.

「우리는 이제부턴데.」

약간 취기 어린 서 선배가 게슴츠레한 눈을 치켜뜨며 하는 말이었다.

「단속에 걸리면 영업에 지장이 커서요.」

난색을 표하는 웨이터의 말이었다.

「그럼 내실로 안내하면 되잖아. 밖에 셔터도 내려놓구 말이야.」

많은 경험이 있는 듯 그는 지시까지 하였다.

내실은 어수선한 바깥 분위기완 사뭇 달랐다. 편하고 아늑한 분위기여서 마음 놓고 술 마시기엔 더 이상 좋을 데가 없을 것 같았다.

벌써 몇 병을 마셨는지 방 한쪽엔 빈병들이 셀 수 없이 많았다.

술이라면 선배님들만 잘하는 줄 알았는데 약국 형님과 두 분 선생님도 선배님들에게 뒤지는 실력이 아니었다.

「아깐 초면에 어려움이 많은지라 말씀을 못 드렸습니다만, 작가 선생님들하고 자릴 함께하게 돼서 영광입니다.」

여태까지 말이 없던 진 선생이 약간 혀 꼬부라진 소리로 하는 말이었다.

「과분한 말씀이에요. 난 오히려 두 분 선생님이 부러운걸요. 장차 이 나라를 이끌어갈 새싹과 기둥들을 가르친다는 명분만으로도 얼마나 뿌듯하고 보람을 느끼겠습니까? 나도 한때는 선생님이 돼보려고 신의주 교육대에 다니다가 중퇴를 했습니다만, 지금도 항상 선생님들을 볼 때마다 부럽기 짝이 없답니다.」

서 선배의 말에 동질감을 느끼는 듯 두 분 선생님의 표정은 붉게 취기가 오른 상태에서도 환하게 밝아져 있었다.

주거니 받거니 술잔은 계속 돌고 돌았다.

통금을 해제하는 사이렌이 울릴 무렵에야 연신 술병을 나르던 웨이터의 동작이 멈췄다.

약국 형님과 두 분 선생님을 제외한 선배님들이 녹초가 되어 쓰러졌기 때문이었다.

「술이라면 우리도 남 못지않은 데 정말 대단한 분들이구만.」

술이 좀 깬 탓인지 발음이 분명해진 진 선생이 제멋대로 널브러진 그들을 보며 정 선생에게 하는 말이었다.

「누가 아니래.」

정 선생의 맞장구치는 대답이었다.

「술값 꽤나 나왔네요.」

술자리가 끝났음을 알고 방문을 열고 들어온 웨이터가 계산서를 내밀며 하는 말이었다.

「일단 카운터로 가요. 우리가 그리 갈 테니.」

약국 형님이 웨이터를 보며 고갯짓을 하자 그는 알았다는 듯 다시 방문을 열고 나샀다.

세 사람은 약속이나 한 듯 벽에 걸어놓은 상의 포켓에서 봉투를 꺼내 나에게 내밀었다.

「아니 이건 곗돈 아닙니까?」

나는 당황해하며 그들을 보며 말했다.

「그런 걱정 말구 받어!」

개의치 말고 받으라는 약국 형님의 말이었다. 카운터에 가서 계산한 결과 세 사람의 봉투와 한진희 씨가 협찬한 봉투 속의 돈을 모두 합쳐도 모자라는 액수에 대해 나는 사인을 했다.

인사불성이 된 선배들을 가까스로 택시에 태워 집 근처 여관으로 모셨다.

한나절이 지난 오후에 선배님들을 모신 여관에 숙박비를 지불하러 갔다.

선배님들은 가셨는지 보이질 않았지만 나를 보는 주인아주머니의 태도는 쌀쌀한 느낌이 들 정도로 찬바람이 일었다.

「언제들 가셨어요?」

「조금 전에… 내가 깨우지 않았으면 지금도 안 일어났을 거야.

세탁비 내놔! 숙박비보다 세탁비가 더 나오겠어.」

아주머니의 볼멘소리가 퉁명스럽게 들렸다.

나는 미련하게도 아주머니의 말뜻을 알아차리지 못하고 무슨 소린가 싶어 멍청히 바라만 보았다.

「원 세상에 어린애들도 아니고 다 큰 어른들이 이불이 흠뻑 젖도록 오줌을 싸댈 수가 있느냐 말이야. 내 이런 경우는 보다보다 처음 겪어 본다니까.」

나는 그제서야 감을 잡을 수 있었으며, 얼굴이 화끈하게 달아오르는 미안함에 어찌할 바를 몰랐다.

「미안해할 것 없어. 세탁비를 받기 위해서 한 소린 아니니까.」

「아닙니다, 당연히 드려야죠.」

「괜찮다니까 그러네. 헌데 뭐 하는 사람들이야?」

순간 나는 아주머니의 물음에 답할 겨를도 없이 손으로 입을 가렸다.

갑작스레 터져 나오는 웃음을 억지로 머금으며 감추기 위해서였다.

그들이 유명한 시나리오 작가라는 사실을 입증한다 해도 내 말을 믿어줄 것 같지 않은 아주머니의 태도에 나는 극도의 인내심을 발휘해야만 했다.

그 후 이 소문은 모르는 사람이 하나도 없을 정도로 협회에 쫙 퍼지고 말았다.

그 후 각종 워크숍이나 세미나 관계로 인해 내가 협회에 들를 즘이면 내 주변엔 으레 선배님들이 약속이나 한 듯 모여들기 일쑤였다.

말할 것도 없이 풍문에만 듣던 그 전말의 진의를 듣기 위해서였나. 가뜩이나 호기심에 가득 차 있던 그들은 나의 정황 설명이 끝나기도 전에 상황인식을 파악하고는 어른답지 않게 배꼽을 움켜쥐고 깔깔대며 포복절도하는 일이 한두 번이 아니었다.

내 안의 사람들

꼬장꼬장한 노인

시나리오 작가 협회로부터 나의 인준 절차가 완료되었다는 소식이 전해옴에 따라 사무국에 인사차 가는 날이었다.

줄곧 설레이는 가슴으로 택시를 타고 가서 내린 곳은 남산 중턱의 도로 앞에 우뚝 솟아있는 빌딩 앞이었다.

도로 건너 맞은 편엔 KBS방송국이 보였으며 그 앞으론 드라마센터가 있었다.

건물 출입문 위쪽 상단엔 〈한국영화진흥공사〉란 커다란 글씨가 조각처럼 박혀있었으며, 출입문 바로 옆에는 〈한국영화인협회〉라는 입간판이 육중한 목판에 새겨진 채 세워져 있었다.

나는 출발 전에 협회 사무실이 이 건물 1층에 있다는 설명을 들었는지라 조심스럽게 안으로 들어갔다.

1층 로비는 무척 넓었으며 많은 사람들이 분주히 오갔다.

간혹 영화에서나 볼 수 있었던 유명한 배우들의 모습도 보였던지라 처음 보는 나로선 신기하기도 했다.

한편에 있는 사무국 출입문을 찾아 노크를 하였으나 안으로부터는 아무런 반응도 없었다.

나는 지그시 도어를 밀고 안으로 들어섰다.

안에는 대여섯 명의 사내들이 이야기를 하고 있었는데 그들은 모두 중년이거나 그 이상으로 보이는 사람들이었다. 바깥 로비의 사람들과는 달리 제각기 다른 자유복장을 하고 있는 데다 머리는 부석부석 새가 자고 나간 듯이 헝클어져 있는 사람이 있는가 하면 수염을 깎지 못해 콧등이며 아래턱이 까칠까칠한 사람, 햇볕이 없는 사무실 안인데도 까만 선글라스를 걸치고 있는 사람 등 모양새와 차림새가 각자 다른 사람들의 대화는 얼핏 들어도 영화에 관한 이야기 같았으나 너무 진지한 탓이어서 그런지 노크 소리를 듣지 못한 것 같았다.

바짝 다가서는 나를 그때서야 의식한 듯 그들은 의아하게 바라보았다.

나는 짧은 시간에도 그들이 시나리오 작가들이란 사실을 인지하고 꾸벅 인사를 하면서 내 소개를 하자 그들은 알고 있었다는 듯 하나같이 나를 반기며 반갑게 맞아주었다.

수염이 까칠한 선배님이 자기는 「한우정」이라 한다며 위원장실로 나를 안내하였다.

위원장님은 자리에 없었지만 테이블 소파엔 평범한 차림의 연세가 있어 보이는 노인 한 분이 있었다.

「인사드려!」

그의 앞에 나를 데리고 와서 하는 한 선배의 말이었다.

나는 공손히 허릴 굽히고 난 후 내 소개를 하자 그는 활짝 웃음을 머금으며 악수를 청한 채로 입술을 움직였다.

「나 최금동이야! 우리 작가협회 한 가족이 된 걸 환영하며 진심으로 축하해.」

나는 그의 존함을 듣는 순간 크게 놀란 나머지 내민 그의 손도 잡지 못한 채 멍해 있었다.

내가 시나리오 작가 수업을 하면서 수없이 보아온 많은 영화 속에서 선생님의 존함을 많이 보아왔다. 선생님의 시나리오는 유독 깊이와 무게감이 남달랐기 때문에 작가로서의 존경심을 금할 수 없기 때문이었다.

「선생님의 존함은 익히 알고 있습니다. 이렇게 뵙게 되어 영광입니다.」

한참 후에야 정신을 가다듬고 선생님의 내민 손을 두 손으로 꼬옥 감싸며 화답하는 나는 왠지 모르게 느껴지는 뿌듯함과 기쁨에 들뜨지 않을 수 없었다.

나는 지방에서 일을 하고 있는 관계로 협회에는 자주 들리진 못했지만 회원들의 애경사나 정기총회 때엔 빠지지 않고 참석했다.

참석 이유도 이유였지만 선생님을 뵐 수 있다는 기대감이 더 컸기 때문이었다.

그날도 선생님이 언제나처럼 계시는 위원장실엘 갔다.

선생님이 흥분된 어조로 누구와 통화를 하고 있었다.

「나한테 원고 맡기면 늦어진다는 거 모르고 맡겼나? 시나리오가 밀가루 반죽해서 만드는 무슨 물건인 술 아는 모양인데, 나와의 계약은 없던 거로 하시오. 내 쓰던 원고지는 불쏘시개를 할망정 당신네 영화사엔 팔지 않겠소!」하며 철컥 수화기를 탁 내려놓았다.

나는 참으로 대단한 분이라는 걸 새삼 느꼈다. 작품 하나를 내놓기 위해 영화사의 압박과 횡포에 굴하지 않고 일갈을 멈추지 않는 저 노인의 불같은 성정을 그 누구도 꺾을 수 없다는 사실을 나는 알고도 남음이 충분하다고 생각했다.

이쯤에서 독자들이나 관객들에게 선생님에 대한 내력을 짧게나마 알리는 것 또한 의미 있는 일일 거라고 생각한다.

그는 국내 최초로 손꼽히는 1937년의 〈동아일보〉 시나리오 공모에 「환무곡」이 당선되면서 영화계에 발을 들여놓았는데 이 작품은 슈베르트의 생애를 그린 〈미완성 교향곡〉을 보고 자극받아 쓴 작품이었다. 이때 그의 나이는 약관 21세였다. 이 작품은 「메밀꽃 필 무렵」으로 유명한 이효석이 「애련송」이라는 제목의 소설로 각색하여 〈동아일보〉에 연재된 다음 1939년 김유영 감독에 의하여 영화화됐다. 그는 이후 50년에 육박하는 세월 동안 줄기차게 시나리오를 써왔다. 탈고된 시나리오가 100편을 바라보고 그 중 영화로 만들어진 것만도 50편에 육박하니 국내 최초의 본격 시나리오 작가로 칭하기에 모자람이 없다. 나는 국내외를 통틀어 그만큼 역사의식과 민족혼에 투철한 작가를 일찍이 알지 못했다. 이는 아마도 그의 성장 과정과 무관하지 않을 듯하다. 고향은 전남 함평이지만 부친이 의병활동에 가담했던 까닭에 늘 왜경을 피해 떠돌아다니다가 완도 근처의 신지도에서 신문 배달을 하는 고학생으로 초등학교를 마쳤을 때의 나이가 무려 17살이었다고 하니 그가 겪었을 핍박과 가난이 어떠했을지 능히 짐작할 수 있다. 이듬해 서울로 상경한 그는 미당 서정주와 함께 동국대학교 전신인 중앙불교전문대에 들어가 동문수학하면서 문학과 영화에 눈을 떠 작가의 길로 들어선다. 그러나 성공적인 데뷔에도 불구하고 시대는 일제 말기로 치달아 차기작이 나올 때까지는 많은 세월이 필요했다. 두 번째 작품인 「새로운 맹세」는 강제징용 중 해방을 맞고 고향에 돌아온 청년들이 마을 처녀들과 힘을 합쳐 희망찬 조국을 재건해가는 과정을 그리고 있는데, 여배우 최은희의 스크린 데뷔작이기도 하다. 흥행에 크게 성공하여 전후 한국영화의 부흥을 예견케 한 작품이 김래성 원작의 〈청춘극장〉. 당시 신상옥과 함께 충무로를 호령하던 홍성기 감독의 작품인데, 김진규와 김지미 등 당대의 청춘스타들이 대거 출연하여 일제하 젊은이들의 독립투쟁과 사랑을 가슴 벅차게 그려내 커다란 호응을 얻었으며, 이후

1966년과 1975년에 리메이크되기도 했다. 그의 작품세계가 만개한 것은 1960년대 이후, 갑오농민전쟁을 다룬 〈동학난〉, 광주학생운동을 다룬 〈이름 없는 별들〉, 민주항일투쟁을 다룬 〈정복자〉 등 민중사에서부터 공민왕과 신돈을 그린 〈다정불심〉이나 필생의 역작인 〈아 백범 김구선생〉, 〈성웅 이순신〉 등 왕조사 내지 민족영웅사에 이르기까지 우리 역사 전체를 자신의 원고지이자 화폭에 그려 넣었던 세월이다. 이쯤 되면 일개 시나리오 작가가 아니라 아예 민족운동가 정도로 분류돼야 마땅하리라는 생각마저 든다. 그는 작품의뢰를 받아 주문생산을 하는 대신, 스스로 주제와 소재를 찾아 몇 년씩이나 그것에 몰두하는 치열한 작가정신으로 유명하다. 생존 당시 본인의 회고에 따르면 〈동학난〉은 12년, 〈팔만대장경〉은 17년, 〈이순신〉은 20년 동안 헤아릴 수 없이 고쳐 쓴 작품이라고 한다. 단순히 상업영화 작가였다면 상상도 못 할 일이다. 덕분에 단순한 리메이크가 아니라 세월만큼 버전업(version-up)된 작품들을 남겼는데, 권영순의 〈에밀레종〉, 조긍하의 〈상해 임시정부와 김구 선생〉 등이 이 계열에 속한다. 그의 필모그래피를 들여다보고 있노라면 문득 부끄러워진다. 자랑스럽고 의연했던 선배들에 비하면 우리는 너무 얄팍한 상업주의에 휘둘리고 있는 것은 아닐까? 그의 5주기를 맞은 지난 2000년 11월, 그가 유년 시절을 보냈던 신지도에 '최금동 문학비'를 건립하여 그의 치열했던 작가정신을 후대에 전할 수 있었던 것이 그나마 작은 위안이다.

한국 시나리오계의 선구자로서 주요 역사 인물들의 일대기를 통해 민족의식을 고취하고, 민족의식을 주제로 한 작품을 비롯 견실한 구성과 기교 있는 문체의 작품을 발표, 우리의 전통적인 정서와 의식이 투영된 민족주의적인 성향이 강한 작품을 썼다. 가장 활발한 활동을 보인 시기는 1940년대 말기에서 1970년대 초기까지로 첫 작품 〈새로운 맹세〉는 해방으로 들떠있던 당시에 차분하게 현실을 바라보게 한 최초의 멜로드라마였다는 의미를 가지며 이후 전기, 역사극, 멜로극을 통해 민족 정서를 녹여내었다. 그는 한말 의병사건에 연루된 부친으로 인해 어려서부터 가난하고 힘든 성장 과정을 겪어야 했으며 이러한 삶의 고뇌를 예술로 승화시키고자 애썼다. 그가 안중근, 유관순, 김구 등 위대한 인물들이나 역사적 사실, 남녀 간의 정열적인 애정 등을 격정적으로 묘사한 것은 삶의 고통에 대한 극복의 의지와 긍정적인 태도를 보여준 것이며, 자신을 작품 속에 몰지 않고 죽을 때까지 정열적으로 작품을 쓴 한국 시나리오계의 선구자이다.

「선생님, 주례 한번 서주시겠어요?」

항상 작업에 몰두하시는 관계로 행여 누를 끼치지 않나 하는 조바심이 앞서 나는 조심스럽게 물었다.

「누군데…?」

들었던 커피잔을 탁자에 놓으시며 다정하게 물었다.

「접니다. 선생님.」

「뭐? 우리 막내가 장가간다구?」

언젠가 연예부 기자가 나에 대한 기사를 쓰면서 협회에서 제일 나이가 적은 나를 일컬어 우리나라 최연소 시나리오 작가란 수식어를 붙이고 난 후로부터 나에게 붙여진 호칭이다.

「네!」

「정말 축하해! 한 번 아니라 열 번이라도 서야지.」

더없이 흐뭇해하시며 쾌히 승낙하셨다.

행여나 하는 마음으로 가슴을 졸였던 나의 마음도 한결 가벼워지면서 선생님에 대한 고마운 감정을 숨기느라 무척 애를 써야만 했다.

결혼식이 끝난 며칠 후 와이프와 함께 선생님에게 인사차 자택을 찾았다.

알려주신 대로 택시에서 내린 곳은 수목이 우거진 수유리의 이층 양옥집 앞이었다.

택시에서 내리기 전에 대문 앞에 나와 계시던 선생님은 내 손을 꼬옥 감싸주시며 반갑게 맞아주셨다.

이층으로 향하는 계단을 올라서서 출입문을 열고 들어서는 선생님의 뒤를 따르던 나는 갑자기 엄습해오는 까닭 모를 중압감에 짓눌리며 사방을 두리번거리지 않을 수 없었다.

벽을 대신하듯 사방에 꽂혀있는 무수한 서적들이 대 작가의 양

식인 양 진열되어 있기 때문이었다.

　정신을 가다듬고 선생님과 마주 앉은 나는 와이프 가방 속에서 꺼낸 빨간 헝겊에 싸인 조그마한 상자를 선생님 앞에 공손히 내밀었다.

「뭔가 이게?」

「약소한 거지만 저희 부부의 마음이라 여겨주시고 받아주십시오. 선생님.」

「그냥 오면 어때서….」

　말씀하시면서 꺼낸 물건은 조그마한 손목시계였다.

「이렇게 귀한 걸 내가 받아도 되나?」

「별말씀을요. 그날 식사나 제대로 하셨는지 모르겠어요.」

「그럼, 그럼. 음식도 맛있게 먹고 오랜만에 나들이도 하고 아주 좋았어.」

　환하게 웃으시며 기뻐해 하는 모습이 마치 어린아이와도 같았다.

　후에 나는 선생님이 예술원 회원에 피선된 후 예술원상을 수상하셨다는 뉴스를 보고 나도 모르게 손뼉을 치며 좋아 어쩔 줄 몰라 했다.

　깨알 같은 글씨에 신문 2면의 넓이는 바다처럼 넓었다.

　수상소감을 묻는 동아일보 편집 국장과의 대담을 시작으로 해서 역사, 문화, 그리고 예술과 정치는 물론이고 사회 전반적인 이

슈에 대해서도 흐트러짐 없는 선생님의 견해가 쏟아져 나왔다.

끝맺음을 하는 편집국장의 말이 선생님의 성격을 대변해 주는 것 같았다.

「오늘날처럼 각박한 세상에 사회 근간이 훼손되지 않고 지탱되는 이유는 이렇게 꼬장꼬장한 노인네가 존재하고 있기 때문이며 이런 사실만으로도 우리는 행복하다고 해도 과히 틀린 말은 아닐 것이다.」라는 구절이 내 가슴에 총알처럼 박혀 지워지지 않는 까닭은 왜일까?

내 안의 사람들

내 몫까지
부탁해

　용산 시외버스 터미널에 막 도착한 버스에서 내리기가 무섭게 나는 공중전화 박스가 줄지어 세워져 있는 곳을 향해 급히 걸음을 옮겼다.

　칸 칸마다 여러 명의 사람들이 줄지어 섰으므로 나는 그중에서 한사람이라도 적다 싶은 줄을 찾아 뒤에 섰다.

　이윽고 내 차례가 오자 나는 묵직한 원고 봉투를 수화기통 위에 올려놓고 다이얼을 돌렸다.

　「영화잡지사죠?」

　「네, 그렇습니다만, 아! 김 작가님이시군요.」

　나를 알아본 여직원의 목소리가 낭랑하게 들려왔다.

　「이관용 편집국장님 좀 바꿔줘요.」

　평소 사석에선 말을 놓고 지내는 막역한 사이였으나 여직원 앞인지라 나는 예우를 갖춰 말했다.

「아래 지하다방에 계셔요. 작가님 오시면 글루 오시라 했어요.」

「알겠습니다!」

하는 대답 소리와 함께 나는 철컥 수화기를 내려놓았다.

원고 마감 시간이 급박해서 조바심 속에 내 원고를 기다리고 있을 그를 생각해서 조금이라도 빨리 도착했음을 알려주려 함이었는데 통화를 못 하게 된 것이었다.

다방 안은 손님이 많은 편은 아니었으나 이 국장의 모습은 금방 눈에 들어오지 않았다.

분명 이 안에 있다는 심중으로 한참을 두리번거리다 보니, 저만큼 안쪽 구석진 후미진 자리에서 그가 열심히 펜을 굴리는 모습이 발견되었다.

내가 바짝 다가온 줄도 모르고 엎드려 원고지에 글을 쓰고 있던 그는 다 끝났다는 듯 펜을 놓으며 상체를 일으키다 나를 보는 순간 환하게 웃으며 손을 내밀었다.

「무슨 원고야?」

맞잡은 손을 놓고 마주 앉은 나는 의아하게 물었다.

「수필을 부탁한 작가가 펑크내는 바람에 내가 부랴부랴 썼는데 제대로 써졌는지나 모르겠어.」

「이 국장의 글솜씨야 천하가 다 아는데 걱정은 무슨.」

「이번이 완결편이지?」

앞에 놓인 두툼한 내 원고 봉투에 눈이 가며 그가 물었다.

「응. 끝내고 나니 홀가분해」

「주인공 강신지 죽었어, 살았어?」

「건 왜 물어?」

「올라가서 내 서랍 열어봐! 독자들한테서 온 편지가 몇 묶음인가 말야. 하나같이 신지가 죽지 않게 작가 선생님께 부탁해달라는 내용들이야. 김 작가 주소를 알려줬다간 답장하느라 원고도 못 쓸 것 같아 모른다고 했어. 헌데 독자들의 바람과 같이 신지를 살리지 않고는 안 되는 요소라도 있었나?」

「나도 고민을 많이 한 부분이야. 요약해 보자면 일류병으로 몸살을 앓고 있는 많은 가정과 사회에서 강박관념에 시달리다 못해 집을 뛰쳐나온 수많은 강신지들이 젊은 날을 방황하다 미혼모가 되어 겨울 오동나무에 한 잎 붙어있는 잎새처럼 결국 쓸쓸히 숨져가는 책임 소재를 다뤄보자는 작의였기 때문에 비록 작중인물이긴 하지만 그녀의 죽음은 필연적일 수밖에 없었던 거야.」

「음… 전체적인 맥락을 짚어보니 이해가 가는구만.」

「넓은 자리 놔두고 왜 이런 구석진 곳으로 왔어?」

하는 소리와 함께 그의 옆자리에 나란히 앉는 핸섬한 젊은 사람이 있었다.

「어서 와요, 서 선배.」

나는 기억은 없으나 왠지 낯설지 않다는 느낌이 들었다.

「김 작가 어디서 본 사람 같지 않아?」

그는 빙긋이 웃으며 나를 보며 말했다.

「글쎄, 그렇긴 한데…」

「인사들 하지. 이분은 서승일 선배야. 동양 텔레비전(TBC) 인기 프로인 〈금주의 인기가요〉 프로에서 가요 심사위원장을 맡고 있으며 작곡가로 활동 중이야.」

나는 그제서야 TV에서 본 그의 얼굴을 기억할 수 있었다.

「반갑습니다. 이렇게 뵙게 돼서.」

나는 정중히 고갤 숙이며 인사했다.

「우리 김 작가님 얘기는 이 국장을 통해서 익히 들어 잘 알고 있습니다. 앞으로 잘 지내봅시다.」

하며 손을 내밀며 악수를 청하였다. 서로 수인사가 끝나자 그는 다시 말을 하였다.

「이 국장한테서 들었는데 자택이 송탄이라면서요?」

「네, 맞습니다.」

「내가 성환 명성저수지에 낚시를 자주 가거든요. 언제 이 국장하고 한번 들릴 테니까 같이 가죠, 낚시질.」

「전 낚시질이라곤 한번도 가본 적 없습니다만, 그렇게 하시죠.

「오로지 일하고 글만 쓴다는 얘기 들었습니다.」

둘의 대화가 오가는 동안 팔목의 시계를 들여다보며 주위를 살펴보던 이 국장의 시선이 빛을 발하면서 한곳에 고정되었다.

멀지 않은 몇 테이블 건너에 젊은 청년 하나가 다소곳이 앉아
있는 것이었다.

그는 두 손을 몰아 입에 대고 청년을 향해 낮은 음성을 보냈다.

「조금만 기다려, 금방 갈게!」

청년은 알았다는 듯 고갤 주억거렸다.

「누구야?」

의식적으로 성급하게 튀어나온 나의 물음이었다.

「태ㅇㅇ이라고 신인 트롯가수야. 간혹 방송에 나오고 있잖아.
여지가 있어 보이길래 기사 좀 써줄려고 오라고 했어.」

「취재를 하려면 정중하게 찾아가서 요청하는 게 예의잖아?」

「그렇긴 한데, 우리 연예부 기자가 스케줄이 쫓기다 보니 시간
은 없고 해서, 내가 오라고 한 거야. 자, 우리가 저쪽으로 가서 커
피 한 잔씩 하자고.」

「내 걱정 말고 가! 난 만나야 될 사람 있어.」

「오호라, 난 누군지 안다.」

「알긴 어떻게 알아, 이 국장이?」

「을지병원 정신신경과의 미스 송 아냐?」

「아니 그걸 어떻게…?」

「며칠 전에 편집국으로 연락이 왔어. 김 작가하고 연락이 안 된
다고 하면서 말야. 나중에 통화를 한 모양이지? 오늘 만나기로 한
걸 보니 말야. 이제 보니 원고를 송달 안 하고 직접 가지고 오던 이

유도 있었구만. 미스 송하고 데이트를 하기 위해서였어.」

「사람 놀리는 것도 취민가 봐, 이 국장은. 데이트는 아니고, 서로 시간 맞으면 만나서 커피 한잔하는 것뿐이야.」

「그게 데이트 아니고 뭐야? 그럼 잘해보라고, 훗훗!」

하고 나를 놀리듯이 웃으며 서승일 씨와 함께 자릴 일어섰다.

이렇듯 나와 그는 만날 때마다 격의 없고 흉허물없는 대화가 오갔으며 그가 사무적으로 청탁하는 원고에 대해서는 어떤 바쁜 일정 속에서도 한번도 거절함이 없어 이를 알고 있는 타 잡지사의 주간이나 편집장들의 곱지 않은 시선도 감당해야 하는 어려움을 겪어야만 하기도 하였다.

모처럼 쉬는 날이어서 늦잠 좀 자려했는데 방해라도 하려는 듯이 국장과 서승일 선배가 이르다 싶은 아침나절에 서울에서 승용차를 타고 내려왔다.

일전에 약속한 낚시를 하러 가기 위함이었다.

내가 있는 곳에서 지척인 거리임에도 불구하고 방향감각도 모르는 나를 비웃기라도 하듯 앞에 앉은 두 사람은 대화를 나누면서도 유유히 차를 움직이는 솜씨가 이 길을 몇 번보다는 훨씬 많이 왔을 거라는 생각이 들었다.

저수지에 도착하니, 벌써 많은 강태공들이 저마다 자리에서 숨소리도 죽여가며 물 위에 떠 있는 낚싯줄에 매달린 찌를 응시하고 있는 모습이 마치 미술 전시장의 인간 조각상들을 보는 듯하였다.

그들은 낚시꾼답게 자릴 잡는데도 시간은 그리 오래 걸리지 않았다.

자동차의 뒷 트렁크에서 꺼낸 낚시도구가 세조인 걸로 보아 내 것까지 가져온 것이 분명하였다.

이 국장은 바늘에 미끼까지 끼워 물속에 던져주며 찌의 움직임에 따라 끌어당기는 시기와 요령까지 설명해주었다.

시간이 꽤 흘렀음에도 불구하고 찌는 미동의 움직임도 보이지 않았다.

내 것만이 아니었고 옆의 두 사람 것도 마찬가지였다.

나는 조급함을 참다못해 휴! 하고 긴 한숨을 토해냈다. 그런 나를 보고 있던 옆자리의 서 선배가 엷은 미소를 띠며 입을 열었다.

「낚시의 목적은 고기만을 낚는 게 능사가 아니라는 점이야, 김 작가.」

「예…?」

「내 경우로 봐서는 첫 번째가 팍팍한 도심 생활에서 벗어나 조급함을 털어내는 인내심을 기르는 법을 배우고, 두 번째는 우리 같은 분야에 종사하는 사람은 시상과 시어, 그리고 선율을 떠올리는 법을 배우며, 그다음 세 번째가 고기를 낚는 거야.」

그의 말이 끝나는 순간 나는 그들이 낚시터를 자주 찾는 까닭에 대한 이유를 알 수 있을 것 같았다.

그때였다. 그의 찌가 물속에 잠겼다 솟았다 심하게 요동쳤다.

「음, 걸렸다! 요놈.」

하며 낚싯대를 당기자 손바닥만 한 붕어가 팔딱거리며 따라 올라왔다.

「너도 양반은 못 되는 녀석이로구나. 말이 끝나자마자 걸려들다니」

하며 옆의 물속에 잠긴 그물망에 붕어를 던져넣었다.

한 시대를 고하는 1970년대가 사라지고 극악무도한 무리들이 정권 찬탈을 위해 수많은 민주시민을 참살하고 폭도들이란 누명을 씌워 정권을 잡은 신군부의 등장으로 나라의 운명은 거대한 회오리 속으로 휘말리게 되었다.

양심 있는 학자와 불의에 항거하는 언론인들은 언론 정화라는 적반하장의 미명 하에 하루아침에 직장을 잃고 거리로 내몰리고 국민이 볼 수 있고 읽을거리인 잡지나 주간지들이 퇴폐문화를 조장한다는 이유로 폐간 조치되었다. 국민의 방송으로 자리매김한 동양TV(TBC)가 문을 닫게 되는 날 고별방송을 위해 가수 이은하가 눈물을 보이지 말라는 규정을 어기고 「아직도 그대는 내사랑」을 부르다 솟구치는 감정을 참질 못하고 눈물을 보였다 해서 '방송 출연 10개월 정지 처분'이란 벌칙을 받기도 하였다.

지금 생각하면 지나가던 소도 웃고 개도 웃을 일이 아니겠는가.

이러한 상황 속에서 이 국장과의 연락 두절은 상당히 오랫동안 지속되었다.

나 역시도 사업이 최악의 상태여서 거처까지 옮겨 은신하다시 피하고 있을 때인지라 당장 발등에 떨어진 불을 끄기에도 힘이 벅 차 안간힘을 쓰고 있던 때였다.

어느 날 오후 2시경이었다.

툇마루의 낮은 문이 열리면서 외출을 하고 들어오는 와이프가 신문을 뒤적이고 있는 나를 보며 조심스럽게 입을 열었다.

「여보, 대문 밖에 어느 분이 당신 찾아왔어요. 처음 보는 분인 거 같아요.」

「그래?」

나는 신문을 덮으며 궁금증에 휩싸인 채 급히 밖을 향해 나갔 다.

대문밖에 서성이고 있는 사람은 뜻밖에도 생각지도 않았던 이 국장이었다.

나는 반가움에 앞서 그동안 몰라보리만큼 변해있는 그의 모습 을 보면서 가슴 찡한 아픔과 놀람을 금할 수 없었다.

손질 못 한 수북한 머리에 까칠한 수염은 평소의 모습과는 퍽이 나 대조적이었으며, 핏기없는 야윈 얼굴은 현재 처해있는 상황의 절박성을 나타내주고 있음이 분명하였다.

또한 차림새에 있어서도 마찬가지였다. 남루한 회색 파카 점퍼 차림에 여행용 가방 하나만을 걸쳐 맨 모습은 목적지도 없이 떠도는 방랑자와도 같은 모습이었다.

「어떻게 지냈어, 이 국장?」

나는 반가움에 눈물을 글썽이며 그의 손을 덥석 잡으며 물었다.

「보다시피….」

그는 멋쩍게 웃으며 말끝을 흐렸다. 나는 옆의 구멍가게 앞의 파라솔이 펼쳐있는 탁자 의자에 가서 그와 마주 앉았다. 기다렸다는 듯 가게 문이 열리며 중년의 주인아주머니가 빠끔이 고갤 내밀었다.

「여기 맥주 두어 병하고 안주 좀 주세요!」

아주머니는 알았다는 듯 고갤 끄덕이며 다시 문을 닫았다.

「그래 여긴 어떻게 찾아왔어, 이곳을?」

「언젠가 낚시터 갈 때 김 작가 사무실 앞에서 만난 아저씨 있잖아, 오늘도 그곳에서 막연히 기다리고 있었는데 그 아저씨를 또 만났지 뭐야. 아주 친절히 가르쳐 주더구만, 헌데 김 작가야말로 어떻게 된 거야?」

「얘기하자면 길어.」

이때 안으로부터 나온 주인아주머니가 캔맥주와 안주 봉지가 얹힌 쟁반을 탁자 위에 놓고 다시 안으로 들어갔다.

「다른 잡지사에 근무하던 선후배들 중 누구 어떻게 지내고 있는지 아는 사람 있어?」

나는 캔꼭지를 따서 그 앞에 내밀며 물었다.

「모두 소식불통이야. 모르면 몰라도 똑같은 신세일 거야 들.」

하며 그는 후룩 캔을 들이켰다.

나는 안주 봉지를 뜯어 쟁반에 쏟으며 말했다.

「난국이야, 총체적인 난국. 저들은 구국적 일념에서 취한 행동이라고 자부하고 있지만 이에 대한 평가는 후일 역사가 증명해줄 거야. 그건 그렇고 이 국장, 앞으로의 계획에 있어 어떤 복안이라도 갖고 있어?」

그는 고갤 설레설레 흔들 뿐 아무런 말이 없었다.

「난 결정했어!」

순간 그는 마시려던 캔을 탁 놓고 나를 빤히 응시하며 이음말을 기다리는 눈치였다.

「내게는 모셔야 하는 어머니와 아내 그리고 고만고만한 사랑스러운 아이들이 있어. 내가 여기서 펜을 놓지 못한다면 가장으로서의 책임을 회피하는 만용이란 사실을 뒤늦게 깨달은 거야. 그래서 이제 현장으로 돌아가려는 거야.」

그는 다시 다시 캔을 들어 입에 대며 내 말을 이해한다는 듯 고갤 끄덕거렸다.

「내가 보기엔 때가 온 것 같아, 이 국장한테.」

그는 무슨 말이냐는 듯 힐끗 나를 쳐다보았다.

「전화위복이란 말이 지금의 이 국장한테 꼭 맞는 말이라고 생각했어. 아주 이참에 작가로의 길로 핸들을 트는 거야. 위기를 기회로 전환하는 거지.」

「쓸데없는 소리, 내가 그런 소질 있나?」

「언젠가도 내가 말했잖아. 이 국장의 글솜씨에 대해서 말이야. 이 국장은 충분히 좋은 작가가 되고도 남을 거야. 그래서 내 늙까지 써주길 부탁해!」

「말이라도 고맙군그래.」

「나 원래 술 안 하는 줄 이 국장이 잘 알잖아. 하지만 오늘을 기념하기 위해서 건배 한번 해야 되겠어.」

나는 개봉 안 된 캔의 꼭지를 따서 그와 건배의 잔을 올렸다.

풀 죽어있던 그의 얼굴에 화기가 돌고 있음을 나는 확연히 느낄 수 있었다.

쓰러졌던 사업을 하나하나 복원시키는 데에는 많은 고충과 인내가 수반된다는 사실은 철칙인 거 같았으며 한 걸음 한 걸음 앞으로 나아감의 묘미와 스릴은 천금을 준다 해도 바꾸지 않을 만큼 소중한 자산이 된 시간이 꽤나 지났다.

「여보, 이분이 그 이 국장이란 분 아니에요?」

저녁에 책상 앞에서 내역서 작성을 하고 있는 나에게 와이프가 신문을 내밀며 평소에 그답지 않게 호들갑을 떨었다. 나는 신문을 보는 순간 기뻐 어쩔 줄 몰라 탁 무릎을 치며 말했다.

「그래 드디어 쓰기 시작했구나, 이 국장. 쓰기 시작했어, 이 국장.」

「출간된 지 얼마 안 됐는데 벌써 30만 부가 넘게 나갔다고 신문에서들 난리네요.」

「음, 또 한편에선 순수문학소설이 아닌 대중편향소설이라고 난리들을 펴겠구만.」

「소설이란 독자들로 하여금 재미와 감동 속에서 여운을 남기며, 작가가 지향코자 하는 주제와 테마가 뚜렷하면 소설로서 본분을 다했다고 볼 수 있잖아요, 여보?」

「이제 보니 당신 보통 수준이 아닌데 그래. 독자들이 저렇게 열광적으로 애독하는 데에는 다 뜻이 있어. 그걸 폄하해서는 안 되는 거지.」

나는 그와의 통화를 위해 출판사에 문의를 의뢰했으나 누굴 막론하고 거처를 노출시켜서는 안 된다는 그의 요청에 따라 거절할 수밖에 없다는 이야길 듣고 어쩔 수 없이 말문을 닫아야 했다.

이관용의 『바람의 아들』 드디어 100만 부 돌파! 도하 각 신문의 문화면에는 그의 기사가 넘쳐나고 있었다.

그 후 그는 장편소설 『뒤로 걷는 女子』, 『불만의 겨울』, 『떠도는 산』, 『살아있는 날의 아침』 등을 비롯해서 10여 편이 넘는 작품을 발표하였으며 『바람의 아들』과 『12월의 겨울』은 영화화되어 많은 관객들로부터 호응을 받기도 했으며 소설 『바라밀』은 석가탄신기념특집으로 KBS-1TV에서 극화되어 방영되기도 하였다.

그 후 그는 꾸준히 작품을 내놓는 속에 1990년에 시집 『우리들 서로 보기』를 선보이며, 1992년에는 『별빛은 죽어서 무엇이 될까』라는 에세이집을 발표하였다.

이렇듯 그는 어느 한 장르에 국한되지 않는 특이한 문장과 작법을 갖추고 있는 보기 드문 작가가 아닐 수 없었다.

오랜 세월이 지났음에도 불구하고 그와의 만남은커녕 목소리 한번 들어보지 못한 점이 못내 아쉬움으로 남아있는 속에 예전에 타 잡지사에 있었던 선배로부터 그에 관한 소식을 들을 수 있었다.

그는 감당키 어려운 일정으로 인해 매니저까지 두고 있으며 당시로선 까다롭고 어려운 해외여행과 출장도 제집 드나들 듯한다는 것이었다.

나는 참으로 잘됐다는 생각과 함께 앞으로도 그의 앞날에 현재와 같은 좋은 날만 있기를 마음속으로 소원하였다.

어느 날이었다.

언제나처럼 책상 앞의 의자에 몸을 기댄 채 휴식을 취하고 있는데 얼굴색이 파랗게 충격 속에 휩싸인 와이프가 들고 온 신문을 내 앞에 펼쳐놓으며 말도 못 하고 신문 한 곳을 손가락으로 짚었다.

나는 순간적으로 예삿일이 아니다 싶어 몸을 일으켜 와이프의 파르르 떨리는 손끝을 보는 순간 퍽하고 쓰러질 듯한 심한 현기증을 느꼈다.

나는 가까스로 정신을 가다듬고 다시 한번 신문을 들여다보았다.

'소설가 이관용…'이란 문자가 클로즈업되며 사고로 인한 비보의 기사가 실려있지 않은가.

「세상에 이럴 수가… 이럴 수가… 이 국장이 죽다니…」

나는 한동안 넋을 잃고 정신을 가누지 못했다.

참으로 믿기지 않는 꿈만 같은 사실에 크나큰 충격이 바윗덩이보다도 더 무겁게 나의 머릿속을 짓누르고 있었다.

아듀 쇼디

평택 추팔공단의 ○○화학 본 공사인 공장동에 이어 후속 공사인 사옥과 연구소를 짓는 신축 현장이다.

우리는 어제까지 내부 쪽을 마감하고 오늘은 외부 1층 주차장을 마감하는 날이어서 아침 일찍 현장에 도착했다.

차에서 내리자마자 쌩하고 찬바람이 얼굴을 스쳤다.

사방을 둘러보니 다른 분야의 일꾼들은 한 사람도 보이지 않아 우리가 제일 먼저 왔음을 알 수 있었다.

옆에 탔던 '쇼디'는 동료 기사인 '고밀'과 함께 공구 트렁크를 내려서 작업준비를 서두르고 있었다.

「쇼디야, 커피 가지고 왔지?」

「예, 차에 있어요!」

「그럼 물 끓여, 날씨도 추운데 한 잔씩 마시고 해라!」

「우린 알아서 할 테니까 사장님은 경비실에 가서 소장님하고 마시세요.」

「경비실…?」

나는 고갤 돌려 가까이 있는 경비실 쪽을 바라보았다. 반쯤 열려진 낮은 창을 통해 현장감독인 전 소장이 들어오라는 손짓을 하고 있었다.

「쇼디야, 일하다 추우면 경비실에 들어와 몸도 녹이고 해!」

「알았어요, 사장님!」

「다른 팀들은 그림자도 안 보이는데 왜 벌써 나왔어?」

미리 타 놓은 일회용 커피잔을 내밀며 전 소장이 하는 말이었다.

「내가 일찍 오는 게 아니라, 쟤네들이 일찍 나오는 거야.」

「인복도 많다니까.」

「사장님이 그만큼 잘해주니까 그렇겠죠.」

잠자코 있던 경비원의 말이었다.

「그렇지도 않아요.」

나는 조금 남은 커피를 마저 마시며 대답하듯 대꾸했다.

「회장님 들어오시는데요!」

경비원의 말이 떨어지기 무섭게 경비실 앞에서 멈추는 고급 승용차의 운전석 문이 열리면서 내리는 젊은 기사가 뒷좌석 문을 열자 머리가 희끗한 노인회장이 내리며 차를 빼라는 손짓을 하며 경비실 계단을 향해 오는 것이었다.

「저 노인네는 직원들도 아직 출근이 멀었는데 왜 부지런이래?」

하고 전 소장이 무심코 하는 말이었다.

경비원은 어느 틈에 밖의 계단 아래까지 내려가 그를 맞이하고 있었다.

전 소장과 나는 안으로 들어온 그에게 꾸벅꾸벅 인사를 하였다.

「일찍들 나왔구면.」

답례인 듯한 말투였다.

그는 밖의 현장을 살피듯 바라보다가 경비원에게 말을 하였다.

「나 커피 한 잔 주겠나?」

「네, 회장님!」

그는 대답과 함께 우선 앉으라는 듯 그의 앞에 의자를 놓아준 다음 종이컵 등을 준비하며 바삐 손을 움직였다.

의자에 앉은 그는 밖의 현장을 유심히 살펴보는 듯하다가 얌전하게 서 있는 나와 전 소장을 바라보며 말을 건넸다.

「전 소장, 준공식 하는 데는 지장 없다고 했지?」

「그렇습니다, 회장님. 이제 주차장 끝나고 주변 정리만 하면 됩니다.」

그가 만족감을 표시하듯 고개를 끄덕이고 있을 무렵 경비원이 타온 커피잔을 그의 앞에 공손하게 내밀었다.

후후 더운 김을 불어가며 연달아 몇 모금을 들이마신 그는 야! 하는 감탄사와 함께 뜻밖이다 싶은 말을 하였다.

「차 맛은 뭐니 뭐니 해도 종이컵에 믹스 커피가 제일이야!」

하며 다시 후룩 잔을 기울였다.

순간 나는 그의 소탈함에 더욱이 놀라지 않을 수 없었다.

「수출의 날에 은탑 산업훈장까지 받으신 대회사의 회장님께서 이런 말씀을 하시리라곤 상상도 못 했습니다, 회장님, 하하하!」

나는 웃으며 말을 하였다.

「사람의 본질은 변하지 않는 법이야. 나야말로 평생을 현장에서 잔뼈가 굵은 사람이야. 그 훈장도 내가 아닌 수많은 우리 직원들이 열심히 일하고 피땀 흘린 노력의 대가로 타게 된 거지 내가 탄 게 아냐. 그러니 과대평가하지 않음 좋겠어.」

「아무튼 존경스럽습니다. 회장님!」

「어허, 그리고 김 사장, 저기 저 외국인들 자네네 직원이지?」

「네, 그렇습니다.」

「지난해와 그 전년도에 아산의 우리 제2공장과 제3공장 건립 때도 본 것 같아서 하는 소리야.」

「제가 데리고 있은 지도 벌써 여러 해가 됐네요.」

「어느 나라야?」

「우즈벡입니다.」

「내가 수년에 걸쳐 우리 공장을 짓기 전까지는 몰랐던 사실인데 현장마다 외국인 노동자들이 많긴 많더구만, 헌데도 노동력이 부족하다니까 문제지.」

「현장뿐입니까, 어디? 농어촌은 어떻구요. 그리고 뉴스에도 자주 나오다시피 중소기업체는 더 심각한 실정이래요. 결과적으론 부족한 노동력의 충원을 위해선 저들의 노동력을 활용해야 한다는 현실적인 측면을 고려한다면, 뭔가 탄력적이고 융통성 있는 깊은 고민으로 활성화할 수 있는 방안을 모색해 볼 수 있는 시점이 바로 지금이 아닌가 하는 생각도 듭니다.」

「맞는 말이야, 일반 국민의 생각도 그러할진대 정부라고 모를 리 있겠나?」

하고 말하며 마지막 한 모금의 커피까지 마시려는 듯 종이컵 바닥이 위로 향할 때까지 치켜들었다.

「저 내일 하루 쉬면 안 되겠어요, 사장님?」

평일엔 하루도 쉬어본 적 없는 쇼디의 청인지라 나는 궁금증을 참을 수 없어 그 연유를 물어보지 않을 수 없었다.

사연인즉 자기 큰아버지의 아들 형제가 일 년 전에 한국에 들어와 경기도 가산의 가구공장에서 일을 했는데 두 형제가 노임을 10개월씩이나 받질 못하고 지금은 충북 음성의 비닐하우스 농장에서 일을 하고 있는데 가구공장에 잘 나타나지 않던 사장이 요즘은 사무실을 떠나지 않고 있다는 연락을 동료로부터 받고 그가 길 안내를 해야 되기 때문이라는 것이었다.

나는 쇼디의 영특함을 인정하지만 차선을 여러 번 변경해야 되는 우려스러움 때문에 내 차로 데려다준다는 말을 하자 그는 기쁨을 감추지 못하면서도 미안한 기색을 숨기지 못했다.

이튿날 그는 동이 트기 무섭게 사촌들을 데리고 사무실에 들어왔다.

쇼디가 우즈벡 언어로 나를 소개하자 그들은 고개를 꾸벅이며 서툰 우리말로 인사를 하였다.

한 사람은 30대 중반에 가까워 보였고 그보다 훨씬 어려 보이는 또 한 사람은 20대 초반인 청년으로 보였다.

나는 그들에게 둥근 탁자 앞의 의자에 앉기를 권하자, 그들은 다시 꾸벅꾸벅 머릴 조아리며 의자에 앉았다.

「너 결혼했지?」

눈치 빠른 쇼디가 한쪽의 정수기에서 물을 뽑아 커피를 타고 있을 동안 나는 형이라는 사람한테 질문을 던졌다.

「예…!」

「애기는 몇이야?」

「세 개에요.」

순간 나는 훗훗! 하고 웃음이 터져 나왔다.

그 사이 쇼디는 타온 커피잔을 나와 그들 앞에 놓아주었다.

「쇼디 너두 마셔야지.」

「네!」

대답 소리와 함께 그는 정수기 쪽으로 몸을 움직였다.

나는 그의 표현이 재밌다 싶어 다시 말을 걸어보았다.

「애기가 딸이냐, 아들이냐?」

그는 마시던 컵을 입에서 떼며 다시 말을 하였다.

「긴 것은(큰애) 아들이고, 딸 작은 것(차녀) 하나, 더 작은 것(막내) 하나에요.」

그래, 딱 알맞게 낳았는데, 그래. 동생은 언제 가니 장가?」

「사상님, 우리 우주벡은요, 여자들은 열여덟 아홉 살부터 가기 시작하구요, 남자들은 스물셋 넷에서부터 가기 시작하는데 더 빨리 가는 사람도 있고 서른 살이 넘어서 가는 사람도 많아졌어요, 지금은요.」

어느새 내 옆에 앉아 커피를 마시고 있는 쇼디의 후련한 대답이었다.

「야, 남들은 결혼을 일찍 하는데 서른이 넘어 늦게 하는 사람들의 경우는 뭐니?」

「한국에 나와서 칠팔 년 일하다 보면 거의 서른 살이 넘잖아요. 더 오래 걸리는 사람도 있구요.」

「그럼 결혼할 아가씨들이 싫어하지 않니? 나이 많다고」

「웬걸요, 인기 짱이에요. 서로 시집오겠다고 줄지어 섰는걸요.」

「그래? 그럼 쇼디 너도 귀국하면 그렇게 되겠네?」

「예, 그래서 우리 어머니가 아가씨 하나 점찍어 놨대요. 보세요, 사장님. 이 아가씨에요.」

하며 핸드폰 속의 영상을 보여주었다.

미모가 아리따운 앳된 아가씨였다.

「우리나라 탤런트보다도 미인이다, 얘.」

그는 나의 부추김이 만족스러웠던지 벙그러진 입을 다물지 못했다.

가산의 가구공장에 도착했을 때는 오전 열한 시가 조금 넘어서였다.

공장의 규모는 제법 큰 편이었고 한편의 작업장에선 요란한 기계톱 소리와 인부들의 복작거림이 시야에 들어왔다.

두 형제의 익숙한 안내에 따라 들어선 사무실 안은 깔끔하고 품격있어 보였으며 고급 테이블 앞에 ○○○대표란 명패 앞에 앉아 있던 사장인 듯한 중년 남자가 그들 형제를 보고 애써 반가움을 나타내며 그들 앞으로 다가왔다.

「안녕하세요, 사장님?」

두 형제는 머릴 굽실하며 서툰 우리말로 인사를 했다.

그는 그들의 인사는 받는 둥 마는 둥 하며 나에게 눈길을 주며 말을 하였다.

「어떻게 오셨죠?」

「실례되는 줄 압니다만, 이 친구들이 사장님을 뵈러 간다고 하기에 초행길이라서 제가 포천 현장에 가는 길에 좀 데리고 왔습니다. 얘는 이 친구들 사촌되는 애구요.」

나는 엉겁결에 핑계 아닌 핑계를 대었다.

그의 얼굴엔 약간의 불쾌한 기색이 엿보이는 것 같았다.

아마도 내가 저들을 대동하고 온 데에 대한 못마땅한 것 같았다. 나한테서 눈길을 돌린 그는 다소곳이 서 있는 두 형제를 보며 너그러운 듯이 입을 열었다.

「그동안에 사장님이 어려움이 많았었는데 이제 좀 풀리고 있으니 다시 와서 일을 하거라. 그러면 내가 빌린 월급이랑 다 해줄게.」

「사장님, 그런 얘기 열 번도 더 했잖아요.」

형제 중에 형이 하는 소리였다.

「그땐 그랬지만 지금은 정말이야.」

「우리 지금 일하는 데서 못 나가요, 사장님. 일 년 치 한꺼번에 돈 받고 일하고 있어요.」

「그런 데도 있다고? 그러면 너희들 다음 달 말일에 한 번 더 와라. 내가 준비해놨다 그때 오면 줄 테니까, 알겠니?」

하는 말투가 어서 나가 달라는 소리처럼 들렸다.

나 역시 감정이 상한 터라 몸을 휙 돌려 밖을 향해 두어 걸음 발길을 옮기는데 눈길이 사무실 한쪽에 고정되는 것이었다. 골프용품 가방을 보았기 때문이다.

나는 그들과 사무실을 나와 차를 세워둔 주차장까지 오는 동안 퉤! 퉤! 바닥에 침을 뱉고 또 뱉었다.

물론 이들이 흉을 보거나 말거나 창피한 생각도 모르는 듯이 말이었다.

사랑하는 가족을 등지고 타국에 와서 모은 피와 같은 노임을 착복하여 골프채나 휘두르고 행세하는 생양아치들의 행태를 생각하니 참을 수 없는 역겨움과 심한 분노가 겹치면서 감정 조절이 쉽지 않았기 때문이었다.

퇴근 무렵 김 부장과 커피를 한 잔씩 마시고 있던 때였다.

얼굴이 어두워 보이는 쇼디가 들어오며 하는 말이었다.

「사장님, 가산 가구공장에 간 형한테서 전화가 왔는데요, 사장이 아침부터 안 나타나고 있대요, 지금까지도요.」

「벌써 그렇게 됐어, 한 달이?」

「예, 어제저녁에 형이 가산 모텔에서 자고 아침부터 공장에 가서 기다렸는데 종일 안 나타난대요.」

「전화는 해보구?」

「열 번도 더 했는데 아예 안 받는데요.」

「그럼 돈 받긴 틀렸어. 줄 사람이 아니야.」

「그럼 어떡해요, 사장님?」

그는 울상이 되어 물었다.

「고발해야지, 경찰서에.」

「그것도 못 해요.」

「못 하다니 그게 무슨 소리니?」

「형하고 동생은 불법체류자예요.」

나는 쇼디의 말을 듣는 순간 가구점 사장의 야비한 심보를 알 수 있었다.

「김 부장, 저런 족속들 때문에 선량한 고용주나 기업주들이 자 첫하다간 도매급 취급을 당할 수 있겠어. 우리 직원들 월급날은 하루도 변동이 있어선 안 돼!」

「새삼스러울 필요도 없는 얘기를 왜 하세요? 우리보다노 쟤네 들이 더 잘 알고 있는 사실인걸요. 그리고 강조하지 않으셔도 그 게 사장님이 우선시하는 모토라는 점을 제가 알고 있잖아요.」

김 부장의 설명은 나의 마음을 편안케 해주는데 충분하였다.

그동안 한솥밥을 먹으며 정들어왔던 쇼디가 본국으로 들어갈 날이 3일 앞으로 다가왔다.

나는 김 부장에게 그가 한국에 남아있는 친구들, 혹은 지인들과 함께 회식연을 할 수 있는 비용을 결제해주라는 사인을 하였다.

저녁에 쇼디로부터 전화가 왔다.

핸드폰을 통해 흘러나오는 떠들썩한 분위기로 보아 음식점이 분명했다.

「정말 고맙습니다, 사장님. 친구들도 많이 왔어요.」

「그래? 거기 어디니?」

「고기 뷔페집이에요. 오늘 잘 놀고 내일 사무실로 들릴께요!」

「그래, 나도 갈려고 했는데 내가 있으면 너희들이 내 눈치 보느 라 마음 놓고 놀지 못할까 봐 일부러 빠졌으니까 마음 놓고 놀다 와.」

「알겠습니다. 사장님.」

이튿날 사무실에서 만난 쇼디의 얼굴은 더없이 밝아 보였다.

그는 언제나처럼 커피를 타서 내 앞에 놓고 자기 것도 타서 나와 마주 앉아 마셨다.

「그래 어제 재밌었니?」

「네, 무지하게요. 뷔페에서 나와 노래방엘 갔었어요.」

「노래방 기계에서 우즈벡 가요가 나온단 말이냐?」

「그럴 리가요.」

「그럼…?」

「우리 친구들 모두가 한국노래 한두 곡은 부를 줄 알아요. 싸이의 '강남스타일'은 기본이구요.」

「그래? 넌 뭘 불렀니?」

「백지영의 '잊지말아요'를 불렀어요. 그것도 앵콜까지 받으면서요.」

나는 매우 신기한 일처럼 느껴졌다.

자국 노래를 나도 모르는데 하물며 외국인이 앵콜까지 받으며 불렀다니 말이다.

이는 우리 문화의 예술성이 세계에 우뚝 설 수 있는 초석임을 나타내는 증거일 거라는 생각이 들었다.

「짐도 다 부쳤지?」

「예. TV, 냉장고까지 모두요.」

「우즈벡에 집은 다 지었니?」

「며칠 전에 다 끝났다고 연락이 왔어요, 아버지한테서요.」

「그럼 이제 뭐가 남았니?」

「차만 남았는데 승용차는 제가 들어가서 직접 구하려고요. 우리나라에도 현대니 기이지동차 공장이 있거든요.」

「이제 보니 쇼디는 부자구나.」

「모두가 사장님 덕분이에요. 이 은혜는 잊지 않겠어요!」

「나도 널 못 잊을 거야.」

하며 나는 그의 어깨를 토닥거려주었다.

인천 공항은 언제나처럼 많은 사람이 붐볐다.

쇼디의 출국 수속이 완료됨과 함께 탑승을 알리는 안내방송이 흘러나왔다.

「이제 들어가 봐, 쇼디야!」

나는 꽉 잡고 있던 그의 손을 놓으며 말을 했으나 나도 모르게 울먹임 소리가 나왔다.

「안녕히 계세요, 사장님!」

그 역시 눈가에 이슬이 맺히며 나를 바라본 채 천천히 뒷걸음질을 하였다.

나는 어서 가라는 듯 손짓을 하였다. 시야가 점점 멀어짐에 따라 그는 몸을 돌려 앞을 보고 걷기 시작하였다. 걸으면서도 그는 흐르는 눈물을 주체치 못하는 듯 손등을 눈에다 갖다 떼고 하는 동작을 반복하더니 어느 틈엔가 그의 모습은 보이지 않았다.

나 역시도 가슴 찡한 허전함을 안고 발길을 돌려야만 했다.

그 후 쇼디와 헤어진 첫 크리스마스를 맞는 이브의 밤이었다.

아기 예수의 탄생을 축복하듯 하얀 눈이 소록소록 내리고 있었다.

「Merry Christmas and a happy new year!」란 문자가 날라왔다.

우즈벡의 쇼디로부터 온 문자였다.

국민 대다수가 타 종교를 신봉하는 나라에서 교회를 다니는 나와 우리 가족을 위해 기도하는 모습을 보여준 그의 갸륵한 마음을 크리스마스 선물로 받은 것 같아 감사함과 함께 흐뭇한 마음을 만끽할 수 있었다.

천하의 포도대장

신문사 사회부 기자인 석천우 선배와의 커피타임을 맞추기 위해 서둘러 약속된 다방에 도착하여 사방을 살폈으나 그의 모습은 보이지 않았다.

나는 빈자리에 앉으며 버릇처럼 손목의 시계를 살폈다.

시곗바늘은 오전 10시를 가리키고 있었다.

어느 틈에 레지가 따라놓은 물컵을 들어 후룩 한 모금 마시는 사이 그가 나타났다. 그는 급하게 온 사람처럼 가쁜 숨을 몰아쉬고 있었다.

「선배님, 급히 오셨나 봐요.」

「응, 홍제동 화장장 뒷산까지 갔다 오느라 늦은 데다가 차댈 곳이 없어 헤매다가 급히 와서 그래.」

하고 털썩 자리에 앉으며 둘러맨 카메라를 벗어 탁자 위에 놓았다.

「거기엔 왜요?」

「얼마 전에 대연각 호텔 화재사건이 있었잖아.」

「네, 세계최대의 화재사건의 참상이어서 전 세계인들 모르는 사람이 없을 정도죠. 헌데 그 화재사건과 홍제동 화장장이 무슨 연관이 있습니까?」

의구심이 가득 찬 나의 물음은 그 대답을 재촉하고 있었다.

「있다마다, 화마로 인한 인명 피해가 163명이라는 건 알고 있지, 김 작가도?」

「거야 뉴스를 통해 모르는 사람이 없잖습니까?」

「대부분의 사망자들은 가족이나 연고자들에게 보상과 함께 시체 인도 절차가 이뤄진 점에 반해 화재가 발생한 지 수개월이 지난 지금까지도 연고자가 나타나지 않는 5구의 시체가 있다는 거야.」

「연고자가 없어서 그런 경우도 있지 않겠습니까?」

「물론 그렇지. 허지만 세간의 이목은 그렇게 녹록지가 않아. 그걸 반증할 수 있는 점이 이들이 모두 여자라는 점이야. 게다가 하나같이 묘령의 여인들이고, 남의 말 하기 좋아 입가려움 참지 못하는 참새떼들이 아니라 할지라도 무성한 소문은 마치 사실인 양 온 서울 장안을 뒤덮고 있어. 시체의 보호자들은 분명 장안의 명문가들일 것이며, 가문의 영광과 체면에 손상이 가기 때문에 나서지 못하고 있다는 거야. 어떤가, 김 작가? 믿고 싶진 않지만 그럴

개연성 또한 배제할 수 없는 점도 부인할 수 없잖아?」

「그렇긴 합니다만, 아무리 명예와 체면이 중하다 한들 비명에 간 자식의 죽음보다 더할라구요.」

「순진하긴…. 세상엔 그보다 더한 족속들이 의외로 많다는 사실을 잊어선 안 돼.」

「그래서 그 시신들 처리는 어떻게 됐습니까?」

「호텔 쪽에선 하는 수 없이 현재의 장소에 가묘를 쓰고 임시 매장해놓은 상태야. 봉분도 없는 맨땅에 一女, 二女, 三女, 四女, 五女라고 쓰인 나무 팻말만 덩그러니 꽂혀있는 걸 보니 애처롭기 짝이 없어 취재할 의욕이 싹 가시는 기분이었어.」

「선배님의 심정 이해할 것 같습니다. 저 역시 선배님 덕분에 꿈속에서나 상상할 수 있었던 시야를 넓힌 것 같습니다.」

「그렇게 생각했다면 날 따라와! 자네한테 꼭 필요한 분 소개해줄게. 알고 나면 앞으로 작품활동 하는 데 있어서 많은 도움이 될 거야.」

「어떤 분인데요?」

「포도대장 알지?」

「포도대장이요…?」

불쑥 던지는 그의 물음을 전혀 알지 못하는 나는 어안이 벙벙한 채로 되물었다.

「그래. MBC-TV 주간극 〈수사반장〉 보고 있지?」

「그럼요. 매주 빼놓지 않고 보고 있습니다.」

「거기에 나오는 〈330 수사반장〉 실존 인물이 시경 강력계의 최 중락 반장이야. 우리 기자들 사이에선 그를 그렇게 부르고 있어. 마침 취재할 사항이 있어 그와 만나기로 했는데 같이 가면 딱이다 싶어 하는 말이야.」

「고맙습니다, 선배님. 저한테는 아주 특별한 인연이 될 것 같습 니다.」

「나도 그러리라 믿어. 자, 그럼 커피 한 잔씩 하고 일어나자구」

「네….」

서울지리에 어두운 나는 어디가 어디인지도 모르는 다방에서 최 반장님과의 만남은 분위기 자체가 편안했다.

어쩌면 국민이 다 알만큼 330수사대란 특별 명칭이 붙은 민완 형사반장은 예리함이나 날카로움을 전혀 느끼지 못할 만큼 수수 하고 소탈해 보이는 모습이어서 마치 이웃집 형님 같은 친근감을 느꼈기 때문인지도 모르는 일이었다.

「김 작가, 이분이 바로 천하의 포도대장 최중락 형님이야.」

석 선배는 소개말과 함께 나를 보며 인사하라고 고갯짓을 했 다.

「고명하신 선배님을 뵙게 되어 영광입니다. 지방에서 일을 하 며 틈틈이 글 좀 쓰고 있습니다.」

「반갑소, 석 기자가 나를 너무 띄워 소개 하는군요.」

허릴 굽혀 인사하는 내 앞으로 그가 손을 내밀며 하는 말이었다.

나는 두 손으로 그의 우람한 손을 잡아 화답했다.

「제가 아끼는 후밴데 형님께서 많은 도움을 주셔야 될 것 같습니다.」

이미 가져온 찻잔을 들며 석 선배가 그를 보며 하는 말이었다.

「하하하……. 평생을 범죄와 싸우는 경력밖에 없는 내가 줄 도움이 뭐 있겠어?」

「반장님의 경력으로 인하여 사회질서가 유지되고, 시민의 안녕이 보장받고 있지 않습니까? 또한 반장님이 내딛는 발자국마다 사회의 희노애락이 묻어나는 흔적이 아니고 무엇이겠습니까? 앞으로 귀찮은 동생 하나 생겼다 해주시고 많은 말씀 부탁드리겠습니다.」

다시 머리를 조아리며 말을 마치는 나를 바라보는 그의 얼굴엔 함박웃음이 피어있었다.

「하하하! 너무 듣기 좋은 말만 듣다 보니 왠지 쑥스러워지는데, 좋네. 우리 앞으로 친해 보자고!」

하며 찻잔을 들어 나에게도 어서 마시라는 손짓을 했다.

설레임 속에 그와의 만남은 매우 유익하기도 하였다.

명동의 어느 커피숍을 들어서자 꼭지 달린 검정 빵떡모자를 비

스듬히 눌러쓰고 나를 반갑게 맞이하는 사람이 있었다.

그는 극단 「은하」의 대표이며 연극 연출가인 한창수씨였다.

그는 수사반장과 나와의 관계를 어떻게 알았는지 매우 간절한 부탁을 해왔다.

이미 TV극으로 방영 중인 수사물을 아직 한번도 시도해보지 않은 연극무대에도 한번 올려보자는 제안을 하였다.

고갤 저으며 거절하는 나의 뜻은 뒷전에 두고 어찌나 열정적으로 설득에 설득을 더하는지 나는 그만 두 손을 들고 말았다.

단, 내가 제시하는 조건이 용인되는 한계 내에서였다.

그는 숨돌릴 틈도 없이 좋다는 사인을 했다.

나의 조건 내용은 절대로 원고 독촉은 하지 않겠다는 것과 아울러 리허설에 관한 나의 시간도 존중해달라는 것이었다.

그는 원고만 넘어오면 모든 진행 상황은 본인이 알아서 진행할 것이니 신경 쓰지 말라며 오히려 나를 안심시켰다.

하지만 나는 왠지 미안한 생각을 떨쳐낼 수가 없었다.

일방적인 내 주장만 내세웠다는 생각이 들었기 때문이었다.

나는 사업 관계와 작품활동에 관한 현재의 내 입장을 설명해주면서 이해를 구했다.

「김 작가, 정말 대단하오. 난 김 작가가 그런 입장에서 글을 쓰고 있다는 사실은 전혀 몰랐소. 정말 대단하오. 한 가지만 해도 어려운 판인데 정말 대단하오.」

그는 백번 이해한다는 듯 나의 두 손을 꼬옥 쥔 채 놓질 않았다.

무대에 올리기 위한 희곡을 쓰겠다는 나의 이야길 전해 들은 최 반장은 흔쾌히 승낙하며 다양한 소재거리를 제시해주었다.

나는 수일을 고심한 끝에 하나의 소재를 선택했다.

정통 수사극은 이미 방영됐거나 현재도 계속 방영 중이어서 연극무대에서조차 궤를 같이한다면 신선함을 찾기 위해 무대를 찾는 관객들이 식상해할 것이라는 점을 감안하여 전혀 새로운 스타일의 소재를 선택하기 위해 한창수 씨에게 의견을 물었더니 그는 쌍수를 들며 호응했다.

수사물이긴 하지만 수사물의 색채가 강하게 느껴지지 않는 선에서 스토리가 전개되는데 총체적인 줄거리는 한국 가정의 가부장적이고 틀에 박힌 고정관념 속에서 맏며느리로서 아이를 낳지 못하는 석녀의 애환을 그린 내용이었다.

수개월 후 원고가 탈고되고 리허설이 끝나갈 무렵 극단 측으로부터 연락이 왔다. 종파티 날에는 꼭 참석해달라는 것이었다.

나는 최 반장님에게도 권유를 하며 승낙을 얻어냈다.

그리 호화롭진 않았지만 꽤나 넓은 음식점에서 연출가를 비롯한 많은 단원들이 숯불 연기가 자욱한 속에 삼겹살 파티를 즐기고 있다가 들어서는 그와 나를 알아보기라도 한 듯 모두 일어나 손뼉을 치며 반갑게 맞아주었다.

화기애애한 속에서 소주잔이 오가며 대화가 무르익어갔다.

원래 술을 마시지 않는 나는 체면치레로 잔에 입을 대고 마시는 시늉을 하다가 탁자 위에 잔을 놓자 기다렸다는 듯 예쁘장한 여단원이 입을 열었다.

「작가 선생님이라 해서 나이가 지긋하신 줄 알았는데 팸플릿 사진보다 더 젊어 보이는 이렇게 새파란 선생님인 줄은 몰랐어요, 호호!」

두 손으로 입을 가리며 웃음을 터트리는 그녀가 주연역을 맡은 단원이라며 나에게 인사를 하였다.

「수고 많았어요. 다른 작품의 작가들처럼 자주 찾아보지 못해 죄송해요.」

「아닙니다, 선생님에 대해선 단장님께서 말씀해주셔서 이미 다 알고 있으니 너무 괘념치 마십시오. 그리고 오늘 이 자리에 반장님께서 오시리라곤 생각지 못했습니다. 경찰이라 하면 왠지 서먹서먹하고 거리감이 있다 싶었는데 연극을 하면서 수사관 역할을 해보고 무섭게만 느껴지던 반장님과 자리를 같이하고 보니 그동안 우리가 지녔던 편견과 고정관념의 틀이 바로 서는 느낌입니다.」

내 앞에 앉은 곱상한 남자 단원이 그를 주시하며 하는 말이었다.

「그렇습니다. 경찰이라 해서 별다를 리 있겠습니까? 오직 나라의 주인인 여러분들이 있기에 우리의 존재가 필요한 게 아니겠습

니까? 우리의 노고를 대변해 주신 여러분에게 진심으로 감사드립
니다.」

인사말과 함께 고개를 숙이는 그에게 화답이라도 하듯 단원들
의 손뼉 소리는 우렁찼다.

공연 마지막 날이었다.

반장님과 나는 극이 끝난 후에 단원들과 함께 무대 인사를 해야
한다기에 하루 2회 공연 중 1회 공연에 참석해서 앞쪽에 나란히
자리를 잡고 앉았다.

극이 한창 클라이막스를 향해갈 때 그는 갑자기 내 손을 덥석
잡으며 귀에다 대고 작은 소리로 소곤거렸다.

「김 작가, 내 수사반장 자리엔 김 작가가 앉아야 되겠어. 수사
기법이 어쩌면 저렇게도 우리보다 더 세밀하고 정교할 수가 없으
니 말이네. 정말 놀라워.」

「너무 그러지 마십시오, 부끄럽습니다.」

「아니야, 우리의 분발을 촉구하고도 남음이 있어, 하하하.」

그는 잡았던 내 손을 놓으며 나의 등을 토닥거렸다.

관객을 향한 무대 위에 처음 서보는 나는 입안의 침이 마르는
듯한 긴장감을 맛보았으나 옆에 같이 선 그를 의지한 덕분으로 무
사히 인사말을 마칠 수 있어 다행이다 싶었다.

공연이 끝나고 그와 회관 앞에서 잠시 담소를 나누고 있을 무렵
어디선가 나타난 젊은 남녀들이 우리 주위를 둘러쌌다.

그들의 어깨엔 하나같이 카메라가 얹혀 있었다.

나는 어떤 영문인가 싶어 그의 표정을 살피자 그는 그러한 내가 우습다는 듯 빙그레 웃으며 입을 열었다.

「신문사와 잡지사의 연예부 기자들이야. 우리 취재를 하기 위해 나왔으니까 포즈를 취해주자구.」

하며 나를 잡아끌어 자기 옆에 바로 세웠다.

「감사합니다, 자 그럼 찍겠습니다!」

누군가의 소리와 함께 여기저기서 카메라의 플래시가 번쩍거렸다.

이튿날 도하 각 신문의 문화면에는 연극평에 대한 이야기가 줄을 이었고, 후에 발간된 어느 월간 잡지 『야담과 실화』엔 그와 내가 나란히 찍은 커다란 사진이 이면 화보에 실림과 함께 '청년 작가와 수사관의 대화'란 제하의 기사 아래 본문 참조하여 작품이 이뤄지기까지의 내용이 소개되어 나까지 유명세를 타게 되었다.

「청소년들의 범죄상태가 날로 심각해지고 있어. 이미 사회문제로 들어섰다고 해도 과언이 아니야.」

어느날 만남의 자리에서 대화 도중 표정이 어두워지며 심각한 어조로 그가 하는 말이었다.

처음엔 그의 입장에서 청소년들의 범죄에 대한 심각성을 나타내고자 하는 의미가 아닌가 하고 생각하였으나 꽤 오랜 시간이 지났음에도 불구하고 그의 심각했던 표정은 좀처럼 내 머릿속에서 지워지질 않고 조금 전에 본 것처럼 생생하게만 느껴지는 것이었다.

순간 나의 머릿속에는 효심이 깊은 사람은 범죄자와의 상관관계가 성립됨을 보지 못했다는 심리 분석가의 이론은 차치하고라도 주위에서 느끼는 사실적인 측면을 고려할 때 이에 합당한 소재로서 표현을 한다면 효심의 대명사로 알려진 '한석봉' 선생의 어린 시절 이야기를 다시 한번 재조명시켜보는 것도 의미 있는 일이 아닐까 하는 마음으로 서슴없이 펜을 들었다.

중국 천하가 자랑하는 일필휘지라 불리우는 「왕희지」에 버금가는 조선의 명필 한석봉에 대한 이야기는 누구나가 익히 아는 사실이지만 정작 그가 가세가 기울어진 어려운 환경 속에서 홀어머니의 엄한 교육과 훈육을 통한 인고의 세월을 거쳐 마침내 명필가의 꿈을 이루고 가평 군수로 제수받는 그의 삶의 원천이랄 수 있는 효심의 공간 속에 범죄란 끔찍한 단어가 비집고 들어갈 자리가 있겠는가 말이다.

이리하여 발표된 작품이 「소년 한석봉」이었다.

이렇듯 나는 그가 말하는 사회상 속에서 작품 소재의 방향성에 대한 많은 도움을 얻을 수 있었다.

그는 가족과의 단출한 여행은 고사하고 매년 되풀이되는 아이들의 생일날에 축가 한번 불러주지 못한 채 격무에 시달리는 것은 다반사였다. 어느 땐 범죄자들과 목숨을 건 사투를 벌여야 하는 극한상황에서도 긴장의 끈을 놓을 수 없다는 그를 비롯한 일선 수사관들의 이야길 듣고, 그들의 노고에 대해 어떤 말로 위로를 해야 할지 선뜻 입을 열 수가 없었다.

어디 그뿐인가. 늙으신 홀어머니를 둔 범인이 감옥에서 긴 세월을 보내는 동안 그가 동료들과 더불어 박봉을 쪼개고 모금 운동을 벌여 범인이 형량을 마치고 출소하기까지 그의 노모를 돌봐온 사실은 미담 중에 미담이겠지만, 어떤 경우에라도 이런 사실이 밖으로 노출되어서는 안 된다는 그의 뜻에 의해 손이 근질거려도 기사를 쓰지 못하고 있다는 석 선배의 말이고 보면, 그는 정녕 낮은 자세 속에서 묵묵히 일하는 한국 경찰의 자화상이라 해도 과언이 아닐 것이며, 「천하의 포도대장」이란 호칭은 언제 들어도 어색함이 없는 것 같다.

아름다운 자산

이사한 지 수일이 지났지만 아직도 긴장이 풀리지 않은 탓인지 몸과 마음이 여전히 무거워 좀처럼 움직일 수가 없었다. 어머니와 와이프가 지켜보는 가운데 전전긍긍하고 있던 차에 재산이라고는 하나밖에 남지 않은 책상 위의 수화기 벨이 조용한 방안을 진동하듯 울렸다.

이사 온 후로 세 손가락 안에 울리는 전화벨 소리였다.

「여보세요…!」

「김 사장, 나 이진권이야.」

「아니, 형님 어쩐 일이십니까?」

「이 사람아, 이사했으면 연락이라도 해줘야지, 그렇게 은둔하듯 숨어버리면 어떡해?」

「죄송합니다, 형님. 경황이 없어서 연락도 못 드렸습니다.」

「그런 그렇고, 자네 오늘 나하고 서울을 가야 하니까 터미널 앞에 상록수 다방으로 나와! 같이 차 한 잔 마시고 출발하게. 이유는 나와보면 알 테니까.」

「알겠습니다, 형님. 그럼 지금 바로 나가겠습니다.」

수화기를 놓은 나는 웬일인가 싶은 궁금증이 일었으나 늘상 어려움이 있을 때마다 도움을 주시고 조언을 아끼지 않는 고마운 형님이기에 더없이 반가웠으며 한시라도 빨리 만나보고 싶어 시간을 지체하지 않았다.

다방 안을 들어서는 나를 무척 반기는 그는 내 두 손을 꼬옥 감싸듯 잡아끌며 자리에 앉혔다.

진심이 묻어나는 그의 행동임을 모를 리 없는 나는 순간 마음이 울컥하였다.

「너무 낙심하지 말어, 사람이 살다 보면 숱한 어려움이 닥치는 게 우리네 인생이야. 언덕에서 나락으로 한번 굴렀다고 생각하고 탈탈 털고 일어날 준비를 하란 말이야.」

그는 내 앞의 물컵에 주전자를 기울인 다음 자기의 컵에도 물을 따랐다.

「고맙습니다, 형님!」

「그리고 어떤 경우에라도 품위는 잃지 말고…. 내가 자네보다 세상을 조금 더 살아 본 선배로서 말하는 건데, 젊어 고생은 사서도 한다는 말이 참 의미 있는 말이라고 생각해. 어려움을 겪어 본 대부분의 사람치고 교만하지 않고 겸손하며 이웃끼리 사이가 좋은 반면 삶의 자세 또한 큰 오점 없이 살아가는 게 공통점이라 할 수 있어.」

그는 목마름을 느낀 듯 컵을 들어 쭉 들이켰다.

「좋으신 말씀 감사합니다, 형님. 헌데 서울을 가야 하는 이유는 뭡니까?」

「내 친한 친구가 서울에 꽤 큰 건설 회사를 가지고 있는데 이번에 평택 합정동에다 쇼핑센터를 짓기 시작했대. 그래서 자넬 데리고 가서 인사시키고 자네가 할 수 있는 일을 좀 부탁해보려고 말이야. 지하 1층에 지상 5층이라고 하니까 꽤 큰 건물이 아니겠어?」

「그렇게까지 신경 써주셔서 정말 고맙습니다, 형님.」

「자, 그럼 우리 커피 한 잔씩하고 출발하자구.」

하며 카운터 쪽을 향해 차 주문받으라는 듯 손짓을 하였다.

택시에서 내린 테헤란로의 중간 지점에 위치한 빌딩은 층수도 셀 수 없을 만큼 높았으며 웅장했다.

몇 층에서 내린 지 조차도 모르고 그를 따라 들어간 사무실 안은 무척 넓었으며 많은 직원들이 업무에 열중해있었다.

사장실 앞에 이르자 한 여직원이 그를 아는 듯 공손히 허릴 굽혔다.

「손 사장 있지?」

「해외에 나가셨어요, 어제.」

「그래? 전활 해보고 올 걸 그랬네.」

「전무님은 계셔요.」

「그래? 어느 방이지?」

여직원이 따라오라는 듯 두 손으로 안내하며 앞장섰다.

「아이고, 이 사장님. 오랜만에 뵙는군요.」

머리가 희끗한 중년이 약간 넘어 보이는 전무님이 보고 있던 신문을 던지듯이 탁자 위에 놓고 일어나며 하는 말이었다.

「네, 바쁘셨죠?」

악수를 청하며 답례를 한 그가 나를 보며 말했다.

「김 사장 인사드려! 전무님이셔.」

「안녕하십니까? 처음 뵙겠습니다.」

정중하게 허릴 굽히는 나에게 그는 답이라도 하듯 고갤 끄덕했다.

「이웃에 있는 아웁니다. 손 사장한테 부탁 좀 하려고 올라왔는데 가는 날이 장날이라고 손 사장이 없으니 그냥 내려가 봐야 되겠습니다.」

「무슨 말씀인지 앉아서 얘기나 들어봅시다.」

우리에게 앉으라는 시늉을 하며 그도 자리에 앉았다.

「여기 차 좀 가져와요!」

공손한 자세의 여직원은 알았다는 듯 고갤 끄덕하고 탕비실을 향해 걸어갔다.

「하실 말씀이란 제가 들어도 되겠습니까?」

「현장일에 대해선 손 사장보다야 전무님께서 모두 관장하시고 계시지 않습니까?」

「꼭 그렇지만도 않습니다만, 말씀해보세요.」

「이 아우가 평택에서 창호공사업을 하고 있는데 가급적이면 배려 좀 해주시면 어떨까 해서요.」

「현장일에 대해선 관여하고 싶진 않은데 이 사장님과 우리 손 사장님과의 관계를 생각해서라도 한번 알아보겠습니다.」

이때 여직원이 찻잔을 각자의 앞에 놓았다.

「평택 현장에 전화를 걸어 소장 나오면 나 좀 바꿔줘요.」

「네!」

하며 여직원은 시외전화를 신청하였다. 그리 오래지 않아 울리는 벨소리를 확인한 여직원이 내민 수화기를 그가 받았다.

「아, 나 손 전무야. 현장에 별일 없구? 그래, 그래. 수고하는구만. 그리고 창호공사 어떻게 됐나? 벌써 계약됐다구…?」

그는 잠시 말을 끊더니 손으로 수화기를 막고서 그를 보며 말했다.

「한발 늦었습니다, 이미 계약이 됐다는데요.」

기대는 하지 않았지만 왠지 가슴이 무너지는 실망감이 내 머릿속을 뒤덮고 있을 때 그의 음성이 귓전을 때렸다.

「그럼 계약 안 된 종목이 뭐 있나…? 경량철골이 남았다구? 그건 왜 아직 안됐지?」

「수원 업체에서 하기로 했는데 지하 슬러브 인서트 작업만 해놓고 오도 가도 않는다구? 그럼 그 업체 취소하고 다른 업체 선정하도록 해!」

그는 아까처럼 다시 수화기를 가리며 나를 보며 물었다.

「경량철골도 시공해요?」

「네.」

나도 모르게 튀어나온 대답이었다.

「그럼 진즉 얘길하잖구요. 김 소장, 내일 사람이 현장으로 갈텐데 경량철골 분야는 이분하고 계약해! 평택업체니까 이웃이고 좋잖아. 그래, 그래. 그럼 수고하라구.」

이날 거침없이 나온 짧은 대답 한마디가 나의 재기를 도와준 발판이 되었음은 물론이려니와, 40여 년을 넘어 오늘까지 영원한 현역의 길을 걸어감에 있어 결코 외롭지 않은 길잡이가 되었다는 점을 미리 밝혀두는 바이다.

막상 대답은 하고 나왔지만 무모하기 이를 데 없었다고 내 자신을 책망하였다.

하지만 한편으론 잘됐다라는 생각도 들었다. 지금의 처지에선 찬밥 더운밥 가릴 때가 아닌 너무나도 절박한 상황이기 때문이었다.

밖에 나가면 모두 내가 망했다고 손가락질을 하는 것처럼 느껴졌고 잘 알던 사람들은 외면하며 고개를 돌리려는 것 같았다. 물론 활달치 못한 나의 자격지심이었을 것이라고 생각한다.

서점에서 경량철골에 대한 부자재 명칭과 시공방법에 이르기까지 자세히 설명된 책자를 구입하여 밤새도록 탐독하였다.

혹시라도 모를 내일 현장소장과의 면담에서 예측지 못한 질문이 나온다 해도 거침없이 답변키 위한 생각에서였다.

그러나 그 점에 대해선 기우로만 그치고 말았다. 나보다 서너 살 위로 보이는 젊은 소장은 나를 반갑게 맞아주며 삼 일 후 1층 몰탈을 칠 예정이니 그리 알고 인서트 작업을 해달라는 것이었다.

인서트 작업이란 슬러브 몰탈을 치기 전 철근이 깔린 합판 위에다 간격을 맞춰 인서트를 박아놓는 작업인지라 웬만큼 큰 평수라 할지라도 나 혼자서도 충분히 해낼 수 있었다.

이제 집에 있을 시간이 없었다.

소장과의 커피 타임은 일과가 되었으며 여유 있는 시간은 인근 지역의 현장을 살피면서 혹시라도 같은 공사를 시공하는 곳이 있으면 들러서 업체의 소재지는 물론이며 수십 가지에 이르는 부자재의 단가와 생산 공장, 그리고 ㎡당 시공 가격에 이르기까지 참고될만한 사항은 메모해놓고 달달 외우고 있던지라 타인의 입장에서 본다면 마치 내가 이 방면에 연조깨나 있어 보일 것 같은 착각을 할 수도 있겠다는 생각을 하는 순간 피식 웃음이 터져 나왔다.

수십 일이 지나자 골조 공사의 형태가 드러나면서 전체 공정에 대한 속도가 붙으면서 나도 머지않아 작업을 위한 준비를 서둘러야 할 때가 되었다고 생각했다.

현장 사무실에서 나와 함께 커피를 마시고 있던 소장이 옆에 걸려있는 커다란 작업현황표를 살펴본 후 나에게 말했다.

「사장님, 일주일 후쯤이면 지하층 미장 작업이 끝나고 1층으로 올라오는데 사장님네 분야도 지하부터 시작해서 미장 따라 순차적으로 올라오세요. 그리고, 공사대금 지급 방법에 대해선 기존 거래업체라면 계약금과 중도금에 이어 잔금으로 분등해서 처리되고 있지만 처음 거래하는 업체에 대해선 공사가 끝난 후 2주일 내에 일괄 지급하고 있는 것이 우리 회사 방침이니 그 점에 대해선 염려 말고 일이나 깔끔하게 마감해주길 부탁합니다.」

나는 그의 말을 어렵지 않게 이해할 수 있었기에 수긍하듯 고갤 끄덕였다.

막상 작업일자가 정해지고 나니 이전까지는 느끼지 못했던 불안과 초조감에 휩싸여 잠을 청하려 해도 옥죄어오는 긴장감으로 인해 휴! 하는 한숨 소리만 토해낼 뿐 잠시라도 눈을 붙이지 못하고 뜬눈으로 꼬박 밤을 새웠다.

「어찌한다…? 아무런 대안도 방법도 없이 내가 일을 너무 쉽고 안이하게 생각하고 여기까지 끌고 왔나? 아니야 하늘이 무너져도 솟아날 구멍은 있다고 했어…. 그렇지, 바로 그거야!」

벌떡 자릴 박차고 일어난 나의 얼굴은 무거웠던 긴장감이 어디론지 사라지고 환희에 차 있는 가벼운 표정이었다.

현장 사무실에 들러 건축도면을 입수한 내가 언젠가 알아두었던 대전의 부자재 생산공장에 도착한 것은 점심시간이 지난 오후 두 시경이었다.

노크와 함께 사무실을 들어서자 편한 의자에 앉아 있던 중년 남자가 웬일인가 싶어 나를 주시하였다.

「사장님 되십니까?」

사람이라곤 그밖에 없는지라 그에게 묻는 수밖에 없었다.

「그렇소만….」

「안녕하십니까? 저는 평택에서 왔습니다.」

인사를 하며 마주 앉은 나는 평택 현장의 공사계약에 대한 내용을 솔직히 얘기함은 물론이고, 이번 일은 처음 시작하는 일인 만큼 부자재를 공급해줌과 동시에 말썽 피우지 않고 일 잘하는 노임 하청기사들을 알선해주면 사장님 은혜 잊지 않고 거래를 계속하겠다는 제의를 하였다.

어쩌면 모 아니면 도의 심정으로 그의 답변을 기다리는 내 입장에서 본다면 절박하기 이를 데 없는 상황이었지만, 그는 내가 당당하고 당차 보였는지 나의 얼굴을 한동안 바라보다가 앞에 놓인 도면에 눈길이 가며 입을 열었다.

「이게 현장 도면이오?」

「네.」

그는 어느 틈에 도면을 펴서 넘기며 다시 입을 열었다.

「꽤 큰데요, 현장이.」

「네에, 팔백여 평(2640㎡) 됩니다.」

「헌데 일도 중요하지만 결제가 문제죠.」

「거기에 대해선 제가 계약한 사본이 현장 사무실에 있으니까 사장님께서 확인하시고 현장 소장님으로부터 설명을 들어보시면 이해가 가실 겁니다.」

「나보구 너무 빡빡하다고 하진 마시오. 세상이 모두 내 맘 같진 않으니까요.」

「아닙니다, 절대 그런 거 아닙니다. 저두 얼마 전까지 사장님처럼 사업을 했습니다만 사장님처럼 하질 못하고 큰 낭패를 보았답니다.」

「그래요…. 그럼 내가 현장 확인 후 연락을 줄 테니까 그리 알고 올라가세요!」

인사를 하고 대전을 떠나온 뒤의 하루하루가 그렇게 지루하고 하루해가 그렇게 길다고 느껴본 적은 아직까지 없었던 것 같다.

삼 일째 되던 날 오늘도 종일 방안의 수화기 앞에서 머릿속에 박히지도 않는 감흥 없는 독서를 해가며 수화기를 주시하였건만 기다리는 벨소리는 타들어 가는 내 마음에 불을 더 붙여보기라도 하겠다는 듯 한 번도 울리지 않는 것이었다.

오늘도 허탕인가보다 하는 체념 섞인 생각으로 보던 책을 덮어 책상 위에 던지고 벌렁 바닥에 누웠다.

구부리고 있던 허릴 펴기 위해서였다.

그때였다. 「따릉! 따릉!」 수화기가 오래 기다렸다는 듯 기운찬 울림을 토해내고 있었다.

나의 동작은 그렇게 빠를 수가 없을 만큼 어느 틈에 일어나 한쪽 손에 수화기를 들고 귀에 대고 있었다.

「김 사장이오? 나요, 대전 박 사장!」

「네, 많이 기다렸습니다. 사장님.」

「미안하오, 내 사정이 있어 좀 늦긴 했는데 그 공사 하기로 마음먹었으니 그리 아시오!」

「감사합니다, 사장님!」

「내 오늘 현장을 답사해보니 현장도 튼튼하고 아주 건실한 회사더군요. 그럼 난 이만 내려가겠소.」

수화기를 놓은 나는 그 자리에서 석 자나 뛸 것 같은 기쁨을 맛보았다.

작업 일정에 따라 박 사장은 현장에 충분한 물량과 기사들을 투입해주었다.

기사들 중에는 나이가 나보다 연배로 보이는 사람도 있고, 비슷해 보이거나 아래로 보이는 사람도 있었지만, 그들은 나에 대해 아주 공손하며 깍듯한 태도를 취해주었다.

현장에서의 작업 태도와 자세도 다른 분야의 기사들과는 다른 면이 있었던지 소장의 과찬이 한두 번 아니었다.

아마도 박 사장이 내 체면을 위해 특별히 부탁을 해놨을지도 모른다는 생각이 들기도 하였지만, 그들의 진정성에 대해 잠시나마 의심했던 점을 깊이 반성하고 뉘우치는 시간이 있었음에 참으로 다행스럽게 생각하였다.

「사장님, 기사들 시공 솜씨가 아주 깔끔하고 흠잡을 데가 없네요.」

현장 사무실에서 모닝커피를 하며 소장이 하는 말이었다.

「그래요? 좋게 봐줘서 감사합니다.」

「아닙니다, 정말예요. 작년에 인천 현장에선 서울팀을 시켰는데 어찌나 애를 먹고 학질을 뗐는지 넌덜머리가 날 정도였어요. 우리 회사가 후년에 안산 시화공단에 이보다 큰 건물을 올리려고 설계 중에 있는데 그때도 무조건 와서 해주세요, 김 사장님이.」

「저야 불러만 주신다면 어딘들 못가겠습니까, 하하하.」

참으로 반갑고 유쾌하지 않을 수 없는 말이었다.

별 어려움 없이 공사가 완료되자 계약한 바와 같이 하루도 틀리지 않고 2주일 후에 공사대금을 결제받았다.

은행에서 만난 박 사장은 자재비와 노임분을 지폐로 찾을 경우 부피 관계로 불편하니 수표로 환전해달라고 하여 그의 청에 따라 주었다.

나 역시도 수표로 찾았다.

그리고는 그에게 십만 원권 한 장을 내밀며 그동안 수고한 기사들을 위해 회식비로 써달라고 부탁하였더니 그는 더없이 고마워하며 감사의 뜻을 나타내었다.

내가 찾은 수표는 모두 십만 원권이었나. 손에 쥐어신 수표는 수십 장이 되므로 제법 두껍게 포개진 높이를 실감할 수 있었다.

참으로 오랜만에 만져보는 큰돈이어서 그런지 감개가 무량하였으며 수표를 쥐고 있는 한쪽 손이 묵직해지는 거 같은 착각을 일으키기도 했다.

순간 나는 갑자기 어린아이처럼 짓궂은 생각이 들었다.

「이게 누르면 휘어질까?」하며 꾸욱 손에 힘을 주어보았으나, 휘어지기는커녕 판자 조각처럼 딱딱해 짓눌린 손바닥만 물감에 물든 듯 벌게져 있었다.

그날 수표 뭉치의 딱딱함이 전해주는 감각에 대해선 아무런 감흥을 느끼지 못할지라도 수십 년이 지난 오늘에 와서는 나의 잊을 수 없는 추억 속 아름다운 자산으로 남아있어 더 없는 삶의 맛과 행복감을 느끼는 게 아닌가 싶다.

소탈하신 사장님

성경책을 펴놓고 묵독하고 있던 와이프가 들어서는 나를 환한 미소로 반겼다.

「어머닌 안 계시고, 애들만 저희들끼리 놀구 있는데.」

「할머니가 그렇게 좋은가 봐요. 밥만 먹으면 건너가니. 어머님은 친구분들하고 좀 노시다가 저녁까지 하시고 오신다고 하셨으니 당신만 하면 돼요, 저녁.」

「나도 밖에서 했어, 친구들하고.」

「그래요? 여보…!」

와이프는 짐짓 무슨 말을 하려는 듯한 표정을 지었다.

「뭔데? 말해봐, 여보!」

「종일 생각해봤는데요, 저도 나가서 일 좀 하면 어떨까 해서요.」

「당신 마음 충분히 이해하고도 남아. 하지만 지금까지도 그래

왔듯이 나를 믿고 조금만 기다려줘!」

「당신을 못 믿으면 누굴 믿겠어요? 그치만 남들 다하는 일 나라고 하지 말라는 법 없잖아요, 어디?」

「알아, 알고 있어 여보. 그 문젠 어머니도 계시고 하니까 차차 의논하기로 하고, 나도 당신한테 할 얘기가 있어.」

「무슨 얘긴데요?」

「이번 기회에 아주 직업 전환을 해야겠어.」

와이프는 이해할 수 없다는 표정으로 내 얼굴만 빤히 응시할 뿐이었다.

「수십 번 생각 끝에 결정을 내렸는데 이번에 끝낸 일 있잖아, 그 직종으로 바꾸기로 마음먹었어.」

「당신이 어련히 알아서 결정했겠어요? 하지만 너무 생소한 분야고, 아무런 준비도 대책도 없잖아요.」

「그래도 해냈잖아, 이번 일.」

와이프의 걱정 어린 표정이 쉽게 가시지 않음을 의식한 나는 위로라도 해주고 싶어 힘주어 답하듯 말했다.

「여보, 미안해요. 당신 혼자서만 어려움을 겪고 있는데 나는 태평히 바라만 보고 있으니 말이에요. 마치 죄를 짓고 있는 기분이에요.」

「쓸데없는 소리, 당신한텐 미안한 소리가 될진 모르지만 지금의 내 어려운 처지에 대해서 결코 후회하고 있진 않아. 세상을 살아가는 데 있어 한 과정을 거치는 순간이라고 생각해. 앞으로 이보다 더한 어려움과 고생이 닥친다 하더라도 나는 이웃처럼 손님처럼 맞이할 마음의 준비는 갖추고 있어. 다만 이를 극복하고 참아낼 시간만이 내 편이 되어주길 기도할 뿐이야.」

「여보, 세상의 어느 누가 시간의 공평함을 탓하는 사람이 있겠어요? 당신 말을 듣고 보니 나도 용기가 나는 거 같아요.」

아내는 가녀린 두 손을 불끈 쥐어 보였다.

「그래? 그럼 됐어. 그리고 여보 예전에 모아둔 부도 어음 쪼가리들하고 외상 장부 어디 있지?」

「혹시 필요할지 몰라서 서랍 속에 보관하고 있어요. 헌데 왜요, 여보?」

「내일 밖에 소각장에 가지고 가서 모두 불태워버려!」

「그럼 이 많은 걸 포기하겠다는 거에요, 모두?」

「응. 지난 일은 모두 잊어버리고 싶어서 그러는 거야.」

「알았어요.」

힘없이 대답하며 고갤 떨구는 와이프의 모습이 지금 이 순간 더없이 처량맞게 보일 수 없었으나 나는 남편으로서의 의연함을 잃지 않으려고 최대한의 침착성을 유지하여야만 했다.

준공을 앞둔 평택 현장도 거의 끝났으려니 하는 생각에서 소장님과 차나 한잔할까 싶어 현장 사무실엘 갔다.

현장 사무실에서 여느 때와는 달리 혼자 커피를 마시고 있던 소장님이 나를 보자 반갑게 맞이해주며 입을 열었다.

「며칠째 전화도 없고 안 오길래 이제 나하고 의절하나 싶었죠, 김 사장님이.」

그는 농기 섞인 어투로 놀리듯이 말했다.

나는 아차 싶어 얼굴이 화끈거리며 면구스럽기 그지없었다.

공사 끝나기 전에는 문지방이 닳도록 들락거리다가 끝나고 나선 발걸음은커녕 전화 한 통도 하지 않는 그런 부류의 인간들로 취급받는다는 게 여간 부끄럽고 얍삽하게 느껴질 수도 있겠다는 생각 때문이었다.

「그럴리야 있습니까, 소장님? 그동안 현장일을 보느라 꼼짝 못하고 있다가 일이 끝나자 좀 돌아다니느라 그랬습니다. 정말 죄송합니다.」

그가 타준 커피잔을 기울이며 변명 아닌 변명을 하였다.

「농담입니다, 김 사장님. 나도 마감공사하느라 어찌나 정신없던지 왔어도 커피 한 잔 같이 못 마실 정도였어요.」

「네에. 어떻든 이제 다 끝난 셈이네요?」

「그렇죠, 김 사장님 같은 분들이 협조를 잘해줘서 순조롭게 마감됐습니다.」

하며 후룩 잔을 들어 마셨다.

그때였다. 똑똑 노크 소리와 함께 출입문이 열리면서 오십이 약간 넘어 보이는 현장에서 막일을 하는 듯한 차림의 남자가 들어왔다.

우리는 의아하게 그를 바라보았다.

「소장님이 어느 분이신가요?」

그는 나와 소장을 번갈아 보며 물었다.

「접니다만…?」

「아, 그래요? 난 안성에 있는 업잔데 소장님네 건물에 시공한 경량 업체 좀 소개받고자 왔습니다.」

「아, 그러세요? 여기 이분입니다, 바로.」

「내가 제대로 찾아왔군요.」

내 앞에 마주 앉는 그는 뒷주머니에서 꺼낸 지갑의 명함을 나에게 내밀었다.

「전 아직 명함이 없습니다.」

「없으면 어때요? 서로 연락번호만 알고 있으면 되지.」

「명함 나오는 대로 바로 드리겠습니다.」

「그래요, 우리 현장은 저 아래 사거리에서 우측으로 50여 미터 좀 가면 도로변에 이층으로 짓는 신축 상가건물입니다. 미장일까지 다 끝난 상태니 시간 나면 내일이라도 바로 들어와도 돼요. 인서트는 우리 목수들 시켜 규격대로 박아놨으니 불편한 점은 없을 거요.」

「알겠습니다, 사장님!」

「그리고 이건 자잿값으로 받고, 하다가 모자라면 또 말해요.」

하며 지갑에서 꺼낸 여러 장의 수표 중에서 한 장을 나에게 주었다. 백만 원권이었다.

「영수증 써 드릴게요, 사장님.」

「필요 없어요, 여기 소장님이 증인인데요, 뭘. 그럼 난 또 다른 현장엘 가봐야 하니까 부탁해요.」

농담처럼 한마디 던지고 그는 휙 밖으로 나갔다.

「정말 대단한 사람 같네요.」

뭔가를 느낀 듯 고갤 설레설레 저으며 소장이 하는 말이었다.

「현장의 인부로 알았어요, 난.」

「동감입니다. 아무리 소탈하다 해도 좀 특이한 분 같아요.」

그 역시 내 말에 동조하듯 말하는 중에도 고갤 끄덕였다.

현장에 도착한 후 조금 전에 받은 명함을 꺼내 살펴보았다.

안성 소재 「경동주택건설, 대표 이은옥」이란 상호와 성함이 선명하게 눈에 꽂혔다.

「허허, 남들은 몇 년에 걸쳐 익힌 기술을 김 사장은 한번도 해 보지도 않고 하겠다는 거요?」

부자재를 신청한 나의 전화를 받고 대전의 박 사장이 혀를 차듯이 하는 말이었다.

「기본기가 있잖습니까, 기본기가. 하하하.」

나는 자신 있게 말하며 웃음으로 대답했다.

「하여튼 대단하오, 김 사장. 그리고 텍스는 건재상 어느 곳에라도 그곳에서 쓰도록 하시오!」

「알겠습니다!」

대답은 자신 있게 하였지만 막상 직접 시공을 한다고 생각하니 설레임과 두려움이 교차되었다.

사실 난 아직까지도 크고 작은 부자재와 부속의 명칭은 물론 그 쓰임새에 있어서도 별로 아는 면이 부족하지만 어쩌면 이날을 대비했는지도 몰랐다.

건물의 형태에 따라 높낮이를 측정하고 수평을 이루는 선을 쫓아 부자재를 설치한 후 간격을 맞춰 부속을 채우는 순서는 공사가 끝나는 기간 동안에 하나하나 눈여겨보고 의심나는 점은 기사들에게 물어보고 하여 이제 실습만 남았다 하던 차에 일을 하게 되었으니, 참으로 스릴있고 다행한 일이 아닐 수 없었다.

바느질을 하고 있던 와이프가 들어서는 내 얼굴을 유심히 살피듯이 보다가 입을 열었다.

「오늘 무슨 좋은 일 있었어요, 당신?」

「응, 애들 또 어머니 방에 갔나?」

「네, 밥숟갈 놓기 무섭게 우르르 몰려갔어요.」

「애들이 많은데도 항상 당신하고 둘만 사는 거 같아.」

「그러게 말예요.」

「당신 일전에 일하고 싶다고 한 말 정말이야?」

「정말이잖구요, 왜? 허락해주려고요?」

「응. 대신 우리 일이야.」

「우리 일이라뇨?」

와이프는 이해할 수 없다는 듯 멍청히 내 얼굴을 살폈다.

나는 자재비로 받은 수표를 꺼내줬다. 눈이 휘둥그레진 와이프는 놀라는 기색을 감추지 못했다.

「내일부터 시작하는 일 계약금으로 받은 거야. 당신이 해야 될 일은 부자재 처지지 않게 붙들어주고 바닥에 널려있는 공구들을 집어다 주며 드릴로 비스만 조여주면 되는 정도야.」

「에게, 그것도 일이라구 해요?」

「얕보지 마! 그것도 절반에 속하는 일이야. 그리고 이제부턴 당신이 사장이고 난 일꾼이야. 사장님 잘 부탁합니다.」

나는 놀리듯 하며 허릴 굽실하였다.

「아이 몰라요, 여보!」

소녀처럼 수줍음과 함께 행복감에 젖은 듯한 와이프는 내 가슴에 몸을 묻었다.

현장에서의 작업은 생각하고 있던 거와는 전혀 다르게 어려움이 많아 어느 부분에 가서는 한참 머리를 쥐어짜는 궁리 속에 몰아넣는 경우가 있었다.

「왜요, 잘 안 돼요, 여보?」

옆에서 지켜보고 있던 와이프의 조심스런 음성이 귓전을 때렸다.

「아냐, 미처 눈여겨보지 않았던 부분인데 생각 중이야.」

한동안 궁리 끝에 정답을 알아낸 나는 방식과 손놀림의 익숙함을 더해가며 시일은 걸렸지만 부자재 설치 작업은 모두 끝나고 밑판 부착 작업만 남게 되었다.

점심시간이 거의 되어갈 무렵 이 사장님이 오셨다.

「기사도 안 두고 두 부부가 그 돈 다 벌어서 어디에다 두지?」

「아, 오셨어요? 여보, 인사드려, 이 사장님이셔!」

「안녕하세요, 사장님!」

「네! 두 분 일하는 모습이 참 보기 좋네요.」

「감사합니다.」

와이프는 공손히 답하며 허릴 굽혔다.

「사장님 덕분에 돈 넣은 창고가 넘쳐서 한 개를 더 만들었습니다, 하하하.」

「그래? 그럼 그 창고도 채워야지. 여기 끝나고 안성으로 들어오면 내 현장이 또 여러 곳이 있어. 그리고 다른 업자들 것도 많이 소개해줄게. 지금까지 외부업체들을 상대했는데 김 사장이 들어오면 김 사장 독무대가 될 거야. 그리고 요 아래 설렁탕 잘하는 집이 있는데 점심 먹구 해.」

하며 지폐 한 장을 꺼내주었다.

한사코 사양을 하였지만 헛수고였다.

「여보, 이 사장님 참 소탈한 분 같아요.」

점심 후 현장에서 쉬는 시간에 와이프가 하는 말이었다.

「응, 당신이 느끼는 그대로야.」

「마치 이웃에 사는 형님과 동생 같은 사이라 하겠어요, 누가 보면.」

「그래, 우리가 가장 이려울 때 귀인을 만난 거야!」

부자재 설치 작업에 고심에 고심을 거듭하고 많은 시간을 허비한 관계에 비하면 판붙임 작업은 일도 아니라 싶었는데, 처음 몇 장 붙이다 보면 작업의 생명선이라 할 수 있는 실눈의 틈새가 벌어지고 줄눈이 맞지 않아 뜯고 또 뜯어 다시 시도해보기를 수차례 반복해봐도 결과는 마찬가지였다.

「여보, 대전 박 사장님한테 자문을 구하면 어떻겠어요?」

옆에서 안타깝게 지켜보던 와이프의 말이었다.

「내가 왜 그걸 생각 못 했지?」

나는 재빠르게 밖의 공중전화 박스를 향해 움직였다.

「하하하. 아니 김 사장 어려운 부분은 힘들게 해놓고 제일 쉬운 마무리에서 헤매고 있단 말야?」

그는 놀리듯이 말하며 자세한 설명을 해주었다.

그의 말에 따라 일을 끝내놓고 나니 역시 기술자란 따로 있는가 싶었으며 나 역시 가슴 뿌듯함을 만끽할 수 있었다.

안성에 들어가 이 사장님의 몇 곳 현장과 소개해준 여러 곳의 공사를 끝내놓고 나니 그사이 기술력은 말할 것도 없거니와 웬만

한 현장은 눈으로만 봐도 머릿속에 그림이 그려질 만큼 익숙해져 거리낌이 없었다.

몇 년 사이 일류 기술인이 된 건 두말할 필요 없고 와이프 역시 마찬가지였다. 가면 갈수록 일의 량은 더욱 늘어나 코에서 단내가 날 정도였지만 천안과 대전의 노임하청 기사들을 적절히 활용해 일을 소화해 내는 데 별 어려움이 없었다.

그사이 출퇴근은 집에서 하였지만 사무실과 물건창고는 아예 안성으로 자리 잡았다.

이르다 싶은 새벽에 벨이 울리는 수화기를 들었다. 이 사장님이 었다.

「일해놓고 왜 돈 가지러 안 와? 우리 거 얼마 나왔어?」

「네, 사장님. 두 현장 합쳐서 칠백만 원 나왔습니다.」

「그래? 나 오늘 봉산동 현장에 있으니까 와서 가져가라구.」

「알겠습니다, 사장님.」

나와 이 사장님과의 셈법은 항상 암기 속에서 이루어지고 있었다.

건설업체나 관공서 등에는 소수점까지 적용되지만 이 사장님과의 계산에선 소수점 여섯 자리를 기준으로 해서 반올림 셈법을 적용하기 때문에 계산은 그리 복잡하지 않았다.

현장 앞에 있던 이 사장님이 트럭에서 내리는 나를 보며 말을 건넸다.

「잔돈 가지고 왔어?」

칠백만 원이란 액수를 아실 텐데 무슨 소린가 싶어 멍해 있는 내 앞에 그는 수표 한 장을 내밀며 다시 말을 이었다.

「천만 원짜리야!」

「바꿀 돈이 없는데요, 사장님!」

「그럼 나머진 선입금으로 잡아놓고 다음 파스에 계산하면 되잖아.」

「그래도 되겠어요?」

「내가 못 믿을 사람 같으면 그러겠어? 자, 바쁜데 어서 가보라구!」

하며 떠밀 듯 나를 차 안으로 밀어 넣었다.

현장에 와서 일하고 있는 와이프에게 수표를 주며 상황 설명을 얘기하자 그런 분이 어딨냐 깔깔대며 웃어 젖혔다.

그렇게 바빴던 시절이 언제였냐 싶게 한겨울로 들어선 1월은 매우 한가하였다.

나는 이 사장님 사무실에 인사차 들리고져 출입문을 여는 순간 아연실색하지 않을 수 없었다.

이 사장님의 모습은 보이지 않고 목수며 미장을 비롯한 각 분야의 수장급들이 마치 무슨 모임이나 있는 것처럼 모여있기 때문이었다.

「오늘이 무슨 날입니까?」

나는 그 중 현장에서 자주 보는 사람한테 말을 던졌다.

「응, 금년에 이 사장님이 공사를 많이 수주했는데 가불해 갈 사람들 있으면 오라고 해서 왔지.」

「그래요?」

내 대답이 끝남과 동시에 커다란 봉투를 옆에 낀 이 사장님이 들어와 중간의 둥근 탁자 위에 들었던 봉투를 쏟아놓자 만 원권의 돈뭉치가 쏟아져나왔다.

「모두들 쓸 만큼씩 가져가고 책상 위의 장부에다 각자가 액수 적고 사인해놔.」

「사장님, 저도 돼요?」

「김 사장은 우리 식구 아냐?」

당연한 걸 왜 묻느냐는 어투였다.

나는 이백만 원을 안쪽 포켓에 집어넣고 사인을 끝마쳤다.

사람이 많았음에도 불구하고 돈은 모자라지 않았다.

조금 있으려니 음식점 주인인 듯한 아주머니가 커다란 함지박을 이고 들어와 탁자 위에 내려놓았다. 보자기를 들추자 커다란 막걸리 주전자와 김이 모락모락 나며 먹기 좋게 썰어 놓은 두부와 김치가 먹음직스럽게 놓여 있는 옆에 여러 개의 대접이 포개져 있었다.

「자, 한 잔씩 하자구!」

하며 이 사장님은 앞앞이 대접을 집어주며 막걸리 주전자까지 기울여 주는 것이었다.

조금 있으려니 서로 주거니 받거니 잔이 돌아가는 진풍경이 이루어졌다.

실로 사람 냄새 물씬 풍기는, 드라마 속에서도 볼 수 없는 광경이라 아니할 수 없었다.

이 사장님은 오래전에 현역에서 은퇴를 하셨고, 나 역시 안성에서 원래의 소재지로 사무실을 옮기면서 현장에서 사무실 근무로 자리 바꿔 여유로운 시간 속에서 가끔 그분의 소탈하고 꾸밈없는 인간성을 떠올리며 많은 사람들로 하여금 지표를 삼는다 해도 과히 틀린 말은 아닐 것이라는 생각을 해본다.

간교한 전무

대한민국 과학의 메카이며 산실인 대덕 연구단지의 〈한국표준
과학연구소〉의 전체적인 리모델링 공사에서 다행스럽게도 나는
수장부문에서 수주를 하였다.

공사 금액이 적은 편이 아님에도 불구하고 한가지 마음에 걸리
는 점은 발주처가 원청업체가 아닌 원청업체로부터 하도급을 내
려받은 하청업체라는 점이었다.

원청업체는 충남도에서 5위안에 손꼽히는 건설업체로 자체적
인 사업도 바쁜 편이어서 하도급을 줬기 때문에 공사만 차질없이
끝내주면 결제에 관한 문제는 염려할 필요가 없다는 말을 들었다.

작업이 진행되기 전에 현장답사를 위해 내방해달라는 하도급
회사 이기철 사장의 연락을 받고 회사 앞에 도착했을 때는 오전
아홉 시가 조금 넘어서였다.

회사는 대덕 연구단지에서 그리 멀지 않은 곳에 위치한 이층 상

가건물의 사무실이었다. 사람이라곤 사장님과 컴퓨터 앞에 앉아 있는 여직원 한 명, 그리고 자기 자리인듯한 책상 앞에 앉아 도면을 넘겨보고 있는 젊은 남자가 고작인 탓이어서 그런지 썰렁한 느낌이 들었다.

「어서 오세요, 김 사장님. 조금 있으면 석재 배 사정님하고 페인트 오 사장님도 오실 거예요.」

사장님이 테이블 앞에 어정쩡하게 서 있는 나에게 악수를 청하며 앉으라는 손짓을 하였다.

내가 자릴 앉으려 할 때 중년의 남자가 들어왔다.

「어서 오세요, 배 사장님!」

두 사람이 악수를 하는 동안 또 한 사람이 뒤를 이어 들어왔다.

사장님은 그에게도 반갑게 인사를 하며 나에게 하듯 자리를 권했다.

사장님은 정좌한 세 사람에게 각자의 소개를 해주었으며, 우리는 서로 명함을 주고받으며 통성명을 나누고 분야는 다르지만 일이 끝날 때까지 힘을 합쳐 유종의 미를 거두어 보자는 덕담을 나누었다. 그 사이 커피잔을 가져온 여직원이 각자의 앞에 놓아주고 자리로 돌아갔다.

「자 드시지요!」

사장이 먼저 잔을 들며 입을 열었다.

「이제 작업을 바로 시작해야 하는데 지불방법은 어떻게 정했으면 되겠어요?」

그는 우리의 얼굴을 번갈아 살펴보며 물었다.

「회사에서 세워놓은 방침은 어떤 건데요?」

석재업체 배 사장의 되물음이다.

「3-3-4로 하면 어떻겠어요? 그러니까 일 시작할 때 30% 기성을 떼고 다음 전체 공정의 60~70%에서 30%를 지불하며 나머지 40% 잔액은 준공 후 일주일 이내로 처리한다는 말이에요.」

나는 내색은 안 했지만 원만한 조건이라 생각하고 있던 차에 이 번엔 페인트 업체의 오 사장이 입을 열었다.

「대개가 그와 비슷한 선에서 계약관계가 성립됩니다만, 문제는 이행과정에서 끝까지 지켜지느냐가 관건 아닙니까?」

「그 점은 염려 마십시오, 나 역시 원청과 똑같은 방법으로 계약 했으니까 안심하셔도 됩니다. 그리고 기성금은 내일 중으로 세 분 모두 입금될 겁니다.」

우리는 모두 그에게 감사의 인사를 하였다.

「이 부장! 이 부장은 김 사장님과 함께 현장에 가서 작업 현황 을 둘러보고 실태 파악을 꼼꼼히 체크해드려 배 사장님하고 오 사 장님은 내가 모시고 다닐 테니까.」

「네, 알겠습니다!」

대답과 함께 내 앞에 다가온 이 부장이 「가시죠, 사장님!」 하며 재촉하는 듯한 말을 뒤로하며 밖을 향해 걸음을 옮겼다.

밖에서 본 과학연구소 건물의 위용은 참으로 대단하였다.

웅장한 모습이 마치 거대한 산처럼 느껴졌다.

이 부장의 뒤를 따르며 작업에 대한 설명을 듣고 메모를 하며 여러 동으로 나누어진 건물을 하나하나 세밀히 살피는데 몇 시간째인시도 모르겠으며, 다리가 후들기리고 쥐끼지 나서 더 이상 건질 못할 것 같아 나는 풀썩 자리에 주저앉고 말았다.

「이제 조금만 돌면 끝나요, 사장님.」

그는 지그시 웃으며 나를 위로하듯이 말했다.

「조금만 더 쉬었다 하자구, 헌데 저 방 안에 있는 사람들 모두가 과학자들이야?」

「그럼요. 몇 명인지 알 수가 없어요. 방 하나에 두 명씩 있는데 워낙 많아서 셀 수가 없을 정도예요. 사장님이 방마다 점검을 해야 되니까 세어보세요, 나중에. 점심시간에 보면 그 넓은 식당이 여러 개 있는데도 꽉꽉 차요, 식사가 끝나서 나가구 하는데도 말이에요.」

「우리 작업도 쉽진 않겠어. 워낙 범위가 넓어 놔서 말야. 인원도 웬만큼 투입해 가지곤 감당하기 힘들겠어.」

「그럴 거예요. 방 한 칸이 약 15㎡되는데 2인 1조가 되어 사용하고 있잖아요. 그 사람들이 일단 방을 비워주면 그사이 사장님 측에서 신속히 작업을 끝내주시면 다시 입실하기로 연구소 측과 합의를 해놨어요. 복도나 계단실, 그리고 물품 저장실은 시간을 두고 마감을 해도 되는 일이지만 방만큼은 과학자들이 연구하는 곳이니 분초를 아끼는 심정으로 임해달라는 연구소장님의 말씀이 있었어요.」

나는 이 부장의 이야기를 듣고 있는 동안 왠지 모르게 어깨가 무거워지는 느낌을 지울 수 없었다.

작업은 순조롭게 진행되고 있었지만, 나의 머릿속엔 고갤 갸웃하는 의아함이 사라지지 않고 있음을 확연히 의식할 수 있었다.

건물 외부의 웅장함에 비해 내부의 관리부실로 인한 극명함이 대조되기 때문이었다.

그 많은 연구실 중에 온전한 방이라곤 하나도 없고, 우리가 손봐야 될 천장의 텍스판이 깨져있거나 아니면 아예 떨어져 나가 천장 시멘트 바닥이 훤히 보이기도 하였으며 더러는 갓 쪽에 붙어있는 몰딩이 떨어지기 일보 직전의 덜렁거림을 보면서 이 지경에 이르러서야 손질을 한다는 처사가 납득키 어려웠기 때문이었다.

불철주야로 쾌적한 환경에서 연구에만 전념할 수 있는 분위기 조성을 해줘야 함에도 불구하고도 말이다.

점심시간이었다.

식당에서 배 사장과 오 사장을 만났다. 같은 관내라 하지만 분야가 다른 관계로 만남이 쉽진 않았으나 오늘은 공교롭게도 자리를 같이하게 되었다.

식사 후 우리는 잔디밭에서 잠시 쉬고 있는 중이었다.

이때 저쪽 한편에서 이 부장이 우릴 향해 걸어오고 있는 모습이 시야에 들어왔다.

「저기 이 부장이 오는데 뒤엔 누구지?」

배 사장의 말이 끝나면서 오 사장의 시선도 그곳에 꽂혔다.

「인사하세요, 사장님들! 원청회사의 하 선무님이십니다.」

다가온 이 부장이 나이가 지긋해 보이는 정장 차림의 남자를 보며 하는 말이었다. 우리는 벌떡 자리에서 일어나 그에게 꾸벅꾸벅 허릴 굽히며 인사말을 건넸다.

「수고들 하는군요. 내가 이 부장을 앞세우고 각 현장마다 쭉 돌아봤는데 대체적으로 잘하고들 있어요. 앞으로 남은 일도 열심히 해주길 바래요.」

「알겠습니다, 전무님!」

오 사장이 인사말에 이어 허릴 굽히자 나와 배 사장도 따라 움직였다.

「그럼 수고들 해요!」

그는 의례적인 투의 말을 던지고 사라졌다.

「쳇, 현장에 올 때는 하다못해 음료수병이라도 한 병 들고 오는 게 예의 아냐? 아무리 전무님이라고 하지만 말이야.」

투털거리는 듯한 배 사장의 불퉁거림이었다.

「그러게 말이야. 자기가 원청의 전무면 전무지 우리한테 직접 지시할 권리가 어딨어? 우리가 자기네한테 공사 땄나?」

질 수 없다는 듯 한마디 거들고 나서는 오 사장의 말이었다.

「사내에서 왕소금으로 소문난 사람이래요. 그리고 바늘로 찔러도 피 한 방울 안 나올 사람이란 이야기도 있구요.」

「그건 그렇고, 이 부장! 사장님은 왜 한 번도 현장에서 볼 수 없는 거지?」

정색을 하고 묻는 배 사장의 말이었다.

「새로 시작되는 현장이 있어 자릴 못 비워서 그러는 거예요. 할 말 있으면 저한테 하세요.」

「이제 이삼일만 더하면 공정률 60%를 훨씬 넘기는 거야. 여기 김 사장님이나 오 사장님도 말야. 그래서 기성금 청구도 해야 되서 만나야 되기 때문이지.」

「알겠어요. 그렇게 전할게요.」

짧은 대답을 마친 그는 전무가 걸어간 길을 따라 저만큼 가고 있었다.

수차례 대면을 요구하는 우리(하청업체들)의 바램이 무색하리만큼 하도급 업체의 이기철 사장은 갖은 변명과 핑계 일색으로 뺑돌거렸다.

우리들은 안 되겠다 싶어 사무실을 급습하여 그와 면담을 하게 되었다.

「세분 사장님들에겐 죄송합니다만, 사실은 원청에서 2차 기성금을 수령했습니다만….」

「그런데요, 그 돈을 딴 데 썼단 말이오?」

발끈하며 목소리가 높아지는 오 사장의 물음이었다.

「그게 아니고 이번에 우리가 새로 계약한 공사가 있는데 우선 그쪽에 자금을 돌리다 보니 조금 늦는 것뿐입니다. 그러니 조금만 참고 기다려주시면 시금 하는 쪽에서 계약금도 나오고 투자된 금액도 회수되지 않겠습니까?」

「그걸 말이라고 하고 있어요? 냉정히 말해서 돈 보고 일하지 사람보고 하는 거 아닙니다. 우린 일단 약속대로 기성금이 결재될 때까지 공사를 중단할 테니 그리 아시오!」

최후의 통고인 양 단호한 어조로 말끝을 맺은 오 사장은 나의 얼굴을 힐끗 바라보았다.

나 역시 그의 말에 동조하듯 고갤 끄덕였다.

공사가 올스톱된 상태에서 일주일이 넘어섰다.

그동안 우리들 각자 앞으로 공사재개를 원하는 이 사장의 간절한 전화 요청이 여러 번 있었지만 누구 하나 흔쾌히 응해줄 사람이 없었던 것은 너무나 당연한 처사였다.

후에 알게 된 사실이지만 그는 지역에서도 셈이 질기기로 소문난 사람이었다. 때문에 그를 아는 업체들은 그의 회사에서 발주하는 일에 대해선 아예 거들떠보지도 않는다는 것이었다.

이 같은 사실을 전혀 알 턱이 없는 나 그리고 배 사장과 오 사장 같은 타지사람들이 일을 하게 된 것도 이제 와 생각하니 쉽게 이해가 가는 대목이었다.

신호음이 울리는 핸드폰의 메시지를 열어보니, 현장의 이 부장이 보낸 문자였다.

내일 오전 열 시에 원청의 전무실로 와달라는 내용이었다.

내는 배 사장과 오 사장한테 전화를 해보니 그들 역시도 나와 같은 문자를 받았다는 것이었다.

다음날 우리는 원청회사의 로비에서 만나 함께 전무실을 찾아 들어갔다.

넓은 소파에서 신문을 보고 있던 그가 우릴 보고 반색을 하며 자리에서 일어나 일일이 악수를 청하는 것이었다.

언젠가 현장에서 보던 그때와는 전혀 다른 인자한 모습이었다.

「자들 앉아요!」

우리는 그가 권하는 대로 고급스럽다 싶은 낮은 탁자를 가운데 둔 소파에 다소곳이 앉았다.

그 역시 다시 앉았던 자리에 앉았다. 그리고는 침묵 속에 잠긴 우리들의 표정을 살피는 듯하다가 말을 하였다.

「이기철 사장 나한테 단단히 혼났어요. 우리 회사에서 나간 돈을 우리 현장에다 풀어야지 엉뚱한 곳에 쓰고 말이야. 내가 여러분을 만나자고 한 뜻은 공사를 재개해 달라는 부탁을 하고 싶어서예요. 공사가 늦어지면 지체상환금을 무는 것은 차치하고라도 그로 인한 회사 이미지가 손상을 입기 때문이에요. 그러니 이번 기성금은 우리 원청에서 책임지고 오늘 중으로 결제를 해줄 테니까 내일부터 다시 일을 해주기 바래요. 어때요, 이러면 됐죠?」

나는 그의 제안에 더할 나위 없이 감사함을 느끼지 않을 수 없었다.

물론 배 사장과 오 사장도 나와 같은 생각임은 말힐 필요도 없을 성싶었다.

「전무님, 저희로선 더없이 감사한 줄 압니다만, 한 가지 더 부탁드려도 되겠어요?」

나는 조심스럽게 그를 바라보며 처음으로 입을 열었다.

「말해봐요, 뭔지.」

「이번에 시작되면 마무리 공사까지 끝나는 건데요, 잔금에 대해서도 원청에서 책임을 져줬으면 어떨까 해서요.」

나의 제안에 그는 잠시 무슨 생각을 하는 듯하다가 천천히 입을 열었다.

「여러분이 이기철이를 못 미더워서 그러는 줄을 내가 알면서 모른다고는 할 수 없잖아요. 끝말에 가선 우리가 이기철이하고 정산을 봐야 하는데 그때 여러분의 잔액을 남겨두었다가 우리가 지불해주면 되잖겠어요?」

「정말 그래 줄 수 있으신 거죠, 전무님?」

「내 직을 걸고 약속하리다.」

우리는 그에게 고마움의 인사를 하고 나는 듯한 기분으로 전무실을 나왔다.

작업의 속도는 가속화되었다.

십여 일의 공백기를 메우기 위해선 현지에서 숙식을 하며 야간 시간도 활용해야 했다.

물론 직원들에 대한 특별수당이 수반됨은 지극히 상식적인 일이었다.

마침내 우여곡절이 많았던 현장의 일이 마무리되면서 완전히 철수를 하게 되었다.

배 사장과 오 사장도 나와 같은 시기에 일을 마칠 수 있어 손을 떼게 되었다.

나는 하 전무에게 상황보고를 하기 위해 통화를 시도했으나 연결되지 않았다.

「왜 전화를 안 받아요?」

나를 주시하고 있던 오 사장의 물음이었다.

「네, 바쁜 일이 있는가 보죠, 조금 있다 다시 해보죠.」

나는 대수롭지 않게 말한 후 한참을 기다리다 다시 핸드폰을 눌렀으나 역시 신호만 갈 뿐 무응답이었다.

순간 나는 예감이 좋지 않음을 의식적으로 느낄 수 있었다.

현장에서 철수하기 전 하루가 멀다 하고 작업상황에 대해 궁금증을 물어오던 그가 작업이 완료되기 무섭게 연락이 끊긴다는 건 예삿일이 아니라는 생각이 들었기 때문이었다.

이튿날에도 통화를 시도했으나 어제와 마찬가지였고 종일 통화를 위한 시도는 셀 수 없이 많았으나 모두 헛수고에 지나지 않았다.

우리는 이렇게 애만 태우고 있을 게 아니라 그를 만나보기로 뜻을 모으고 퇴근 시간에 맞춰 그의 사무실을 찾아갔다. 며칠 동안 연락 두절이던 그는 사무실에 있었으며 우릴 보는 순간 흠칫하며 어딘가 계면쩍어하는 눈치를 보였다.

「전무님, 이렇게 계시면서 며칠째 전화를 안 받으시면 어떡해요?」

나는 지난번에 앉았던 소파에 털썩 주저앉으며 불만 섞인 소리로 쏘아붙였다. 배 사장과 오 사장도 옆에 나란히 따라 앉았다.

「그게 아니고 사정이 좀 있었어요. 여러분을 만난 김에 모두 얘기하겠는데요, 사실은 며칠 전에 이기철이하고 정산을 했는데 우리가 내줄 돈이 없는 거예요.」

나는 그 소리를 듣는 순간 해머로 뒤통수를 세게 얻어맞는 듯한 멍한 느낌을 받았다.

옆의 두 사람도 마찬가지였을 거라는 생각을 하였다.

「그게 무슨 소리에요?」

나는 정신을 가다듬고 다시 물었다.

「계약금을 지불할 때 사정을 하길래 예상외로 많은 돈을 내줬고, 중간에 들락거리며 몇 번에 걸쳐 유용해갔다는 거야. 그리고 여러분의 중간 결제금을 공제하고 나니 결제금액이 없다는 거야. 난 이 사실도 모른 채 여러분하고 약속을 한 거고 말이야.」

「그래서 우리 돈을 못 주겠다는 거에요?」

배 사장의 흥분된 소리가 일갈하듯 터져 나왔다.

「우리는 전무님 말을 믿고 공사를 끝냈으니 약속대로 원청에서 책임져야 해요.」

오 사장도 질세라 거들고 나섰다.

「말도 안 돼요. 전무님! 이렇게 큰 회사에서 주먹구구식으로 결제를 해준다는 자체부터가 이해가 안 되고요. 전무님이 약속만 안 하셨어도 우린 공사에 손대지 않았을 거에요.」

「물론 내 잘못도 있소. 그렇지만 어쩌겠소? 오죽하면 나도 처음부터 일 처리를 잘못한 우리 건축 부장한테 사표를 쓰라고 호통을 쳤습니다만 그게 다 무슨 소용이 있겠어요?」

「그런 말은 어디까지나 전무님 변명에 불과합니다. 우린 어떤 일이 있어도 원청에서 받을 테니 그리 아세요. 솔직히 말해서 몇백이나 되고 일이천만 같아도 포기하고 말겠어요. 헌데 저 혼자 금액만 해도 오천만 원이 넘는데 하루하루 일하는 영세업자에겐 얼마나 큰돈이냐 이 말이에요, 내 말은.」

나의 항변은 다분히 울부짖음에 가까웠다.

「더 얘기할 필요도 없어 정히 안 되겠다 싶으면 소송이라도 하는 수밖에.」

단호한 결기를 보이듯이 자릴 박차고 일어나는 배 사장의 말이었다.

「이보시오, 전무님! 세상 똑바로 사시오. 급하다고 야비하게 이용해먹고 이제 와서 발뺌을 하는 법이 어딨어요? 앞으로 3일 여유 줄 테니까 해결하세요. 그렇잖으면 누가 이기나 끝까지 해볼 테니까요.」

오 사장의 반격도 만만찮았다.

답변을 못 하고 쩔쩔매는 듯 손수건으로 이마의 땀을 훔치는 그를 보며 우리는 밖으로 나왔다.

결국 우리는 오랜 기다림 끝에 소송절차를 밟았다.

난생처음으로 해보는 송사였다. 우리의 주장은 오직 두 가지였다. 첫 번째 주장은 중간 기성금 결제 시 원청의 통장에서 우리 쪽으로 이체된 사본의 증빙서류와 더불어 전무의 잔금 지불 약속이 있었기에 이를 믿고 공사를 끝마쳤다는 이유를 들어 적시했지만 심증은 가나 전무와 접촉 부분의 증거 부족으로 패소하고 말았다.

냉정하기 이를 데 없는 법리 다툼 속에서 우리의 순진함이 세심하지 못했고, 대처능력 또한 허술했음을 깨닫는 순간이기도 했다.

아울러 허망함과 허탈함이 교차되는 속에서 곰곰이 생각을 되짚어보니 공사를 속히 끝내기 위한 전무의 간계를 알아차리지 못하고 말만 믿은 어리석음이 한없이 아쉽게 느껴졌다.

「이럴 줄 알았으면 그때 전무 영감탱이한테 각서나 싸인을 받아놓는 건데….」

　하며 배 사장은 아쉽다는 듯 끌끌 혀를 찼다.

　「엎질러진 물이야. 이제 툴툴 털어버리자고. 사람이 죽고 살기
도 하는 판인데 뭘.」

　오 사장의 담 큰 한마디에 나는 위안을 받을 수 있었다.

욕쟁이

언어는 자녀의 교육이며 철학이란 말이 있다. 하지만 각자의 특성에 따라 구사하고 있는 언어의 차이는 생활환경과 주변 여건에 따라 다소 차이가 있음을 누구나가 쉽게 알 수 있을 것이다.

내 친구 중에 송정구란 친구가 있다. 그는 건축 분야의 미장 오너로 사람들을 거느리고 크고 작은 공사를 수주하여 공사를 하는 사람인데, 친구들은 말할 것도 없고 웬만큼 아는 사람이라 할지라도 그를 지칭할 때는 이름 대신 '욕쟁이' 혹은 '욕쟁이 사장'이라 불렀다.

그는 처음 시작하는 대화의 서두에서부터 ㅆㅂ로 시작해서 조금 긴 말이다 싶으면 으레 끝에 가서도 같은 욕설이 따라붙는다.

그런데 이상하리만큼 신기한 것은 그가 내뱉는 욕설에 대해서 한번도 저속하다거나 듣기 싫어 귀 막는 사람이 하나도 없는 것은 오랜 타성에 젖은 탓도 있겠지만 사람들은 그가 순박하고 온순한 시골 농부 같은 사람이란 사실을 잘 알고 있기 때문이었다.

「아, ㅆㅂ 날씨 더럽넹.」

아침에 갑자기 비가 내리기 시작하자 돌아가는 길에 내 사무실에 들른 그가 비 맞은 옷을 탈탈 털며 하는 말이다.

「야, 인마! 날씨 탓에 ㅆㅂ은 왜 들어가니?」

그는 들은 척도 안 하고 컵에 물을 따라 홀짝거리기만 하였다.

그가 나가자 나는 의자에 등을 기대고 잠시 눈을 감았다.

그의 타성에 젖은 욕설에 대해 분석을 해보고 싶은 뜬금없고 엉뚱한 생각이 들었기 때문이었다.

나는 마치 무슨 철학자나 된 것처럼 지그시 눈을 감고 그 말이 갖는 의미의 탓에 대해 사색적인 감정을 가져보았다. 허나 심해의 생각 속에서 머릴 쥐어짜도 그에 걸맞은 뜻을 찾아낸다는 건 나의 아둔한 머리로선 한계를 지니고 있다는 사실에 가슴만 답답할 뿐이었다. 그렇다면 고 사장에 제출하는 답안지도 아닌 이상 나만 알고 이해할 수 있는 정의를 내려도 뭐라 할 사람은 아무도 없잖은가 하는 생각이 들자 나는 더 망설일 필요가 없었다.

씨발이란? '불만과 부정의 감정을 함축하여 표현하는 은어'이다. 아무리 생각해도 시쳇말로 2% 부족한 정답 같았으나 나만 아는 사실이려니 하는 생각을 하는 순간 사회 곳곳에 깔려 있다는 사실에 심한 충격을 느꼈다.

첫째로 메뚜기 이마보다도 좁은 땅에서 갖가지 갈등 요소로 인한 사회문제를 비롯해서 만연되고 있는 내로남불의 시대가 그러하며, 공정과 상식은 어디로 가고 야합과 술수가 판을 치는 것을 등등으로 해서 이 은어의 쓰임새는 태산인들 적다 할까만 그리되면 우리 사회는 어찌 되는 것이며 이 나라를 짊어질 젊은 세대와 후세대들의 장래는 누가 책임져야 한난 말인가? 비록 천박하기 이를 데 없고 비천한 은어라 할진 모르겠으나 이 은어의 내포성은 참으로 크다 하지 아니할 수 없다. 행동과 소신이 일치하고 철학이 담긴 비전이 제시될 때 이 은어의 쓰임은 숨은 듯이 사라지리라 본다.

「쇼디야, 이 포도 누가 갖다 놨니?」

내 책상 위에 놓인 포도 상자가 궁금하여 우리 외국인 기사에게 묻는 나의 말이었다. 그는 누구라 설명을 못한 채 눈만 껌벅거리다가 생각난 듯 입을 열었다.

「있잖아요, 사장님. ㅆㅂ ㅆㅂ하는 사장님이 갖다 놨어요!」

나는 송정구를 흉내 내는 그가 어찌나 우습던지 배를 움켜쥔 채 킥킥거렸다.

오늘은 나와 송정구를 비롯한 십여 명의 또래 친구들이 한 달에 한 번씩 모임을 갖는 날이다.

주로 건축계통에서 일하는 관계로 모임 시간은 저녁 시간을 이용함이 규칙처럼 되어 있다.

같은 계통이라 할지라도 분야가 다른 만큼 언제나처럼 자기들에 관한 이야기를 주고받으며 분위기가 화기애애하게 피어오를 무렵 드르륵 옆으로 나무테두리에 유리가 박힌 출입문이 열리며 말쑥한 차림의 두 중년 남자의 안내를 받으며 또 한 명의 사람이 들어왔다.

우리 일행은 물론이고 음식점 안의 많은 사람들의 시선도 그들에게 집중되었다. 그들은 사람들 사이를 피해 중앙지점쯤에 와서 걸음을 멈추었다.

그리고는 안내를 맡았던 한 사람이 사방을 향해 꾸벅꾸벅 절을 한 뒤 입을 열었다.

「여러분! 식사 중에 죄송합니다만 우리 의원님께서 지역 행사에 참석하셨다가 올라가시는 길에 여러분에게 잠시 인사코져 들렸습니다!」

그의 말이 끝남과 동시에 국회의원인 듯한 사람의 고갯짓이 바쁘게 움직였다.

「나한텐 하지 마시오, 인사! 난 다음부턴 당신 안 찍기로 작정했으니까.」

당당한 목소리의 주인공은 송정구였다. 그들은 무안해하며 어찌할 바를 모르고 허둥대는 모습이 역력하였다.

「선거가 아직두 일 년 하구두 몇 달이 더 남았는데 거지 동냥하듯 치사하게 뭐하러 돌아다니는 거요? 가만있다가 당선이 유력한 정당으로 말을 갈아타면 될 걸 말이요. 지난번 선거 때처럼, 안 그렇소?」

역시나 이번에도 송정구의 비아냥거림이었다. 그들은 더 큰 봉변을 면하기라도 하겠다는 듯 우르르 밖으로 피하듯 몰려나갔다.

「송 사장, 좀 심했다구 생각지 않니? 그래도 명색이 국회의원인데.」

「그게 잘못된 거야. 누구 하나 지적하는 사람 없구, 애구 어른이구 의원님, 의원님 하며 굽실굽실하니까 하늘 높은 줄 모르고 저 모양이지! 그리구 우리가 등어리 휘어가며 내는 세금으루 호의호식해가며 정쟁이나 일삼고 선거 때만 되면 당선에 눈이 뒤집혀 물고 뜯고 하는 모습들 좀 보란 말이야. 이를 지켜보는 국민들은 아랑곳하지 않는다는 듯이 말야.」

「듣고 보니 송 사장 말이 하나두 틀린 말이 아니었네그려.」

「오늘 내가 여기 계신 분들을 생각해서 참느라구 혼나네만 그 쓰ㅂㄴ들만 있었더라면 욕바가지루 먹고 갔을 거야 쓰ㅂ.」 하며 목이 탄 듯 컵의 물을 꿀꺽꿀꺽 들여마셨다.

그때였다. 옆자리의 넥타이를 맨 젊은 청년 하나가 잔에 술을 따라 그에게 권하며 말을 하였다.

「사장님! 제 잔 한잔 받아주십시오! 사장님 말씀에 카타르시스를 느꼈습니다.」

엉겁결에 술잔을 받아든 그는 그 뜻을 모르겠다는 듯 멍하니 그의 얼굴을 바라보았다.

「네에, 듣기 어려운 말씀에 아주 시원함을 느꼈다 이 말입니다.」

「이 무식쟁이의 말을 그렇게 들었다니 되레 부끄럽소.」

「아닙니다, 사장님!」

그가 손사래를 치며 말하는 사이 그는 훌쩍 잔을 들이켰다.

나는 오늘처럼 그가 유별나게 돋보인 적은 한번도 보질 못했다.

그저 성격이 유순하고 착한 친구라고만 여겨왔는데 하고자 하는 말을 참지 못하고 쏟아내는 다혈질적인 면이 있는 줄은 일찍이 몰랐던 사실이었기 때문이다.

어쩌면 그가 욕을 물고 살다시피 하는 것도 그 맥락의 일환이 아닐까 하는 상상을 해보기도 하였다.

꽤 오래전의 일이었다.

나는 사업 실패로 노모와 와이프 그리고 올망졸망한 네 딸과 함께 바람만 조금 세게 불어도 금방 쓰러질 것 같은 변두리 구석에 자리 잡은 슬레이트집으로 이사를 갔었다. 이사 간 첫날부터 생각지도 못한 여러 가지 일이 있었지만 그중에서도 제일 신경을 곤두세우는 것은 밤이 되면 어김없이 나타나는 쥐 떼들이 제 세상을 만난 듯 마당이며 천장을 오르락거리며 극성을 피워대는 것이었다. 또 한 가지는 문틈으로 새어 들어오는 연탄가스 때문에 아무리 한파가 몰려오는 겨울철이라 할지라도 모터가 낡아 덜덜거려

제구실도 힘겨워하는 후황을 틀어놔야 하며, 각이 틀어져 제 역할도 버거워 보일 것 같은 부엌문을 활짝 열어 놓아야만 잠잘 수 있는 일이 그것이었다.

이른 새벽이었다. 아직도 꿈속에 있는 와이프와 아이들이 깰세라 소심스럽게 방문을 여는 찰나에 와이프의 낮은 목소리가 늘려왔다.

「왜 벌써 나가세요, 여보?」

「응, 일찍 가볼 데가 있어서, 헌데 당신 더 자두 되는데 왜 깼어?」

「당신이 나가는데요.」

「나 갔다 올께!」

부엌에서 신발 끈을 매며 몇 장 남지 않은 연탄을 세어보니 어머니 방과 우리 방을 합쳐 내일까진 겨우 지낼 것 같았다. 나는 버릇처럼 쌀독 뚜껑을 열어보았다.

순간 머릿속이 텅 빈 듯한 공허함이 맴돌았다.

밑에 쌀 한 톨 보이지 않는 맨바닥이 드러났기 때문이었다.

순간 나는 나도 모르게 주르륵 흐르는 눈물을 억제치 못하고 부엌을 뛰쳐나갔다.

저녁에 힘없이 집으로 돌아온 나는 부엌에 들어서는 순간 내 눈을 의심하지 않을 수 없었다.

아침에 몇 장 남지 않았던 연탄 자리에 한 달도 넘게 때고도 남을 연탄이 수북이 쌓여있었기 때문이었다.

나는 와락 방문을 열고 안으로 들어서는 순간 또 한 번 놀라운 장면을 목격했다.

온 가족의 저녁상이 벌어졌는데 밥그릇마다 하얀 쌀밥이 담겨있고 아이들이 맛깔스럽게 먹고 있는 모습이 더 없이 보기 좋았다.

「당신 언제 올지 몰라서 어머니하구 애들 먼저 먹고 있었어요.」

「잘했어. 헌데, 어떻게 된 거야?」

나는 아직도 뭐가 뭔지 몰라 덤덤하게 물었다.

「낮에 송 사장님이 사람을 시켜 쌀 한 가마니를 보내왔어요.」

「그래?」

「그리구 나 용돈 쓰라구 돈두 보내줘서 그 돈으루 연탄 들여놨단다. 겪어 보니 입은 좀 걸직해두 마음만은 비단결 같더구나.」

숟가락질을 멈추며 하시는 어머니의 말씀이었다.

「아빠두 어서 먹어! 맛있어 쌀밥.」

큰 딸아이가 짭짭대며 애교 있게 말했다.

「응, 너희들이나 많이 먹어!」

하고 자릴 일어서자 와이프가 의아한 표정으로 나를 올려다보았다.

「전화 좀 하구 올게!」

나는 밖에서도 한참 걸어 나온 공중전화에서 다이얼을 돌렸다.

「야! 어떻게 된 거야?」

「아침에 그쪽으루 가다가 너희 집엘 들렀더니 애들이 라면을 먹구 있잖아. 마침 시골에서 농사지은 쌀이 올라왔어. 그래서 보낸 거니 내 성의로 알구 받아줘.」

「고맙다, 친구야. 잘 먹을께!」

「야! 너한테 빚진 그 ㅆㅂㄴ들, 다는 그만두구 조금이라두 갚은 놈들 있냐?」

「아니….」

「그 ㅆㅂㄴ들 남의 돈 떼 처먹고 얼마나 잘되는지 봐야겠어. ㅆㅂ새끼들.」

「야! 옆에 애들 있니?」

「없어. 학원 가구」

「설마 애들 앞에선 욕 안 하겠지?」

「그걸 말이라구 씹어뱉냐?」

그는 처음부터 생기 없고 풀죽은 나의 목소리를 의식한 듯 농기 있게 너스레를 떨었다.

그 후 나는 다행이다 싶게 사업 반등으로 인해 시간을 쪼개 쓰는 입장이 되었고, 그는 수십 명씩 인부를 거느리고 공사에 참여했던 건설사의 도산으로 노임으로 활용한 큰 어음이 휴짓조각이 되면서 모든 재산이 경매에 넘어가 오갈 데 없는 신세가 되었다.

그 누가 인간사 새옹지마라 했을까?

모처럼 햇쑥하고 초췌해진 모습으로 사무실에 나타난 그를 목격하는 순간 나의 마음은 형용키 어려운 아픔과 쓰라림을 느끼지 않을 수 없었다.

테이블에 마주 앉은 채로 말없이 고갤 떨구고 있는 그를 보며 나는 나직이 말했다.

「그래, 어떻게 지내냐?」

「사람들은 모두 뿔뿔이 흩어지구 나두 날일 나가구 있어!」

「아주머니는?」

「지금 도배일을 나가고 있는데 이제 반기술자가 다 됐어.」

「그래? 잘됐구나, 참!」

하며 아까 타 놓은 찻잔에 손댈 생각도 않고 있는 그의 앞으로 잔을 밀며 다시 말했다.

「얼른 마셔!」

그가 잔을 들어 후룩후룩 마시는 사이 나는 재빠르다 싶게 준비해둔 것처럼 남아있던 지갑의 수표를 꺼내 그에게 내밀었다.

세어볼 순 없었지만 서너 장은 되는 것 같았다.

그는 마시던 잔을 든 채로 물끄러미 나를 바라보았다.

반가움이 없는 그의 표정을 읽으면서 심상찮은 기색임을 직감할 수 있었다.

「받아, 왠수 갚는 거야!」

「내 처지가 이렇다구 동정하는 거냐?」

「오해하지마! 예전에 네가 보내준 쌀가마와 어머니 용돈, 나는 지금은 물론이구 앞으로두 잊지 못할 추억의 하나가 될 거야. 바닥만 보이던 빈독에 쌀이 넘쳐나구 달랑달랑하던 연탄광에 빽빽이 들어찬 연탄 더미를 보구 뭐라 한 줄 일아, 우리 와이프가? 세상에 어떤 부자인들 부럽지 않다며 눈물을 글썽였어. 너는 우리 가족들에게 그런 감동을 준 친구란 말이다. 그때 너의 진심 어린 성의에 비하면 보잘것없겠지만 나 역시 너에 대한 성의로 생각하구 받아줘.」

하며 팔을 뻗어 그의 앞주머니에 쥐고 있던 수표를 집어넣었다.

「고맙다, 친구야!」

그는 기어들어 가는 낮은 소리로 말했다.

「야, 천하의 송정구 목소리가 그게 뭐냐? 당당하게 ㅆㅂㅆㅂ해야 듣는 사람두 힘이 나지!」

높아진 나의 음성이 자신을 놀리고 있다는 사실에 그의 입가엔 엷은 미소가 번지고 있었다.

한동안 연락이 뜸해 소식이 궁금하던 차에 최근 그를 만났다는 친구를 통해 전해 들은 이야기는 정말 희소식이 아닐 수 없었다. 그가 살고 있는 동네에 마을회관이 세워지는데 주민들과 이장의 추천에 의해 그가 회관 건립공사를 하게 되었다는 것이었다.

나는 참으로 잘된 일이라 축하해 주고 싶은 생각이 간절하였다.

다음 날 사무실에 모습을 보인 그의 얼굴은 기쁨보다는 어두운 빛이 더욱 짙어 보였다.

「관공사 맡았다며?」

「응, 말이 관공사지 손바닥만 한 거야.」

「그럼 끝내면 좀 괜찮겠냐?」

「날일 하는 거보다 백번 낫지.」

「헌데 얼굴빛이 왜 그래? 병자같이.」

「착수금 30%에 잔금은 준공 후 결재야.」

「해낼 자신 있어?」

그는 고갤 절레절레 혼들며 말을 이었다.

「그래서 말인데 친구야, 나 보증 하나만 서주면 안 되겠니?」

순간 나의 가슴은 철렁함을 느끼지 않을 수 없었다.

「지금 뭐라 했니, 보증? 나는 보증 보자만 들어두 간이 철렁 떨어지는 기분이야. 이제 형제가 와두 보증은 안 서주기로 각서까지 썼어, 와이프 앞에서. 그러니까 네가 이해해줘.」

「그래, 보증 때문에 너 손해 많이 본 거 내가 다 아는데 얘기해볼 곳이 없어 찾아와본 거야. 그런데 사람들은 내가 어렵다는 사실을 알아서인지 나만 보면 쉬쉬하며 피하는 눈치야. 세상이 너무 각박하구 살벌하게만 느껴져.」

「비로소 그게 세상인심이란 걸 깨닫게 된 거야, 넌. 그래, 도저

125

히 방법이 없겠어?」

「응, 도저히…. 안되는 줄 알면서 욕심을 부려본 내 자신이 부끄러워. 좀 섭섭하지만 포기해야 되겠어, 여기서.」

체념의 대답과 함께 그는 자리에서 일어났다.

「앉아!」

소리는 작았지만 다분히 힘이 들어간 나의 목소리였다.

그는 어정쩡하다 싶게 다시 자리에 앉았다.

「방법이 있어, 한가지.」

「…」

「내 가계수표를 빌려줄 테니까 날짜만 지켜줘!」

「보증이나 그거나 쌤쌤인걸 뭐.」

한참 생각 끝에 나온 그의 대답이었다.

「그럼 안 하겠다는 거야?」

「말은 고맙지만 그래야 되겠어. 괜히 너한테 부담만 주는 거 같아서 마음이 편칠 않아.」

나는 그의 말은 아랑곳없다는 듯 서랍에서 꺼낸 수표책에서 몇 장인가를 뜯어 내밀었으나 그는 선뜻 받을 기미를 보이지 않았다.

「받아, 인마! 마음 단단히 먹구, 악착같이 해봐! 너 윷 잘 놀잖아, 모 아니면 도야. 근데 악착같이 잘 던지려구 하는 사람한테는 모 나오는 확률이 많잖아. 우리 인생두 바루 그런 거 아니겠니?」

「짜식, 네 말 들으니 힘을 안 낼래야 안낼 수가 없구나, 고맙다 친구야!」

그는 비로소 하얀 이가 보일 만큼 화색이 피어났다.

시간은 빠르게 지나갔다.

나는 친구의 건축 진행 속도에 신경 쓰임은 어쩔 수 없었다.

준공일과 수표 결제일이 맞물려 있기 때문임은 재론할 필요도 없는 일이기 때문이었다.

헌데 건축의 공정은 예상과는 달리 늦어지고 있었다. 변동 많은 일기 탓과 자재난이 원인이었다. 이를 예상하고 결제일을 충분히 감안하여 놓은 것이 다행이다 싶었다.

그 후 공사가 거의 끝났다 싶은 생각이 들었는데 아직도 진행 중이라는 이야길 듣고 내 마음은 초조해지기 시작하였다.

드디어 수표 결제일이 일주일이 채 남지도 않았지만 그로부터는 아직 전화 한 통 받지 못한 상태이고 속만 태우며 있어야 되니 내 마음은 참으로 답답하기 짝이 없었다.

원래 수표거래란 부득이한 경우를 제외하곤 이삼일 전에는 결제를 끝내봐야 발행자와 사용자의 신뢰 관계가 돈독하게 형성되는 법인지라 그가 하루라도 빨리 결제 해결을 해줬으면 하는 마음이 간절할 뿐이었다.

나의 바람이 무색하리만큼 피를 말리는 며칠이 지나가고 오늘이 지나면 내일이 바로 결제일임에도 불구하고 그로부터는 아직까지 아무런 소식이 없었다.

오늘은 모든 일정을 취소하고 사무실에서 그를 기다려야만 하는 신세가 되었다.

커다란 주전자에 가득 담긴 물이 바닥나도록 마셨을 때는 저녁 시간이 훨씬 지난 후였다.

점심과 저녁을 건너뛰었선만 허기란 느껴보질 못했다.

오늘따라 벽시계의 째깍거리는 초침 소리가 유난스럽다 싶은 것은 사무실 안의 고요함을 대변해 주고 있는 것 같았다.

그런 분위기가 싫어서였을까? 나는 미친 사람처럼 자릴 박차고 일어섰다.

그리고는 무작정 기다리고 있는 거보다 그의 집을 찾아가 보는 것도 속 시원한 방법이 될 수 있겠다는 생각이 들어 출입문 쪽으로 걸음을 옮겼으나 왠지 선뜻 마음이 내키지 않아 다시 몸을 돌려 의자에 주저앉고 말았다.

어쩌면 지금까지 그를 믿어온 믿음과 신뢰에 금이 생길 수 있다는 판단에서였다.

이런 잠시 동안의 상념에 잠겨있는 사이 옆으로 출입문이 제쳐지며 들어오는 사람이 있었다. 목 빠지게 기다리던 바로 그였다. 그의 손에는 노란색의 큰 봉투가 들려져 있었다.

나는 직감한 바가 있어 태연하게 그를 바라보았다.

그는 봉투를 탁자 위에 놓고 마주 앉으며 입을 열었다.

「미안해, 늦어서. 집에 가니까 안 들어왔다 해서 일루 왔어!」

「야, 인마. 내가 지금 집에 가서 편히 앉아 있게 생겼니?」

「미안해, 친구야! 건설과 직원하구 감리계 새끼가 휴가 가는 바람에 준공 시기를 놓쳤어. 하는 수 없이 여기저기 친척들을 찾아다니며 간신히 맞췄어. 그래서 늦은 거야.」

「전화두 못하니? 기다리지 않게. 아무튼 수고했다.」

「공무원 새끼들 몇 놈만 제대루 움직여줬어두 이 고생 안 했는데… 하기사 수마가 할퀴고 화재가 발생해두 거기 어디더라, 시의원인가 도의원인가 하는 놈들 해외 연수랍시구 여행가는 ㅆㅂㄴ들, 우리가 등어리 휘게 일해 낸 세금으로 펑펑 쓰며 잘만 싸돌아다니잖아, ㅆㅂㄴ들이.」

「야, 그 입 좀 세탁할 수 없니? 나까지 전염되겠다.」

나의 웃음 띤 목소리엔 관심 없다는 듯 그는 자기 말만 이어갔다.

「그리구 옆 동네 회관두 내가 짓기루 했는데 내일 계약하기루 했어.」

「그래? 그거 정말 잘됐구나. 그러다간 마을회관 공사는 욕쟁이 사장이 싹슬이하겠구나, 하하하!」

나의 유쾌하고 쾌활한 웃음에 답이라도 하듯 그의 만면에도 환한 미소가 꽃을 피웠다.

인간미 넘치는 맏형

현재까지 한국영화 액션 영화배우 중에서 상징적인 인물을 꼽으라는 질문이 있다면 나는 단연코 '장동휘' 선생을 말할 것이다.

그는 과묵한 성품에서 풍겨 나오는 카리스마로 수많은 영화에 출연하면서 관객들로부터 이미 인정받고 친숙해져 있기 때문이다.

그는 1957년 김수동 감독의 〈아리랑〉으로 38세의 늦은 나이에 영화계에 들어와서 연이어 500여 편에 출연하였는데 건장한 체격에 매서운 눈, 화통한 목소리와 특유의 너털웃음, 선 굵은 액션 연기로 많은 인기를 끌었다.

전쟁 영화의 신화처럼 여겨지는 〈돌아오지 않는 해병〉과 사나이들의 의리와 액션을 그린 〈팔도 사나이〉 그리고 범죄극인 〈뒤돌아보지 마〉와 〈경찰관〉 등을 비롯한 수많은 작품에서 박노식, 허장강, 황해, 전원윤, 독고성 등 기라성 같은 배우들과 더불어 한국영화 황금기라 할 수 있는 1960년대와 1970년대를 이끌어 오면서 한국의 대표적인 액션 배우로서 손색이 없음을 보여주었다.

그는 1982년 영화계를 떠났다가 1994년에 활동을 재개했다.

그해 엄종선 감독의 〈만무방〉에서 기구한 노인역으로 출연해 춘사 영화 예술 영화제 남우 주연상에 이어 이듬해 아시아 태평양 영화제 남우 주연상을 받았다.

이는 그의 축적된 연기력의 결과적인 측면에서 본다면 과히 놀랄 일도 아닐 것이다.

내가 그를 처음 만났을 때의 일이었다.

작가협회 몇몇 선배님들과 함께 영화인들의 거리라 할 수 있는 충무로의 어느 다방을 들어섰을 때였다.

이른 오전 중이어서 한산할 것이라는 나의 생각과는 달리 다방 안은 많은 사람들로 북적거렸다.

「장 선생 저기 있구만!」

누굴 찾는 듯 사방을 살피던 선배님의 말이 끝나기가 무섭게 저편 창가에 손을 흔들어 보이는 건장한 체구의 남자가 앉아 있는 쪽으로 향했다.

그에게 다가간 선배들은 반갑게 악수를 나누며 자리에 앉았다.

나는 그가 스크린 속에서만 보아오던 '장동휘' 씨란 사실을 알 수 있었다.

「알지? 인사드려!」

그와 마주 보고 앉아 있는 나에게 옆의 선배님이 하는 말이었다.

「네! 처음 뵙겠습니다. 화면 속에서만 보다가 이렇게 뵙게 되어 영광입니다.」

허를 굽혀 인사하는 나를 보며 누구냐는 듯 그는 나를 소개한 선배님을 바라보았다.

「이번에 우리 협회에 들어왔어.」

「아! 그래요? 나 장동휘요. 이제 한 가족이 됐으니 잘해봅시다.」

내미는 그의 손을 나는 두 손으로 잡으며 답례했다.

「헌데 온다던 사람들은 왜 안 나왔지?」

옆의 선배님이 의아하게 그를 보며 묻는 말이었다.

「하하, 내가 나오기 전에 여기저길 전화해보니까 모두들 넉다운이 된 채 일어나질 못하고 있다는 거야. 황해(전영록 부친)와 장혁이는 말할 것도 없고, 술에 강하다는 노식(박준규의 부친)이와 독고성(독고영재의 부친)이 까지 일어나질 못하고 있는 걸 보면 얼마나 들이켰는지 말 안해두 알만하지? 하하하….」

「술값깨나 나왔겠는데?」

「지역 어깨들한테서 대접받은 거야. 것두 지역에서 제일간다는 싸롱에서 말야.」

「무슨 소리야?」

「어제 촬영이 대구에서 있었는데 촬영이 시작되기 전에 그들이 우르르 몰려와서 한다는 말이 평소 존경하는 형님들이 오셨기에 한잔 산다는 거야.」

「술꾼들이 웬 떡이냐 싶었겠구먼.」

「그렇게까진 생각 안 했지만 그들의 성의가 고마워서 촬영 후 초저녁부터 시작해서 모두들 떡이 될 때까지 마신 거야.」

「그만해, 그만하라구. 목에 침이 넘어가서 못 참겠어. 나두 글쟁이 때려치우고 배우 할까 봐.」

「하하! 아서, 아서라구. 만일 그리되면 매일 이쨕나게? 하하하….」

격의 없이 웃어대는 그를 처음 보는 나였지만 왠지 오래전에 알고 있는 사이처럼 마음이 편안함을 느꼈다.

그 후 그와 또 다른 만남은 정말 우연이었다.

현직 경찰 공무원인 백태용 선생의 공산 치하를 벗어난 북한 탈출기의 소설 원고를 보고 난 후 추천인을 생각 끝에 우리나라 혼란기에 반공 검사로 명성이 높았던 '오제도' 씨가 적격이다 싶었다. 그래서 국회의원인 그의 사무실에 내 신분을 밝히고 면담 전화 신청을 한 결과 내일 오전 중으로 약속을 잡아놓겠다는 비서관의 확답을 듣고 다음 날 일찍 상경하여 버스에서 내리기가 무섭게 그의 사무실에 전화를 했다.

수화기를 들고 있던 나는 어처구니가 없었다.

의원님이 갑자기 지방을 내려가게 되어 자리를 비웠다는 것이었다.

나는 하는 수없이 서울에 온 김에 협회 사무실에나 들러야겠다는 생각으로 택시를 탔다.

협회 사무실 출입문을 열고 들어서자 서윤성 선배님을 비롯한 몇 분의 낯익은 선배님들이 훤히게 웃으며 반겨주었다.

「김 작가, 우리 지금 장형 집에 놀러 가기로 하구 모였는데 같이 가지 않을래?」

여직원이 타온 커피를 마시고 있는 나를 보며 던지는 서 선배의 말이었다.

「장형이라뇨?」

어리둥절한 표정으로 잔을 든 채 묻는 나를 보며 그는 다시 입을 열었다.

「장동휘 씨 말이야. 지난번에 인사했잖아, 김 작가두.」

「네에, 저한테는 대 선배님이라 그렇게 말씀하시니까 미처 생각을 못 했습니다. 헌데 그렇게 바쁘신 선배님이신데….」

「웅, 어제 이번 작품 라스트신 모두 찍고 오늘 푹 쉰다구 놀러 오라고 연락이 왔어! 모처럼의 기회니 같이 가자꾸나.」

「네, 알겠습니다.」

내가 다 마신 커피잔을 놓자 서 선배는 때를 기다렸다는 듯 팔목의 시계를 보며 자리에서 일어났다.

택시 안이 꽉 찬 속에서 운전석 옆에 앉은 서 선배가 시동을 거는 중년의 기사에게 손바닥만 한 메모지를 내밀었다.

「서교동이구먼요.」

「받아든 메모지를 잠깐 훑어본 기사의 말이었다.」

「네….」

역시나 서 선배의 대답이었다.

한참 동안 빌딩 숲의 대로를 달리던 택시가 속도를 늦추며 멈춘 곳은 이면도로가 곧게 뻗어있는 단독 주택가의 중간지점이었다.

택시에서 내린 일행들은 마치 자기네 집에라도 온 듯 스스럼없이 육중한 철대문 한쪽에 붙어있는 벨을 눌렀다.

나는 그때서야 우측 대문 기둥 위에 '장동휘'란 푯말을 보는 순간 왠지 가슴이 설레었다.

열려진 대문 안으로 들어선 일행들이 현관 앞에 이르자 문이 열리며 추리닝 차림의 건장한 그가 함박웃음을 지으며 일행들에게 악수를 청하며 나에게도 손을 내밀었다. 그의 두꺼비 같은 우람한 손바닥의 온기가 전류가 흐르는 듯 따뜻하게 느껴졌다.

안으로 들어선 응접실은 꽤나 넓은 편이었으며 가운데 자리하고 있는 둥근 테이블 위엔 담요가 깔려 있고 화투목이 놓여 있었다.

나는 그때서야 이들이 이곳에 온 이유를 알 수 있을 것 같았다.

그들은 저마다 상의를 벗어 벽에 걸고 지갑만 꺼내어 테이블 위에 놓으며 의자에 앉았다.

「돈 많이들 넣구 왔지?」

그가 빙긋이 웃으며 놀리듯이 하는 말이었다. 허나 누구 하나 선뜻 대꾸하는 사람이 없었다.

「전쟁에 이기려면 실탄이 충분해야 하지 않어?」

이번엔 그가 익살스럽게 웃으며 약끼지 올려 주려는 태도였다.

「걱정할 거 뭐 있어? 하다가 떨어지면 형수님한테 대출받으면 되지.」

한 선배님이 대꾸하는 듯이 하는 말이었다.

「하하, 그럼 시작하자구. 내가 선잡을게.」

말이 떨어짐과 동시에 화투목을 접는데 여간 어색해 보이는 솜씨가 아니었다. 차례로 표를 돌리며 그의 밑에 앉은 나에게도 차례가 돌아왔다.

「선배님, 제 건 돌리지 마십시오.」

「아니, 왜….」

「전 못합니다. 고스톱.」

순간 나는 내가 이 자리에 어울린다는 자체가 자연스럽지 못해 에둘러 사양했다.

「정말…?」

믿기지 않는다는 듯 의아한 표정으로 재차 묻는다.

「네, 정말 못합니다.」

「허허허, 시나리오 작가들 중에 고스톱 못 치는 사람두 있네그려, 하하하. 그럼 심판이나 봐, 누가 잘하는지.」

「네에!」

나는 계면쩍게 웃으며 머릴 긁적였다. 그들은 한동안 판을 벌이는데 정신을 쏟으며 희희낙락거렸다.

총평을 하자면 그는 약삭빠른 선배들에 비해 실력 차가 현저히 떨어지는 편이었다. 기본 점수가 나기 무섭게 끝내버리고 '고'를 들어가면 신중하게 판단하며 판을 이끌어가는 선배들에 비해 그는 어쩌다 한번 기본 점수가 나면 남의 패는 보지 않고 무조건 '고'를 하다가 아웃당하는 경우가 다반사였다. 그것뿐이 아니었다. 패가 좋지 않으면 빠지기도 해야 하는데 차례만 돌면 패는 살펴보지도 않고 무조건 '고'만 외쳐대니 결과적으로 잃을 수밖에 없는 노릇이었다.

더욱이 이해할 수 없는 건 계속 잃고 있으면서도 뭐가 그리 좋은지 웃음을 잃지 않고 있는 것이었다.

나는 그런 그가 이해가 가지 않았다. 게임이 한창 진행되던 중 뜻밖의 사태가 발생했다.

선배님들 사이에 찌그락짜그락 언쟁이 벌어진 것이었다.

화투를 치다 보면 으레 벌어지는 광경인데 작가들이라고 예외일 수 없는 모양이었다.

「자, 그만들 두라구. 우리는 게임을 하는 거지 노름을 하는게 아니잖아. 한 식구끼리 서로 이해하구 배려해야지, 안 그래? 하하하.」

그의 설득력 있는 너털웃음에 모두들 언쟁을 멈추었다.

「여보…! 다 됐어요?」

저만큼 있는 안방을 향해 그가 큰 소리로 말했다.

「네!」 하는 대답 소리와 함께 안방문이 열리며 엷은 미소를 띤 사모님이 공손히 인사를 하는 것이었다.

「형수님, 폐가 많습니다!」

「폐라니요, 재밌게들 노셔서 나와서 인사도 못 드렸어요. 시장하실 텐데 어서들 식사하세요!」

방 안으로 들어가라는 손짓을 하며 안내를 하였다.

「선배님, 전화 한 통 쓰겠습니다.」

응접실 한편에 놓여 있는 수화기 옆에서 그를 보며 나는 말했다.

「그냥 하면 되는 걸 가지고….」

나는 꾸벅 고마움의 인사를 하고 어느 틈에 꺼내든 수첩의 다이얼 번호를 돌렸다.

「아, 여보세요…. 시나리오 작가 협횐데요, 오제도 의원님 들어오셨나요? 오늘은 바쁘시다구요? …알겠습니다.」

나는 힘없이 수화기를 놓았다.

「왜, 오 검사한테 무슨 볼일이라도 있나?」

저만큼 방문 앞까지 갔던 그가 나의 통화 내용을 듣고 내 앞에 와서 물었다. 난 그에 관한 내용을 설명해주었다.

「음, 그래…? 난 오 의원 전화번호를 몰라서 그러는데 수화기 좀 돌려줘 봐!」

얼떨떨해 나는 영문도 모른 채 들고 있던 수첩에서 숫자를 확인한 후 수화기를 돌려 그에게 넘겨줬다.

「아, 나 장동휘인데요. 오 검사 있어요… 아, 오 영감이오? 나 장동휘외다, 하하하! 회포는 만나서 풀기루 하구 영감한테 부탁이 하나 있네…. 다름이 아니구 내 후배의 지인이 이번에 반공소설을 출간하게 되는데 오 영감이 추천서 하나 써줘야 되겠어. 그러잖아도 내 후배가 오 영감을 보려고 면담 신청을 해놓구 연결이 안 돼서 우연히 우리집에 와서 나하구 있네. 그래, 그럼 바꿔줄게.」

대화가 끝난 듯 그는 나에게 수화기를 내밀었다.

「여보세요… 아, 안녕하십니까, 의원님?」

「자세한 이야긴 장 동지한테 잘 들었어요. 헌데 지금 정기국회 회기 중에다가 산적한 업무가 많아 그러니, 추천의 글을 써놓구 내 사인을 허락할 테니 사용하시오!」

뜻밖의 제안에 나는 얼떨떨해졌다.

「아니, 의원님. 그래도 되겠습니까?…」

「우리 장 동지의 부탁이니 어쩌겠소. 걱정 말고 그렇게 하시오, 하하하!」

「감사합니다, 의원님!」

수화기를 놓는 순간 나의 마음은 짐을 벗어놓은 듯한 가벼움을 느끼는 동시에 사방을 향한 그의 두터운 인맥과 대화 속에서 느껴지는 인간미는 존경심을 가지지 않을 수 없었다.

그의 함께 방안에 들어서자 진수성찬이 차려진 둥근 탁자에 둘러앉은 선배들은 배가 고팠던지 먹는 데만 정신이 쏠려있었다.

「앉아! 우리두 먹자구!」

그는 어정쩡하게 서 있는 나에게 앉으라는 시늉을 하며 자리에 앉았다.

「네!」 하는 대답 소리와 함께 식사를 시작한 얼마 후 빈 그릇이 치워지고 각자의 앞에 찻잔이 놓여졌다.

모두들 여유롭게 차를 마시고 있는 선배들을 둘러보던 그가 입을 열었다.

「그래 일당들 했어?」

그는 빙긋이 웃으며 그들을 둘러보았다.

「일당했지!」

「나두!」

「그럼!」

모두들 한마디씩 쏟아내자 그의 입가엔 다시 미소가 번졌다.

「글 쓴다고 몸 너무 축내지지들 마! 건강 이상 가는 건 없으니까. 술도 적당히들 하구.」

「그게 말처럼만 된다면야…」

서 선배의 대꾸하는 듯한 말이었다.

「그러구 보니 내가 주태백 앞에서 경을 읽었구먼 그려, 하하하!」

「일당 챙기구 밥 먹구 차까지 마셨으니 이제 슬슬 일어나 보자구.」

한 선배가 농담처럼 이죽거렸다.

잠깐 기다리라는 손짓을 하는 그는 방문 밖을 향해 말을 던졌다.

「여보! 손님들 가신다.」

「네!」 하는 대답 소리에 이어 방안으로 들어오는 사모님의 손에는 하얀 봉투 몇 개가 쥐어져 있었다.

「왜요, 벌써들 가시려구요?」

일어선 그들을 둘러보며 하는 사모님의 말이었다.

「네, 잘 쉬구 잘 대접받구 갑니다, 형수님.」

「대접은요.」

그는 어느 틈에 부인으로부터 받은 봉투를 선배들은 물론 나에게까지 하나하나 나누어 주었다.

집에 와서 봉투를 개봉해보니 짐작은 했었지만, 상상외의 지폐가 들어있으리라고는 미처 생각지 못했다.

순간 나는 나의 아둔함을 뉘우치며 편협한 나 자신이 한없이 부끄러워짐을 느끼지 않을 수 없었다.

　게임에서 무모하리만큼 저돌적이고 과한 측면은 곧 아둔함이 아니라 선배들을 위한 배려였기 때문이란 사실을 뒤늦게 알았기 때문이다.

　어찌 보면 쥐꼬리만 한 작가들의 원고료에 비해 상상을 초월하는 그의 높은 출연료는 차치하고라도 겹치기 출연에다 몸이 열 개라도 모자라는 그로서는 그들을 위한 격려 차원에서 한 행동이라면 참으로 멋진 행동이라 아니할 수 없으며, 많은 사람들이 그와 같은 위치에 있다 한들 누구나가 쉽게 할 수 있는 일이 아님을 미루어 짐작할 수 있었다. 그는 정녕 후덕한 인간미가 넘치는 맏형이었다.

광주 나들이

입춘이 지났는데도 계절의 변화가 아랑곳없다는 듯 혹한의 아침나절이었다.

여느 철에 비해 공사가 뜸한 겨울철이긴 하지만 그래도 찾아오는 손님들이 있는지라 출근을 빠뜨릴 수가 없었다.

스토브의 주전자에서 펄펄 끓는 물을 커피가 든 잔에 부어 휘휘 저어 입안이 데일세라 후룩후룩 마시고 있을 때였다.

똑똑! 노크 소리와 함께 출입문이 열리면서 회사복 차림의 젊은이와 말끔한 차림의 중년 남자가 들어서는 것이었다.

젊은이의 왼쪽 옆구리엔 동그랗게 말린 서류 뭉치가 끼워져 있었다.

그게 직감적으로 설계도면이라는 걸 느끼는 순간 그가 입을 열었다.

「김 사장님 되시죠?」

「네, 그렇습니다만….」

「저희 회장님이십니다.」

「아! 그러세요? 처음 뵙겠습니다. 누추하지만 우선 자리에 앉으십시오! 제가 커피 한잔 드리겠습니다. 경리가 사정이 있어서 못 나왔습니다.」

「아닙니다, 괜찮아요.」

하면서 주머니에서 명함을 꺼내 드밀었다. 명함을 받아보는 순간 나는 그가 어떤 사람이라는 걸 금방 알 수 있었다. 그와 절친한 관계를 이루고 있는 「조준」 형님으로부터 명함에 나와 있는 「협신개발」의 김수황 회장님 이야기를 수차례 걸쳐 들어온 터였다.

「토지개발 공사(현 LH공사)의 조 부장님과는 선후배 사입니다. 제가 여러모로 도움을 받구 있죠.」

「조 부장님이 김 사장님 얘기를 하시기에 계기가 돼서 부탁 차 왔습니다. 이번에 우리 회사가 조치원 역 앞에 빌라 단지와 종합상가를 짓고 있는데 골조 공사가 거의 끝나고 스테인리스 공사와 알루미늄샷시 공사가 들어갈 때가 됐어요. 여기 도면을 놓구 갈 테니 펴보시구 현장감독하고 상의해서 속히 공사를 진행해주세요.」

나는 비수기에 생각지도 않은 큰 공사를 수주해 그렇게 기쁠 수가 없었다.

「신 부장, 계약금 드려야지.」

그의 말이 떨어지기 무섭게 젊은이는 품에서 꺼낸 봉투를 내 앞에 내밀었다.

「펴보세요.」

김 회장의 말이 떨어짐과 함께 봉투를 개봉한 나는 눈이 휘둥그레지지 않을 수 없었다.

한 장으로 표시된 액면 500만 원짜리 수표가 들어있기 때문이었다.

나는 큰 액수임에 더욱이 놀라지 않을 수 없었다.

「놀랄 거 없어요. 공사 규모에 비해 적을 수도 있으니 진행 중에 공사비가 모자라면 우리 신 부장하고 상의해서 기성 올리세요.」

「뭐라 감사를 드려야 좋을지 모르겠습니다, 회장님!」

「감사는요, 서로 돕구 사는 게 인지상정이지요. 그럼 나 가볼테니 수고해요!」

그를 문밖까지 배웅하고 사무실에 들어온 나는 탁자 위의 설계 도면을 펼쳐보는 순간 가슴이 쿵쾅거리는 설레임을 느끼지 않을 수 없었다.

아직까지 해보지 못한 큰일 중에 하나일 만큼 수량이 엄청난 공사였기 때문이었다.

「형님! 오전 중에 김수황 회장님이 다녀가셨어요.」

평소에 출타가 잦던 형님 사무실에 다이얼을 돌리자마자 오늘은 웬일이냐 싶게 바로 통화가 이루어졌다.

「출발하기 전에 나한테 연락 왔었어, 너 보러 간다구.」

「아니 그럼 미리 연락이라두 해주시잖구요.」

「그렇게 할 필요까지 있나? 잘 아는 사람들끼리. 그래, 공사는 하기루 했지?」

「네. 액수도 안 나왔는데 벌써 계약금까지 받았어요.」

「그래, 서로 신용관계가 중요한 거니까 잘해줘. 내가 널 주저 없이 추천할 때도 그런 점을 앞세웠기 때문이니까.」

「고맙습니다, 형님! 형님의 기대에 누가 되지 않도록 최선을 다하겠습니다.」

수화기를 놓고 난 나는 참으로 고마운 분들의 성의에 감사한 마음을 금할 수 없었다.

빌라 단지와 종합상가의 작업이 겹치다 보니 일의 량이 보통이 아니어서 우리 보유 인력 외에도 외부 인력을 투입해서 공정을 차질없이 맞춰 나가야 하였지만 어떻게 소문이 돌았는지 형님이 추천한 업체의 대표로서 나는 황송할 정도로 특혜를 받고 있었다.

공사를 진행하는 과정에서 십중팔구 누구나가 겪는 애로사항은 자금 문제임은 두말해서 무엇하랴.

다른 분야의 업체들은 매월 올리는 기성에서 70~80%를 수령하는데 비해 나는 100%를 결제받고 있었다. 나 역시 그에 따른 부담감도 커서 일정에 차질을 주지 않으려고 신경을 많이 쓴 것 또한 사실이었다.

8월 초에 들어서면서 장마철이 끝났다고는 하지만 아직도 때 없이 쏟아지는 장대비 때문인지 공기는 더욱 습해지고 더위는 한 층 더 기승을 부렸다.

저녁에 집에 들어와 피곤한 몸을 쉬고 있노라니 책상 위의 수화 기 벨이 울리자 옆에 있던 와이프가 수화기를 집어주었다.

「아, 여보세요….」

약간 잠이 섞인 채로 나는 전화를 받았다.

「몹시 피곤했나 보구나!」

약간 미안한 말투의 조준 형님의 목소리였다.

순간 나는 피로가 확 달아나는 느낌이었다.

「형님, 어쩐 일이세요?」

「별일은 아니구, 오는 10월 4일 날짜로 발령받았다, 전남지사 장으로.」

「정말이세요, 형님? 축하합니다. 앞으로 형님 얼굴 보기 어렵겠 는데요.」

「예끼! 농담이라두 그런 소리 마라. 내가 대통령이 된다 한들 우리 사이에 그런 소리 하게 됐니?」

「하하하, 누가 아니랍니까?」

「내가 이번 주말에 조치원에 한번 내려가려구 한다. 역전 앞에 냉면 맛있게 하는 집이 있던데 김 회장 하고 같이 우리 냉면 내기

고스톱이나 한판 치자구나!」

「거, 좋습니다, 형님! 그렇잖아두 일이 바빠서 몇 달 참았는데 손이 근질근질합니다요. 그럼 그날 현장에서 기다리겠습니다. 안녕히 계십시오!」

어느새 피로가 싹 풀린 듯한 표정으로 절컥 수화기를 놓는 나를 보고 옆에 있던 와이프가 핀잔하듯 한마디 한다.

「당신은 보는 사람마다 그 말밖에 할 수 없어요?」

「무슨 말?」

「고스톱 말이에요.」

「얼마나 인간적이야? 사람한테 사람 냄새가 나야지, 괜히 위엄 부리며 거룩한 척하면서 뒷구멍으로 호박씨 까는 족속들이 얼마나 많은 줄 알아, 당신?」

「그만둬요, 당신하곤 말이 안 통해요.」

하며 내빼듯 휙 가버렸다.

토요일, 김수황 회장이 형님을 대동하고 내가 기사들과 함께 작업을 하고 있는 현장에 나타났다.

「언제 오셨어요?」

손에 낀 장갑을 벗으며 꾸벅 허릴 굽히는 나를 보고 형님이 웃으며 말했다.

「아까 왔어! 김 회장님의 사무실에서 커피 한잔하구 이리 왔지. 냉면 내기 하려구 말야.」

「여기서요?」

나는 눈을 동그랗게 뜨며 어이없다는 듯이 물었다.

「아무 데면 어때?」

「선배님, 우리 사무실로 가시죠.」

「괜찮아! 이런 데서 놀아야 더 재미나는 법이야. 저기 시멘트 부대가 많구만, 갖다 넓게 깔자구.」

하면서 주섬주섬 사방에 널려있는 시멘트부대를 주워다 깔았다.

김 회장과 나도 어쩔 수 없이 같이해야만 했다.

마침 옆을 지나던 신 부장도 거들었다.

「신 부장! 직원들 방에 가서 담요하고 화투 좀 가져와!」

신 부장은 김 회장의 말에 알겠다는 듯 꾸벅 고개 인사를 하고 어디론지 사라지더니 그리 오래지 않아 돌돌 말아 온 담요를 자리에 쫙 펴놓았다.

화투목도 담요 속에 있었다.

정장 차림의 형님은 상의가 불편한 듯 벗어들었다.

「주십시오! 저희 사무실에 두었다가 끝나면 갖다 드리겠습니다.」

「그래, 신 부장! 그게 좋겠어.」

김 회장도 동조하고 나섰다.

「아냐, 그럴 거 없어. 여기 좋은 게 있구먼.」

하며 슬라브 받침목에 박혀있는 대못에 벗어 들은 상의를 척 걸쳐 놓았다.

드디어 냉면 내기 게임은 시작되었다. 화투짝에 눈이 달렸는지 아무렇게나 친다 해도 점수는 나한테로 모이는 횟수가 많아서 그날 수입으로 내가 냉면을 샀다.

형님이 발령을 받고 광주에 내려간 지도 벌써 한 달이 넘었다.

나는 무심코 TV 스위치를 돌렸다. 마침 뉴스 시간이었는데 5·18에 대한 심층 분석과 함께 이를 진압한 계엄군의 행동이 정당했다는 설명을 덧붙이고 있었다.

그러니까 5·18사태가 발발한 지 엊그제 같은데 벌써 5개월이 넘었다.

세월이 참 빠르다는 깊은 상념 속을 망치로 두드리듯 깨트리는 전화벨 소리에 나는 버릇처럼 수화기를 집어 들며 입을 열었다.

「이제 내려와도 된다. 바쁜 일두 다 끝내구 업무 파악두 다 됐어.」

한층 여유로움이 있어 보이는 형님의 음성이 반갑게 귓전을 때렸다.

「그러세요, 형님? 그렇잖아두 언제 연락이 오나 하구 기다리던 중이었습니다. 형님, 저두 그렇지만 제 와이프두 광주가 처음인데 같이 가면 안 될까요?」

「안되긴, 형 보러 오는데 제수씨가 오는 건 당연한 일 아니니?」

「알겠습니다. 그럼 날 잡아 바루 내려가겠습니다. 안녕히 계십시요!」

며칠 후 나는 와이프와 함께 광주 나들이에 나섰다.

송정리역을 거쳐 택시를 타고 광주의 중심가인 금남로의 어느 고층 빌딩 8층 현관 앞에 이르니 형님의 직장명 현판이 눈에 박혔다.

나는 뒤에 있는 와이프에게 따라오라는 고갯짓을 하며 문을 밀고 안으로 들어갔다.

「지 사장님 면회 오신 분이죠?」

기다리고 있었다는 듯 앞에 서 있던 여직원이 상냥하게 웃으며 물었다.

「네!」

짧은 대답 소리가 끝나기도 전에 그녀는 공손히 손안내를 하며 앞장서 걸었다.

뒤따르는 동안 눈에 잡히는 사무실 안은 웬만큼 크다 한 사무실보다도 훨씬 넓은 편이었으며, 직원의 수 또한 얼핏 보아도 70~80명은 족히 되어 보였다.

여직원의 안내로 지사장실 앞에 이르는 동안 나는 왠지 모르게 어둡고 무거운 침묵의 터널 속을 걷는 기분임을 떨쳐낼 수 없었다.

한낮인데도 불구하고 천장에서 반사되는 채광에 의한 불빛으로 더없이 밝은 사무실에 비해 직원들의 얼굴은 하나같이 모두 굳어있고 숨소리조차도 들리지 않는 고요함이 흘러 수십 명이 분주하고 활기 넘치게 일하는 여느 사무실의 분위기완 사뭇 대조적이라 생각되었다.

똑똑! 노크 소리와 함께 방문을 열너 안으로 안내하는 여직원에 의해 들어서는 나와 와이프를 형님은 반갑게 맞이해 주었다.

「여보, 인사드려!」

「안녕하세요, 말씀 많이 들었습니다.」

「반가워요! 자, 앉아요.」

편한 자세로 테이블에 앉아 사방을 둘러보는 사이 여직원은 언제 가져왔는지 쟁반 위의 찻잔을 각자 앞에 내려놓았다.

그리고는 다소곳이 밖으로 나갔다.

「그래, 일은 바쁘구?」

마시던 찻잔을 탁자에 놓으며 형님이 물었다.

「네, 여전합니다. 헌데 형님! 들어오면서 보니까 사무실 분위기가 무척 무거워 보이네요.」

나 역시 찻잔을 놓으며 조심스럽게 말을 건넸다.

「바로 보았다. 많은 직원들이 지난 오월의 상흔에서 깨어나질 못하구 있기 때문이야. 저쪽을 좀 봐!」

그는 유리창을 통해 보이는 바로 앞의 파란 줄무늬 넥타이를 맨 젊은 직원을 바라보며 턱짓을 했다.

말없이 응시하고 있는 나를 바라보며 그는 다시 말을 이었다.

「저 직원은 홀어머니와 함께 두 형제가 함께 살고 있었어. 헌데 지난 사태 때 동생이 계엄군에 의해 무참히 피살됐어.」

충격을 받고 멍해 있는 나와 와이프를 바라보고 있던 형님은 잠시 말을 멈추는가 싶더니 곧이어 다시 말을 이었다.

「대학교를 다니는 동생이 친구들과 당구를 치고 있는데 계엄군들이 들이닥친 거야. 약삭빠른 친구들은 뒷문을 통해 비상구로 탈출하고 또는 당구다이 밑으로 몸을 숨기고 해서 화를 면했는데 그것도 모르고 열심히 당구를 치고 있던 동생은 계엄군이 내려꽂은 대검에 옆구리를 찔려 그 자리에서 즉사한 거야. 하루아침에 생때같은 자식을 잃은 그 어머니는 충격을 받아 실어증에 걸린 채 지금도 병석에서 일어나지 못하구 있다는 거야. 그러니 저 직원의 심정인들 어떠하겠니?」

「정말 대명천지 밝은 대낮에 이런 끔찍한 일이 있었나 싶습니다.」

「기분 좋게 놀러 온 사람들한테 내가 괜한 소릴 한 것 같구나.」

「아닙니다, 형님. 광주사태의 비극적인 실태를 어느 정도 파악할 수 있을 것 같습니다.」

「지 사장님께서두 신경 많이 쓰시겠어요. 저런 직원분들이 한둘이 아닐 텐데요.」

듣고 있던 와이프의 거들 듯한 말이었다.

「맞아요. 직계 가족과 친인척 그리고 지인들까지 연관성을 짓는다면 직원들 상당수가 피해자라구 해두 과언이 아니에요. 사망자와 실종자, 그리고 부상자들이 밝혀진 숫자보단 훨씬 많구요. 그래서 회사에서 업무도 업무지만 직원들의 마음을 헤아려주고 알아주는 포용책을 우선시하라는 지침을 내릴 만큼 관심을 기울이고 있는 거예요.」

나는 형님의 설명을 더 듣지 않아도 사태의 심각성을 느낄 수 있을 것 같았다. 점심시간에 형님이 전용차를 사용하지 않고 택시로 우리를 인도한 곳은 무등산 중턱에 자리하고 있는 마당이 넓은 토속 음식점이었다.

11월을 넘긴 늦가을의 정취 아래 색색이 물든 단풍이 자태를 뽐내듯 제멋대로 하늘거리고 있는 모습이 더없이 한가롭고 자유스러워 보였지만 나는 그런 감흥이라곤 전혀 티끌만큼도 느끼질 못했다.

마치 빚어 만든 석고상처럼 무표정한 얼굴로 터덜터덜 힘없이 마당을 걸어갈 뿐이었다.

나는 갑자기 내가 왜 이러나 싶은 섬찟한 생각이 들었다.

곰곰이 생각해보니 아마도 오늘 형님으로부터 전해 들은 사실적인 이야기가 크나큰 충격으로 다가온 이유 때문이 아니었을까 싶었다.

황 사장의 약속

　신축건물 대문 안 마당에 콘크리트 타설을 하는 관계로 장독대 핸드레일을 설치하는 작업을 하다가 중단되어 여느 때보다 이르다 싶게 공장 사무실에 들어와 의자에 몸을 뉘이면서 언제나 버릇처럼 한쪽 벽에 걸려있는 작은 쟁반만 한 벽시계를 올려다보았다. 정각 3시를 가리키고 있었다.

　해가 질려면 아직도 서너 시간은 지나야 되는 시간의 여유로움을 느끼며 책상 위에 놓여 있는 신문을 집어 들어 살피기 시작하던 중 나의 시선은 한쪽 면 기사에 멈춘 채 움직이질 않았다.

　내용인즉 미국이나 호주 등지에서 들여오는 젖소(홀스타인)를 분양받아 사육해서 젖을 짜고 비육우로 내보내면 수입 보장은 물론이려니와 앞으로의 전망에 대해서도 각광 받을 수 있다는 내용이었다.

　순간 나의 가슴은 설레임에 두근거렸으며 솟구쳐 오르는 호기심을 억제치 못했다. 그 설레임과 호기심은 수일이 지나도 진정되지 않았다.

결국 나는 이 목축업에 손을 대기로 작정하였다.

막상 결정을 내리고 보니 한편으론 겁이 나면서도 진중해지는 속에 수빈되는 문제점 등을 생각하지 않을 수 없었다.

그중에서 가장 큰 문제는 자금력이며 또 한 가지는 지금 하고 있는 주업(건축공업)과 병행해서 무리 없이 잘 이끌어 나갈지에 대한 우려스러움이 크나큰 고심거리로 떠올랐으나 그리 오래지 않아 결론을 얻게 되었다.

자금에 대해선 현재 운영되고 있는 사업자금에서 일부를 충당하고 현재 붓고 있는 은행 적금과 몇 군데 들어가고 있는 '계'를 낙찰시켜 사용하고 모자라는 액수는 주위 분들이나 친척을 통한 차입금으로 충당을 한 다음 송아지가 자라서 젖을 짜고 비육우로 팔려나가면서 목장의 자금이 회전될 때까지 몇 년 동안은 지금 운영하고 있는 사업 쪽에서 더욱 부지런히 일을 할 생각이었다. 거의 타 자본으로 시작하다시피 하여 부채 청산의 계획에는 별 무리가 따르지 않을 것 같았으며, 목장 사업은 지금의 사업을 그만두기 전에는 손을 댈 수 없기 때문에 경험 많은 목부를 두고 관리만 해 나가면 된다는 결론을 내리고 보니 더 이상 망설이고 주저할 틈이 사라져 버리는 것 같았다.

하지만 막상 자금조달을 해보니 생각했던 것보단 쉽진 않았다.

낙찰된 계를 타기까지 걸리는 시간과 운용되고 있는 사업자금을 회수하기가 그리 녹록지가 않았다.

한두 군데도 아니고 셀 수 없이 많은 거래처로부터 들어와야 되는 공사금을 필요하다고 해서 막무가내로 내 입장만을 내세워 받을 수 없기 때문이었다.

그러던 중 얼마 전 세세한 사업계획을 설명해준 매형으로부터 펄쩍 뛸듯한 반가운 소식이 전해졌다.

매형이 보유하고 있는 일백만 원 남짓한 돈을 가져가라고 하면서 대신 매형이 필요로 할 때 돌려달라고 하는 것이었다.

당시 매형은 현재 강남의 영동대교 맞은편 주택단지인 야산을 평당 6천5백 원씩 가격으로 3천여 평(9900㎡)을 매입해놓고 도시계획이 되어가는 추이를 살펴 가면서 재투자할 예정이어서 여윳돈을 갖다 쓰고 필요한 때 약속만 지키라고 하니 이 얼마나 고마운 제안이 아니겠는가.

짧은 시간 같았지만 수개월이 걸린 후에 합쳐진 자본금은 3백5십여만 원이었다. 이제 자금이 확보된 만큼 한시도 지체없이 부지선정에 나서야 했다.

친구들과 지인들의 의견을 들어가며 부지를 매입한 곳은 시내로부터 약 3㎞가 떨어진 외곽지대의 논길을 지나고 비탈길을 넘어서는 야산 밑의 언저리 땅이었다.

지금은 도시계획이 되어서 여러 개의 관공서가 사방으로 들어서고 잘 뚫린 도로 한편엔 아파트 단지와 주택단지가 조화를 이루고 있어 1평(3.3㎡)에 수천만 원을 준다 해도 매입이 어려운 곳이지만 당시엔 한 필지로 딱 떨어진 오천여 평(16,500㎡)을 평당 2백 원씩에 매입을 했던 것이다.

배추를 심고 무를 심었던 아래쪽의 평평한 평지엔 수십 마리를 사육할 수 있는 우사를 짓고 그 한편으론 관리인 사택을 지었다. 조금 위로는 먹이를 저장할 수 있는 엔스레이지를 지었고 나머지 땅에는 최대한의 사료비를 절감하기 위해 옥수수와 자운영을 비롯한 소먹이가 될만한 풀을 심기 위해 땅을 고르고 자갈을 골라내어 기름진 농토를 만들어 놓았다.

모든 공사가 끝나갈 무렵 지인의 추천을 받은 중년의 목부(관리인) 부부가 이삿짐과 함께 사택으로 들어왔다.

건장한 체격에 순박함이 묻어나는 그는 특이하다시피한 갈씨 성을 가졌으며 목장경력 10여 년이 넘었으니 모든 일은 걱정하지 말라며 나를 위로하며 자신만만해 했다.

나는 그를 형님이라 부르며 그와 함께 장날마다 이곳저곳 우시장에 나가 송아지를 사다가 우사를 채우기 시작했다. 한 달여 만에 우사에는 송아지의 울음소리가 듣기 좋은 음악 소리처럼 들렸으며 때에 맞춰 사료통의 먹이를 씹는 녀석들의 모습이 어찌나 귀여운지 나도 모르게 녀석들의 머리를 번갈아 가며 쓰다듬어 주곤 하였다.

이제 목장으로서의 면모가 갖추어짐에 따라 입구에 잘 다져진 자갈길 한편으로 목장명으로 지은 커다란 입간판도 세워졌다.

그동안 새로운 사업을 시작하기 위한 과정에서 많은 난관과 어려움이 적지 않았지만 막상 이루어 놓고 보니 머릿속에 떠오르던 생각들은 씻은 듯 사라지고 적지 않은 뿌듯함과 성취감에 만족감을 느끼면서 한편으론 나 자신 스스로에 대견한 듯 「수고많았수다!」라고 속으로 되뇌이며 피식 웃었다.

번거로움을 피하기 위해 준공식과 개업식을 동시에 치루었다. 친구들과 이웃분들의 축하와 더불어 격려를 해주심은 한없는 애정과 정감을 느끼는 데 부족함이 없었다.

그중에서도 생각지도 않은 크나큰 호의를 베풀어 주신 분이 있었다.

바로 지역에서 큰 목재소와 더불어 건재상을 경영하는 황 사장님이었다.

집기 구입하는데 보태라며 내미는 두툼한 봉투를 사양하였지만 그는 성을 내다시피 하며 내 속주머니에 꽂아주었다.

여러모로 고마운 분들의 호의에 나도 모르게 촉촉이 베어 있는 눈가의 물기를 누가 볼세라 닦아내야만 했다.

얼마 동안 고마울 정도로 열심히 일을 하던 갈씨 부부가 급료를 올려달라는 요청을 해왔다.

송아지들이 점점 커감에 따라 그에 수반되는 일 량도 늘어나기 때문이라는 이유였다.

나는 그의 말에 수긍을 했던지라 쾌히 응했다.

그리하여 잘나가나 싶었는데 상상치도 못할 일들이 벌어지곤 하였다.

목부인 갈씨의 개인 사정에 관한 일들이 심심찮게 일어나서 축사를 비우는 일이 자주 발생했다. 처음 몇 번은 그러려니 하고 넘어갔으나 날이 갈수록 태도 변화는 보이질 않고 아니할 말로 제멋대로였다.

그럴 때마다 급히 대체 인력을 쓰곤 하였지만, 그런 상황이 끊이지 않고 되풀이되다 보니 이제 노이로제까지 걸리는 지경에 이르렀다. 그는 간밤에 마신 술이 탈이 나서 일어나지 못했다는 소릴 하고, 피로가 누적되어 병원에 입원해서 회복 주사를 맞아야 한다던가 또한 친지의 애경사를 빠짐없이 챙김은 물론이려니와 심지어는 떨어져 있는 자녀들의 일로 자리를 비우는 일이 비일비재하였고 날이 갈수록 그 농도는 더욱 짙어만 갔다.

그럴 때마다 인부를 사서 들여보내 위기를 모면하고 어느 때는 현장일을 기사들에게만 맡기고 내가 들어가 밤늦도록 대신 일을 해야 했다. 그렇다고 내가 하는 일을 제쳐두고 마냥 목장에 들어가 일을 할 수도 없는 노릇이었다. 지금 하고 있는 일이 숨돌릴 틈 없이 바빴기 때문이었다.

자고 나면 현장에 나가 작업을 하면서도 마음은 목장 쪽에 가 있어 현장일에 집중을 할 수가 없었다.

조금만 정신을 놓아도 안전사고가 뒤따르는 현장일인지라 나의 흐트러진 자세를 알기라도 한 듯 예상치 못한 사고가 발생했다.

용접을 하면서 카바이드 통에 불이 붙어 폭발한 것이었다.

큰 폭발이었음에도 불구하고 천만다행이다 싶게 카바이드 통이 수직으로 솟구쳤기 때문에 나를 비롯한 주위에 있던 우리 기사들은 무사하였다. 정신을 잃게 하는 아찔한 순간이 아닐 수 없었다.

사고의 충격이 컸던 탓인지 전신에 힘이 빠지고 맥이 풀려 집에서 며칠을 꼼짝할 수가 없었다.

「몸은 하난데 두 가지 사업을 해나간다는 게 얼마나 어려운 일인가를 알 수 있겠지? 내 생각해서 말인데 하루라도 빨리 목장 일을 정리하던지 한쪽 일에만 몰두하게. 더 욕심을 부렸다간 하는 일마저 그르칠 수가 있으니 말이야.」

사고 소식을 듣고 위로차 오신 매형께서 걱정스러운 표정을 지우지 못하면서 하시는 말씀이었다.

며칠을 매형이 하신 말씀을 머리에 떠올리며 고민에 고민을 거듭한 끝에 매형의 조언대로 마음을 굳히기로 작정하였다.

순간 아쉽고 미련은 남았지만 막상 마음을 정리하고 보니 목장을 시작하기 전의 설레임과 의욕은 한순간에 사라지고 하늘을 날 것 같은 홀가분한 기분에 중병을 앓는 환자처럼 축 처져있던 몸과 마음이 생기를 되찾는 듯한 기분을 느꼈다.

「그래, 목장을 매각한다구?」

어디서 소식을 들었는지 사무실을 찾아온 황 사장이 진의를 확인하려는 듯 묻는 말이었다.

「네, 두 가지 일을 벌인다는 게 벅차서요.」

「나두 자네가 참 대견하다고 생각했는데 이제야 말하지만 끝까지 끌고 나간다는 건 좀 어려울 거라고 생각은 하고 있었네. 그래 임자는 나왔나?」

「아직은요….」

「그래 가격은?」

「왜요, 사장님이 사시게요?」

나는 직감적으로 그가 관심을 보이고 있다는 걸 느끼면서 물었다.

「그래, 모르는 사이도 아니고 자네가 조건만 맞춰준다면 내가 인수할 의향도 있네만…」

「조건이라뇨? 말씀해보십시오. 제가 들어드릴 수 있는 일이라면 들어드리겠습니다.」

「그래?」

반색을 하며 환하게 밝아지는 표정의 그가 나를 바라보며 말을 이어나갔다.

「가격에 대해선 자네가 나한테 이문을 보고 넘기리라곤 생각지 않네.」

「그 점에 대해선 염려 마십시오. 제가 장사를 목적으로 벌인 사업은 아니니까요.」

「자네 마음을 알고도 남기 때문에 하는 말일세. 자금 지불 문제에 대해선 얼마가 되는진 모르지만 육 개월 정도만 봐주게. 자네가 알다시피 나두 여러 사람을 상대하다 보니 어려움이 있어서 그러니. 그렇게만 봐준다면 그때 가서 한꺼번에 상환하겠네.」

「좋습니다, 사장님을 형님처럼 믿구 드릴 테니 약속이나 꼭 지켜주십시오.」

이렇게 구두 합의가 되어 처음 마련한 3백5십만 원과 일을 벌이는 과정에서 추가된 7십여만 원을 합한 4백2십만 원에서 은행 대출금 8십만 원을 받기로 하고 다음날 인감을 떼고 서류 일체를 넘겨주었다.

「아니 이 사람 정신이 있는 거야 없는 거야?」

소식을 듣고 부리나케 찾아온 매형이 쏟아내는 말이었다.

「상의드리지 못하고 저 혼자 처리해서 죄송합니다. 매형!」

「이 사람아, 죄송두 유분수지 그 큰 재산을 넘기면서 계약금 한 푼 안 받고 서류도 하나 없이 넘겨주는 사람이 세상천지에 자네 말고 또 누가 있겠느냔 말이야. 지금이라도 늦지 않았으니 나하구

같이 가서 그 사람을 만나세. 정식으로 서류 작성하구 지불 날짜
도 못을 박게 말이야.」

매형의 어조는 다분히 흥분되어 있었다.

「구두 약속두 약속인데 설마하니 동생벌로 쳐도 몇째 동생 같
은 저에게 약속을 어기겠습니까? 매형의 말씀은 고맙게 간직하고
약조한 날까지 기다려보겠습니다.」

더 이상 말을 붙이지 못하고 돌아서는 매형의 뒷모습을 보면서
내가 너무 경솔하게 일 처리를 했다는 자괴감이 들었다.

기다리던 6개월이 빠르게 지나가고 며칠 말미를 두었건만 고대
하던 황 사장으로부터 아무런 연락이 없었다.

조바심을 이기지 못한 나는 그의 사무실을 찾아갔다.

마침 또래의 남자와 장기를 두고 있던 그는 나를 보는 순간 반
색을 하는 듯 억지웃음을 흘리며 장기판을 섞는 것이었다.

남자는 눈치 빠르게 자릴 비켜주었다.

「그렇잖아두 오늘 자넬 만나러 가려 했네.」

마주 앉은 나를 보며 그가 하는 말이었다.

「돈 줄 사람들한테 모두 약속을 해놨는데 소식이 없어서요….」

「그러게 말일세. 내 미안해서 뭐라 할 말은 없네만 현재 백만
원 마련해 놨으니 이거라도 가져가겠나?」

「아니 사장님 한 번에 모두 지불해준다고 하지 않았습니까?」

그의 어이없는 제안에 버럭 화를 내는 듯한 나의 물음이었다.

「글쎄 누가 그걸 모르나? 일이 이렇게 틀어질 줄 알았으면 애초에 자네한테 목장 매입도 안 했을걸세.」

하면서 담배에 불을 붙여 뻐끔뻐끔 빨아대기만 하였다.

「그럼 어떡하시겠단 말씀이십니까?」

나의 말을 기다렸다는 듯 그는 재떨이에 담뱃불을 비벼끄며 말을 이었다.

「내가 예전에 오산 쪽에 장만해놓은 땅이 있는데 그걸 처분하기로 했네. 위치도 좋고 해서 금방 팔릴걸세. 그러니 조금만 기다려주게나.」

나는 그의 말을 믿고 되돌아 나올 수밖에 없었다.

후에 알게 된 일이지만 그의 말은 모두 거짓이었으며 매각대금을 받으러 갈 때마다 핑계를 대기 위한 술책에 불과했다.

몇 년이 지나도 다 받지 못한 돈이다 보니 이제는 내가 가서 되는대로라도 달라고 사정하는 꼴이 되었다.

생각하는 척하고 얼마씩을 주면 원금을 갚기는커녕 이자 내기에도 바빴다. 들리는 소문에 의하면 그의 목장 사업은 사업대로 잘되고 땅값은 땅값대로 자고 나면 오르다가 도시계획이 발표되면서 감히 상상치도 못할 엄청난 보상금을 받았다는 것이었다.

「자네가 저 목장부지만 갖고 있었어도 갑부 중에 갑부는 됐을 텐데 말이야.」

도시계획으로 인한 토목공사가 한창일 무렵 그 옆길을 나란히 걷던 이웃 형님이 나를 보며 하는 말이었다.

　「그 대신 공부했잖아요.」

「사람 공부?」

「네! 비싼 수업료를 냈다는 것이 조금은 아쉽지만요.」

　심드렁하면서도 약간은 계면쩍어 머릴 긁적이는 나를 바라보던 그는 나의 태도가 한심하다는 듯 끌끌 혀를 찼다.

소신의 정치인

「김 작가, 김영광 의원 알지?」

어느 날 협회에 들른 나에게 신문을 뒤적이고 있던 서윤성 선배가 무심코 묻는 말이었다.

「소문은 들었습니다만 잘 모릅니다. 헌데 왜요?」

나는 탁자를 사이에 두고 그와 마주 앉으며 의아하게 물었다.

「반공 드라마나 시나리오를 쓸 때는 간혹 정부 당국자나 정보 기관장들에게 북한 실상에 대한 한계에 대해 논의를 하게 되는데 그의 진보적인 판단력과 합리성은 타의 추종을 불허할 만큼 뛰어나 우리가 글을 쓰는 영역에 있어서도 그만큼 폭을 넓혀주고 있는 거야. 말하자면 우리 국민 의식 수준을 높이 인식하고 있는 그의 판단력에서 나온 평가인 셈이지. 며칠 전에 신문을 보니까 「한국 국민당」이 창당됐는데 「유정회」에서 국민당으로 참여하면서 사무총장직을 맡게 됐더구만. 내가 박정희 친위대나 다름없는 유정회 의원이었던 그를 굳이 말하려는 이유는 권모술수가 판을 치는 정치판에서 우직하리만큼 소신에 찬 그의 변함없는 기개 때문이야. 그는 몇 년에 불과한 의정활동 속에서도 입법 활동을 게을리 하지 않았어. 자칭 농민의 아들이라고 자처하는 그였기에 농가 부채 탕감법은 차치하고리도 구정 공휴일 안건과 통행금지해제법안을 발의하여 통과시킴으로써 국민 삶의 질을 높이고 편의를 제공하는 큰 역할을 해줬고 앞으로도 이에 못지않은 활동을 기대해볼 수 있는 인물로 보기 때문이야.」

「선배님의 말씀을 듣고 보니 안 만나고는 못 참겠는데요, 김영광 의원님을.」

「그래 만나봐. 같은 동네 사람이고 좋잖니? 그리고 전언에 의하면 박정희가 굉장히 신임을 했나 봐.」

「무슨 소립니까, 그건?」

「일설에 의하면 그가 중앙정보부 제5국의 판단기획국장으로 역임하면서 박정희 대통령에게 제출한 보고서에 대해 박정희가 상당한 신뢰를 표시하였대. 박정희 저격 미수사건 후 중앙정보부 작전차장보에서 오사카 총영사로 부임해간 조일제가 취임사에서 재일동포들의 모국방문을 발표하자, 김영광은 사직서를 품에 넣고서 박정희에게 건의하였고 박정희는 국익 우선이라는 측면에서 이를 수용하는 결단을 내렸다는 거야. 박정희의 승인 아래 일사천리로 진행된 재일동포 모국방문 사업은 북한 조총련이 주도하던 재일교포 사회가 남한 민단 우위로 바뀌는 계기가 되었으며, 경제 성장 결과를 대내외적으로 선전하는 데 큰 역할을 했다고 평가받고 있다는 거야. 어느 때고 정권이 바뀌면 그 정권의 성공을 위해서도 바른 소리, 쓴소리가 당연할진대 눈 귀 막아버리고 충성경쟁이라도 벌이듯 득실거리는 간신배들에게 반면교사의 표본적인 측면이라 아니할 수 없지.」

「못된 송아지 엉덩이에 뿔난다고 그런 간신들이 알 턱이나 있을까요? 그런 의미로.」

「허허허…. 듣고 보니 그도 그렇구만.」

하며 그는 쓴웃음을 지어 보였다.

얼마 후 내가 김영광 의원을 만나기 위해 의원 회관의 면회실을 찾았을 때는 각 지역에서 찾아온 많은 지역민들로 북새통을 이룰 만큼 접수처가 붐볐다. 하지만 나는 의외다 싶게 신청 즉시 출입이 허가되어 쉽게 그의 집무실을 찾을 수 있었다.

「어서 와요!」

그는 초면임에도 불구하고 내 손을 잡아주며 반갑게 맞아주었다. 나는 속주머니에 미리 준비해두었던 명함을 공손히 꺼내 밀었다.

「음, 글 쓰는 작가로구먼.」

나의 명함을 보며 그가 하는 말이었다.

「예, 글도 쓰면서 일도 하고 있습니다.」

「어떻든 반가워요. 앉아요. 그리.」

하며 탁자 앞의 의자를 가리켰다.

내가 조심스럽게 자리에 앉자 그도 마주 앉았다.

어느 틈엔가 여직원이 쟁반에 받쳐 든 커피잔을 놓고 다시 제자리로 돌아갔다.

「내 사무실에 친인척과 지인을 제외하고 지역구에서 방문차 찾아준 내방객은 김 작가가 처음이야.」

「그래요, 형님? 아니… 의원님?」

「그냥 형님으로 불러. 그 소리가 더 정다워 보여.」

「알겠습니다, 형님.」

「그래그래. 바로 그거야. 자, 커피 들자구!」

그는 손짓을 하며 잔을 들기를 권했다. 나는 대답 소리와 함께 잔을 입에 대었다.

「김 비서관, 이리 와봐!」

그는 한편에서 업무를 보고 있는 젊은 남성을 불렀다.

「네!」 하는 대답 소리와 함께 그가 다가오자 다시 말을 하였다.

「김 비서관, 앞으로 우리 김 작가 올 때마다 내가 없더라도 반갑게 대해주고, 차 대접 잘해드려!」

「알겠습니다, 의원님!」

김 비서관은 그에게 굽실하며 대답하였다. 그날 나는 생각지도 않았던 호의적인 그의 환대에 어안이 벙벙함을 잊을 수가 없었다.

꽤 오랜만에 와보는 서울인 것 같았다. 친척의 결혼식이 끝난 시각은 오후 1시 경이었다.

나는 올라온 김에 의원님에게 인사나 드리고 가야겠다는 생각에 공중전화 박스의 다이얼을 돌렸다.

전화를 받은 사람은 김 비서관이었으며 내 목소리를 알아본 그는 무척 반가워했다.

「서울에 왔다 내려가는 길에 의원님께 인사나 드리고 가려고 전화했습니다.」

「의원님은 중국에 가시고 안 계시지만 와서 차 한잔하고 가세요.」

「알겠습니다.」

나는 전화를 끊고 밖으로 나와 지나가는 택시를 멈춰 세웠다.

집무실에 들어서는 내가 무척이나 반가운 듯 김 비서관이 환하게 웃으며 악수와 함께 잡은 손을 놓지 않고 나를 끌어 탁자 앞의 의자에 앉히고 그도 마주 앉았다.

언제 준비했는지 여직원은 그와 내 앞에 쟁반 위의 찻잔을 내려놓고 돌아섰다.

「의원님이 중국 가셨다구요?」

나는 찻잔을 입에 대었다 떼며 물었다.

「예, 안중근 의사 유해가 묻혀있는 곳으로 추정되는 중국 뤼순에 유해 발굴차 가셨는데, 벌써 몇 번째인지 몰라요.」

「정말 정부가 해야 하는 일이고, 남이 모르는 일인데도 의미 있는 일을 하고 계시는군요.」

나는 말끝을 놓는 순간 솔직히 말해서 그의 행보에 대해 납득키 어려움이 있음을 느끼지 않을 수 없었다.

그가 비록 군소 정당의 전국구 의원이기는 하나 언젠가는 지역에서 출마한다는 가정을 놓고 명백한 사실로 비추어 볼 때 당장 결과가 보이지 않는 것에 시간을 할애한다는 사정이 못내 아쉽게만 느껴졌기 때문이었다.

그날 그와 주고받는 대화 속에 매우 일상적이다 싶은 내용이 있었다.

그가 중앙정보부 전라북도 분실장으로 재직 시절 전주의 중정 분실은 항상 육중한 철문이 위엄을 나타내듯 굳게 닫혀있으며 그 앞에 중무장한 요원들이 부동의 자세로 지키고 있어 앞을 지나는 시민들에게 위압감을 줄 수 있다는 판단에 그는 철문을 활짝 열어 개방하며 중무장한 요원들을 후방으로 이동시켜 위화감을 말끔히 정리해서 시민들로부터 많은 칭송을 받았다. 이 일화와 더불어 전주에서 생활하면서 느낀 문화와 교육도시로서의 전주, 그리고 멋과 예술의 전주를 상징할 수 있는 표적비를 세워봄이 어떻겠냐는 그의 건의에 따라 당시 도지사가 전주 관문인 고속도로 IC 옆에「湖南第一門」을 건립했다는 것이었다.

이렇듯 그는 공적인 업무 외인 사적인 면에서도 남들이 미처 생각지 못하는 뛰어난 상상력을 가지고 있었다.

안중근 의사의 유해 발굴 일환도 그런 차원이고 보면 잠시나마 그를 잘못 생각함에 얼굴이 화끈 달아오름을 어찌할 수 없었다.

「여보, 터미널 앞 상록수 다방에 김영광 의원님이 오셨대.」

현장이 집 근처에 있는 관계로 점심시간에 맞춰 집에 들른 나에게 와이프가 하는 말이었다.

「그래? 언제 왔어, 연락?」

「지금 막요.」

나는 급히 외출 준비를 마치고 집을 나섰다.

내가 다방에 들어섰을 때 다방 안은 오늘따라 왠지 한산해 보였으며, 창가 자리에서 신문을 보고 있던 그는 다가서는 나를 보자 매우 반가워하는 기색이었다.

「예고도 없이 어쩐 일이세요, 형님?」

나는 웃음 띤 얼굴로 물으며 마주 앉았다.

「응, 집안에 일이 있어서 급히 내려왔지. 헌데 이 다방은 원래 이렇게 썰렁하니?」

「그렇지도 않은데요. 평소 이맘때면 앉을 자리가 없을 정돈데요.」

하고 사방을 둘러보니 역시 빈자리가 많아 보였다.

「나 때문에 그런가 봐. 내가 들어오니까 앉아 있던 지방의원들은 물론이고, 안면 있는 지역유지들이 모두 자릴 빠져나가더구만.」

「왜들 그러죠, 형님?」

「내가 야당 의원이기 때문인가 봐.」

「그렇잖아요, 형님. 국민이나 매스컴에선 국민당을 준여당이라고 인식하고 있는데요. 심지어는 여당의 이중대리고 비아냥거리기도 하구요.」

「틀린 말은 아니지만 실제론 그렇지 않아.」

「그건 형님 같은 소신 있는 정치인이나 할 수 있는 소리죠. 그리고 형님, 한 가지 부탁을 드려도 될지 모르겠어요.」

「무슨 부탁?」

「다음 달에 제 소설책이 출간되는데요, 주위 분들 모시고 조촐하게 출판기념회를 가질 계획인데 형님께서 초청 인사로 오셔서 축사 한 말씀 해주시면 어떨까 해서요.」

「그래? 우선 축하부터 하지, 진심으로 축하해. 그렇게 하지, 그렇게 해.」

그는 만족감을 표시하며 환하게 웃었다.

드디어 출판기념일이 다가왔다.

장소는 어머니와 누나가 다니는 교회에서였다.

절친한 이웃분들은 식이 시작되기도 전에 오셔서 나를 축하해주며 격려해주기도 하였다.

나와 형님은 맨 앞에 마련한 연단의 의자에 앉아 기념식이 시작되기를 기다렸다.

기념식이 시작되는 시간이 가까워져 오자 축하객들의 수가 점점 많아지는 게 상례인데 이상하게도 이따금씩 들어오는 몇 사람을 제외하곤 기념식이 시작되는 직전까지도 이 현상은 변함이 없던 차에 마지막에 밖으로부터 들어온 친한 친구가 나에게 다가와 귓속말로 소곤거렸다.

밖에 입구에서 수백 미터 전방까지 경찰서 외사과(정보과) 형사들이 띄엄띄엄 표나지 않게 몸을 숨기고 출판기념회에 오는 사람들의 면면을 살피고 있어 이를 눈치챈 사람들이 발길을 돌리고 있다는 것이었다.

아마도 야당 의원이 초청된 자리여서 그런지 누군가의 지시에 의해 내려진 행위임이 분명하다는 추론을 덮을 수가 없었다. 그날의 출판기념회는 그렇게 끝나고 말았다.

며칠 후 나는 서울에서 형님과 자리를 함께하는 시간을 갖게 되었다.

「형님 덕분에 저도 완전 야당인으로 낙인찍혔습니다, 하하하.」

「내가 아니고 여당 의원을 초청인사로 정했으면 성대한 출판기념식장이 됐을 텐데 말이야….」

「무슨 말씀입니까? 저보고 그런 얄샅한 계산법을 가지고 세상을 살아가라는 말씀은 아니시겠죠, 형님?」

「그럼, 그럼. 자넨 그런 사람이 아니란 걸 내가 잘 알지. 자네 오늘 좀 늦게 내려가도 되나?」

「저야 괜찮습니다만, 왜죠?」

「얼마 전에 내가 발의한 법안 하나가 국회에서 통과됐는데 그 혜택을 본 장본인이 나를 꼭 보고 싶다고 해서 오늘 저녁으로 시간을 정해놨어.」

「저도 신문과 뉴스에서 봤습니다. 독립공채상환 특별조치법이라고 하던데 어떤 법안인지 설명 좀 해주세요, 형님.」

「그러니까 대한제국시대 말 무렵 고종황제께서 해외에서 활동하는 우리 애국지사들한테 비밀리에 독립자금을 지원하던 중 급기야는 국고가 바닥나고 자금이 고갈되는 어려움을 겪자 나라에서 공채를 발행하여 자금을 모으게 되는데 이게 바로 독립공채야. 오랜 세월이 지난 지금에 와서까지도 정부가 국민의 빚을 갚지 않는다는 건 사리에 맞지 않아 내가 발 벗고 나선 거야. 당시의 원리금을 지금의 화폐가치로 산정함은 물론이고, 복리에 복리를 계산해서 원리금과 함께 상환해주기로 한 거야.」

「정말 큰일 하셨습니다, 형님.」

「나라가 곤경에 처했을 때 자기의 재산을 선뜻 내어준 백성들의 충정을 반면교사로 삼아야 돼, 우리 역시.」

그의 얼굴엔 비장한 결의가 엿보였다.

해 떨어진 서울 어느 변두리 지역 굴다리 옆의 도로는 스산하기 이를 데 없었다.

형님의 전용차가 멈춘 곳이 바로 여기였으며 묵묵히 차에서 내린 그의 뒤를 따라 나 역시 행동을 같이 취해야 하였다. 그는 도로 맞은편에 카바이트 호롱불이 간들거리는 포장마차를 향해가고 있었지만 나는 그가 만나야 할 사람이 설마 하며 포장마차 주인을 떠올리는 순간 그는 나를 비웃기라도 하듯 벌써 안으로 들어가서 저만큼 뒤에 오는 나에게 어서 오라는 손짓을 하였다.

「김영광 의원님이시죠?」

구부정한 허리에 늙수그레한 노인은 그를 알아보기라도 한 듯 반갑게 맞이하며 인사말을 건넸다.

「그렇습니다, 수고하시는군요.」

노인은 조그만 소주잔에 술을 부어 그의 앞에 내밀며 말을 하였다.

「김 의원님, 비록 쓰디쓴 소주 한잔에 불과하지만, 이 잔은 김 의원님에게 저와 국민이 감사의 뜻으로 드리는 잔이라 생각하시고 받아주십시오!」

「감사합니다.」

하며 그는 잔을 받아마셨다.

참으로 이런 감동 어린 장면을 나는 똑똑히 눈여겨볼 수 있었다.

「뉘신지…?」

노인은 나를 보며 물었다.

「동생입니다.」

「아, 그래요? 한잔하시겠수?」

「아닙니다, 전 술을 못합니다.」

「그래요…. 내가 죽을 때까지 포장마차 신세를 못 벗어날 줄 알았는데 이젠 집어아 힐 때가 온 것 같아요. 증조부께서 유산으로 남겨주신 독립공채를 이번에 환원받았거든요. 모두가 김 의원님 덕분이에요. 참으로 좋은 형님을 두셨어요.」

노인은 그저 고마워 어찌할 줄을 모르는 눈치였다.

선거일이 다가옴에 따라 지역구 후보를 내지 않은 국민당의 전국구 명단에 그의 성함이 빠져있음을 보고 나는 의아하게 생각하였다.

아니나 다를까 정치 활동을 잠시 중단하고 안중근 의사 유해 발굴을 위해 전격적으로 활동을 해보겠다는 소신을 밝히는 신문 보도를 보면서 나는 부디 좋은 결과가 있기를 소원하였으나 수년이 흐른 뒤에도 여타한 소식은 들리지 않았다.

또 몇 해가 흐른 뒤 이번에는 그가 「한국자유총연맹」 사무총장으로 재임하고 있다는 신문기사를 읽었다.

그러던 어느 날 그로부터 연락이 왔다. 참으로 오랜만에 들어보는 반갑기 짝이 없는 그의 목소리였다.

내용인즉 장충동의 자유총연맹사무실로 들어와 주면 좋겠다는 것이었다. 나는 지체할 시간도 없이 급히 상경하였다.

「그동안 형님에 대한 근황은 신문을 통해 알고 있었습니다.」

「고마워, 잊지 않고 관심 가져줘서. 자네도 별일 없었지?」

「네, 열심히 일만 했습니다.」

「나도 그렇게 믿고 있었어. 내가 자네를 보자고 한 건 다름 아니라 이번 4월에 있을 총선에 우리 지역에서 내가 출마한다는 계획을 알려주기 위해서야.」

「그러세요? 공천은요?」

「이미 끝났지. 민주 자유당으로.」

「그럼 여당이게요?」

「응, 일을 하다 보니 야당으로선 한계를 절감해야 하는 부분이 있기 때문에 부득이한 선택을 했어. 내가 앞으로 얼마나 더 정치를 할지 모르지만 정당을 갈아타는 일은 이번 한 번으로 족할 거야. 어떤 일이 있다 해도 말야.」

「형님은 야당도 두 번이나 해보셨구 해서 당선을 위한 철새 정치인이 아니라는 사실은 저를 비롯한 많은 유권자들이 알고 있을 터이니 너무 괘념치 마십시오.」

「그리 생각해주니 고맙구만. 나는 이곳이 정리되는 대로 바로 내려갈 테니 그리 알고 자넨 동네 사람들한테 내 뜻을 전해주고 사무실 개소식 날 함께 와서 차라도 한잔 같이하도록 해.」

「알겠습니다.!」

짧은 대답과 함께 집으로 돌아온 나는 이번 선거에 있어 스스로의 처신함에 어떨 경우라도 신중함을 잃어서는 안 된다는 점을 강조하고 또 강조하였다.

드디어 선거사무실 개소식 날이 다가왔다.

며칠 전에 그로부터 사무실 업무를 맡아달라는 청이 왔었지만 지금은 나실 필요가 있겠느냐는 나의 고사에 따라 오늘은 축하 화분을 전해주고 방문록에 서명이나 하고 오려는 마음으로 집을 나섰다.

사무실 근처에 이르렀을 때 나는 눈이 휘둥그레지는 진풍경에 주먹 하나 들어갈 만큼 벌어진 입을 닫을 수가 없었다.

내가 일찍 왔지 않나 하는 생각으로 왔음에도 불구하고 사무실 앞에서부터 늘어선 인파는 상당한 거리가 있는 차도 가까이까지 발 디딜 틈이 없을 정도로 붐볐으며 양옆으로 즐비하게 세워놓은 형형색색의 화환은 몇 개인지 수를 헤아릴 수 없을 만큼 많았다.

이를 한마디로 짧게 설명한다면 한여름 날 재래식 화장실에 냄새를 맡고 날아든 파리 떼들과도 같은 현상이라면 지나친 표현이라고 할까마는, 불현듯 고사의 한 구절이 떠올랐다.

「정승집 개가 죽으니 문안오던 사람들이, 정승이 죽으니 그림자도 보이지 않더라」라는 말처럼 예나 지금이나 다를 바 없는 세상 인심을 적나라하게 비유한 뜻임에도 불구하고 왠지 나의 마음은 허전하고 입안이 씁쓸해짐을 지울 수가 없었다.

여당권의 맹장

오늘따라 다른 날에 비해 두어 시간 늦은 시간에 집에 들어온 나는 옷을 벗어 걸기 무섭게 샤워실로 들어갔다.

조금 시간이 지났을 무렵 방안의 전화벨 소리가 따갑게 귓전을 때렸다.

나는 온몸이 비누 거품투성인지라 금방 받을 수도 없고 해서 안 받으면 끊었다가 나중에 다시 하겠지 하는 생각으로 그 소리엔 신경을 쓰지 않고 샤워에만 열중했다.

그러나 어찌 된 일인지 전화벨 소리는 그칠 기색을 보이지 않고 방안이 떠나갈 듯이 계속 울려대는 것이었다.

나는 그제서야 어떤 급한 사연이 있는 쪽의 전화일 거라는 생각이 번쩍 들어, 하던 샤워를 멈추고 몸의 물기를 닦는 둥 마는 둥 가운을 둘러 입고 급히 방으로 들어와 아직도 요란스럽게 소리음을 울리는 수화기를 집어 들었다.

「아니, 김 작가 왜 이리 전화 늦게 받는 거야?」

약간 나무라는 듯한 목소리의 주인공은 월간 『명랑』 잡지사의 유인식 편집부장이었다.

나는 당시 그 잡지에 기지촌의 실상을 그리는 논픽션 『쑥고개 25時』를 연재하고 있었기에 그와의 관계는 돈독한 편이었다.

「밤늦게 어쩐 일입니까, 선배님?」

「내 청하나 들어줘야 되겠어.」

「예…? 더는 못씁니다. 지금 쓰고 있는 글도 일일이 발품을 팔아 취재를 해야만 써지는 글인데, 이해하세요.」

「원고 청탁이 아니야, 김 작가.」

「그럼 뭡니까?」

「우리 잡지에 출연 좀 해달라는 거야. 우리 잡지사에서 신년도부터 연중기획프로의 하나인 '만나고 싶었습니다'란 코너를 개설하기로 했어. 각 지역의 유명인사 2인을 초청해서 자기 지역의 장단점을 대중들에게 널리 알려주고 또한 그들의 출신 지역을 부각시켜 독자들의 이해를 돕고자 하는 목적으로 꾸며진 프로야.」

「그렇다면 저보고는 작가로 등장을 하라는 건데 한 사람은 누굽니까?」

「서상린 의원이야.」

「전 우리 지역 정치인으론 유치송 의원님밖에 모르는데요.」

「그분은 야당 의원이구 서 의원은 여당 의원이야. 평택, 안성,

용인 3개 지역에서 여야 각 1명씩 동반 당선되었다는 사실 잘 알구 있잖아.」

「그런 사실은 알구 있었습니다만, 여당 의원은 우리 지역 출신이 아니어서 그런지 성함조차 모르고 있었습니다.」

「서 의원으로 말할 것 같으면 아주 쟁쟁한 사람이야.」

「정치인들 치구 부고란만 빼구 어디든 얼굴을 내미는데 물불을 가리지 않는다는 속성이 있다던데 혹시 그런 속물은 아닙니까? 괜히 잘못하다가 들러리 서서 점잖은 작가 체면에 스타일만 구기게 될지 몰라서 말입니다.」

나는 여유 속에서 농기 있는 말을 하였다.

「서 의원은 내가 오래전부터 겪어봤는데 그런 속물들하곤 차원이 다른 정치인이야. 한 마디루 말해서 솔직담백해. 경력도 화려하구 말야. 그는 육사 8기로 김종필, 김형욱, 오치성, 길재호와 더불어 5·16 주체 세력의 멤버에다 예비역 육군 준장 출신의 5선 의원이네. 현재는 국회 법사위원장(법제사법위원장)으로서 매스컴이나 언론계는 물론이고 정치권에서도 그를 지칭해 여당권의 맹장이라 불리울 만큼 관록의 정치인이야.」

「그에 대한 면면은 잘 알겠구요. 전 성향으로 보아 여도 야도 아닙니다만 새파랗게 젊은 놈이 여당 의원과 대중 앞에 나선다는 게 왠지 썩 마음에 내키진 않는데요.」

「그건 김 작가의 선입견이야. 만나보구서 불만이 있다면 내가 사과할게.」

「알겠습니다. 그럼 날짜를 잡으십시오.」

「땡큐! 다시 연락할게.」

철컥 수화기를 내려놓는 소리가 들려왔다.

수일 후 카메라맨을 대동한 유 부장과 내가 성북동 서 의원 자택에 도착했을 때는 이른 아침이다 싶은 때였다. 휴일임에도 불구하고 아침부터 육중한 철대문이 활짝 열려진 잔디밭의 길을 따라 유 부장의 뒤를 이어 현관에 들어선 나는 눈이 휘둥그레지는 놀람을 금치 않을 수 없었다.

나는 순간적으로 이 많은 사람들이 서 의원과 면담을 하기 위한 지역구민들이란 생각을 하면서 당시 힘 있는 여당 국회의원의 입지에 대한 폭을 실감하기도 했다.

내가 어리둥절하며 사방을 둘러보는 동안 모습을 보이지 않던 유 부장이 응접실인 듯한 도어를 열고, 나와 카메라맨을 향해 들어오라는 손짓을 하였다. 응접실에 들어서자 건장한 체구의 남자가 환하게 웃으며 나를 반기듯 자리에서 일어나 악수를 청하며 말을 하였다.

「나 서상린이오! 우리 김 작가님에 대한 이야긴 유 부장을 통해서 잘 들었어요. 자, 앉아요.」

「의원님에 관한 프로필에 대해선 지역 구민의 한 사람으로서 자부심을 느끼며 늦게 찾아뵙게 됨을 죄송스럽게 생각합니다.」

「천만에요. 참 그리구 이쪽은 우리 비서관이요.」

하며 그는 조금 떨어져 옆에 앉아 있는 남자를 가리켰다.

그의 체구는 그리 커 보이지 않았으나 나이가 들어 보이는 둥그스런 얼굴에 짧게 기른 팔자수염이 인상적이었으며, 마치 삼국지에 나오는 영웅호걸을 주군으로 모시는 책사와도 같은 특이한 캐릭터였다.

「나 이홍이요! 잘 지내봅시다.」

「네, 부족함이 많습니다. 잘 이끌어주십시오.」

나는 허릴 굽히며 정중히 인사했다. 그러는 사이 주모에 의해 각자의 앞에 커피잔이 놓여지고 카메라맨의 플래시가 각도에 따라 움직이며 연신 터지기 시작했다.

「자, 어서 들어요, 커피.」

서 의원은 잔을 들어 마시며 나에게도 권했다.

「네!」 하는 대답 소리와 함께 조심스럽게 커피를 마시는 동안 그는 내게 질문을 던졌다.

「지금 김 작가가 우리 고장을 소재로 한 글을 연재하구 있다면서요?」

「네, 우리 지역의 지명이 엄연히 존재하구 있음에도 불구하고 '쑥고개'란 가칭어가 통용됨에 있어 이를 불식시키기 위한 지명 바로 부르기 운동이 범읍민적으로 시작됨과 때를 맞춰 기지촌이라하여 외부인들로부터 이색지대 취급을 당해왔습니다. 저는 마치 그것이 사실인 양 굳어진 편견과 그릇된 인식을 사실적 차원에서 접근하여 왜곡되지 않은 실제 모습을 보여주고자 하는 데 초점을 맞추고 있습니다.」

「정말 장하오. 정치깨나 한다는 나두 못하는 일을 우리 김 작가가 하고 있구려. 나시 한번 말하지만 정말 장하오. 김 작가.」

「과분하신 말씀이십니다. 의원님께서는 더 큰 나랏일을 하구 계시잖습니까?」

다양한 소재의 대화가 무르익어감에 따라 이를 정리하는 유 부장의 손놀림도 쉴 새 없이 바빠졌다.

꽤나 시간이 흐른 느낌이었다. 유 부장이 정리하던 노트를 덮으며 그를 보고 말했다.

「의원님, 오늘은 이쯤 하셔두 되겠습니다.」

「아, 그래? 유 부장이 오늘 수고 많이 했구만.」

「저야 뭐….(나를 보며) 우리도 일어설까?」

「한 가지 부탁이 있습니다, 의원님!」

나는 알았다는 듯 유 부장에게 고갤 끄덕인 다음 서 의원을 보며 말하였다.

「그래요? 말해보세요, 뭔지.」

「의원님께서는 안성이 고향이신 관계로 평택이나 용인보다는 고향 쪽의 애경사나 행사 등으로 안성을 찾으시는 횟수가 두 고장보다 훨씬 많을 게 아닙니까?」

「그야 물론이죠. 헌데 그건 왜 묻죠?」

「의원님께서 안성에 오셨다 서울로 올라가실 때마다 바로 IC로 진입하지 마시고 평택이나 송탄 쪽에도 들러주셔서 주민들과 대화의 폭도 좀 넓혀주시고 지역 현안에 관한 여론 청취에도 귀를 기울여 주셨으면 하는 부탁의 말씀을 드리고자 합니다.」

「그럼요, 내가 꼭 그렇게 하리다, 김 작가. 이제야 비로소 말하지만 지금까지 오랜 세월 속에 정치를 해오는 동안 이런 부탁을 해주는 사람은 하나두 없었어요. 그리구 지역구에 내려갈 때마다 지역유지 모임이다, 혹은 기관장 회의다 해서 참석할 때마다 우리 김 작가와 같은 젊은 청년과의 대화는 한 번두 가져보질 못했어요. 오늘 이렇게 우리 김 작가하구 대화를 나누고 나니 내가 한층 젊어진 느낌이며 기분 또한 날아갈 듯이 가벼워요. 어때요, 김 작가 우리 앞으로 자주 만납시다.」

그는 환하게 웃으며 악수를 청하는 것이었다.

「알겠습니다. 그럼 또 뵙겠습니다.」

그의 손을 두 손으로 맞잡은 나는 대답과 함께 허릴 굽실했다.

「우리 의원님이 저렇게 좋아하시는 모습을 보니, 순진한 어린 아이 모습을 보는 거 같아.」

우리 일행을 배웅코져 현관 밖을 뒤따라 나오는 이 비서관의 말이 의미심장하게 들렸다.

그와의 면담 이후 한 달여가 지난 어느 날 한 통의 전화를 받았다.

뜻밖에도 고향 초등학교 친구의 전화였다.

「반갑다, 친구야. 어쩐일이야?」

「응, 오늘 서점에서 사 본 잡지 속에서 네가 그 쟁쟁한 서상린 의원하구 나란히 찍은 사진을 보았는데 아주 멋있더라. 그리구 언제 소문도 없이 작가가 됐어? 우리 친구들 중엔 너에 대해 잘 아는 사람이 없어. 네가 일찍 고향을 떠났기 때문이야. 이제 소식 알았으니 자주 연락하자. 글 열심히 쓰고.」

「그래, 고맙다 친구야.」

수화기를 놓는 순간 나는 잡지책이 이미 서점에 나왔음을 알 수 있었다.

구입한 잡지책을 펴보니 내가 봐도 그럴 듯하였다.

'지역발전 염원하는 동향의 정치인과 작가'란 타이틀 아래 서 의원과 나의 대화하는 모습이 컬러화되어 자연스레 찍혀있었고 대화 내용은 본문 참조 속에 들어있었다.

시간이 지남에 따라 잡지책을 본 많은 사람들 중 나를 알만한 지인들이나 친구들로부터 연락과 만남이 이루어졌다. 대부분의 사람들은 마치 내가 그와의 어떤 친밀한 사이 이상을 넘어선 특별한 관계를 유지하고 있지 않나 하는 착각을 해서인지 더러는 엉뚱한 부탁이나 민감한 사안의 청탁까지도 서슴지 않고 말하는 사람이 있었다.

힘 있는 사람이나 권력자들은 어떤 어려운 일이라도 할 수 있다는 그들의 의식구조가 한심스럽다 못해 어이가 없어 나의 야멸차리만큼 냉정한 거절은 더욱 당당했으며 한편으론 우리 사회상의 한 단면을 보는 거 같아 입안이 씁쓸하였다.

어느 날 이홍 비서관으로부터 연락이 왔다. 시간 닿는 대로 한 번 들러 달라는 것이었다. 나는 무슨 일인가 싶어 이유를 묻지 않을 수 없었다.

그는 막연히 와보면 안다는 짤막한 대답만 할 뿐 그 이상의 설명은 없었다. 나는 조바심을 이기지 못하고 다음 날 그에게 전화를 걸었다.

「접니다. 이 비서관님. 오늘 찾아뵈려구 하는데 어디루 가야 합니까?」

「여의도 의원회관이 아니구, 국회의사당 아나?」

연령 상으로 봐도 한참 위인 그인지라 존칭어가 붙지 않는 어투가 오히려 내겐 마음이 편했다.

「택시 타면 안내해주겠죠.」

「경위실에 부탁해 놓을 테니까 주민증만 제시하구 들어와. 이 층에 있는 법사위원장실이야.」

「알겠습니다.」 하고 대답을 끝내고 이내 터미널을 향해 걸음을 옮겼다.

국회의사당 앞에서 멈춘 택시에서 내린 나는 경위실의 근무자에게 주민증을 내보이자, 그는 알았다는 듯 깍듯한 거수경례를 붙이며 안으로 들어가라는 손안내를 하였다.

법사위원장실을 찾아 똑똑 노크와 함께 안으로 들어서는 나를 보고 대화를 나누고 있던 서 의원과 이 비서관이 환하게 웃으며 반겨주었다.

「그동안 바쁘셨죠, 들?」

나는 인사말과 함께 서 의원과 이 비서관에게 번갈아 가며 허릴 굽실했다.

「어서 와요, 김 작가. 막 나가려다 김 작가가 온다는 말을 듣구 얼굴 좀 보구 가려구 기다리구 있었어요.」

서 의원이 손을 내밀었다.

나는 두 손을 모아 공손히 답했다.

「자, 앉아요. 그래 어떻게 지냈어요, 그동안?」

그는 자리에 앉으며 질문하듯 물었다.

「말두 마십시오. 의원님 덕분에 일류명사가 되어 주변에서 인사받기에 눈코 뜰 새 없을 지경입니다.」

「하하하! 그래요? 그렇다면 다행이네요! 그리구 김 작가, 이주 후쯤 내가 송탄에 내려가는데, 우리 그때 밥 한 끼 먹을 수 있을까요?」

「저야 언제든지 상관없습니다.」

「삼보극장 앞에 순댓국집 있죠?」

「네, 감골식당이라구 하는데 TV극 〈여로〉에 나오는 식당 이름을 따서 붙인 간판이에요. 저두 자주 가는 편입니다.」

「그래요? 나는 그곳에 갈 때마다 곱빼기로 시켜 먹어요. 구수하구 담백한 맛이 옛날 우리 어머니께서 끓여주시던 그 맛이기 때문이에요.」

짧은 몇 마디의 대화였지만 소박한 그의 심성을 느낄 수 있는 계기가 되었다.

그때였다.

한편에서 사무를 보고 있던 여직원이 쟁반 위에 가져온 찻잔을 각자의 앞에 놓으려 하자 그는 일어서며 여직원을 보고 말을 하였다.

「내건 생략해, 지금 나가봐야 하니까.」

「네.」 하는 대답 소리와 함께 그녀는 나와 이 비서관 앞에 잔을 놓고 총총히 제자리를 향해갔다.

「김 작가, 그럼 우리 이 비서관하구 차 마시고 얘기하다 내려가요!」

하며 처음 볼 때처럼 손을 내밀었다.

「알겠습니다!」

나는 일어나 손인사와 함께 굽실 허릴 굽혔다가 다시 자리에 앉았다.

「마셔!」

그가 밖으로 나가자 이 비서관이 잔에 입을 대며 나에게 하는 말이었다.

내가 잔을 들어 반쯤 마시고 나서 잔을 탁자 위에 놓자, 언제 준비했는지 그는 내 앞으로 예쁘게 포장된 기다랗고 조그마한 사각 모양의 물건을 내밀있다.

「뭡니까, 이게?」

나는 눈이 휘둥그레지며 물었다.

「몰라 나두. 의원님께서 해외 순방차 나가셨다가 들어오시는 길에 김 작가 줄려구 하나 사 오셨대. 직접 주기가 쑥스러웠던지 나보구 전해주라는 거야. 뜯어봐, 뭔지!」

나는 조심스럽게 포장지를 헤치고 상자를 열어보니 진남색의 코팅이 번들거리는 파카 만년필이었다.

「아니 이렇게 귀한 걸 선물로 주시다니….」

나는 혼잣말처럼 중얼거렸다.

「의원님께서 좋은 글 많이 쓰라는 뜻으로 주신 것일 거야.」

나는 그의 말에 더 이상의 합당한 의미부여의 말은 없을 거라는 생각에 고갤 끄덕거렸다.

서 의원님과 내가 서로의 교감을 이루며 친숙한 관계로 접어들 무렵 우리나라 정치사는 큰 격랑기를 맞아 10·26사태에 이어 신군부 출현으로 많은 정치인들이 수모를 당하며 정치활동 금지법에 발이 묶이게 되었다.

신문 보도를 보니 그도 예외일 순 없었다.

나는 모든 걸 떠나 인간적 측면에서 그와의 교감이 단절된 것이
못내 아쉽게 느껴졌다.

유기흥 소장님

안중 ○○교회 신축건물 현장에서 일을 하고 있을 때였다.

현장 사무실에서 소장님과 함께 작업에 관한 의논 중에 노크 소리와 함께 빼꼼히 열린 문틈 사이로 고개를 내민 우리 기사가 나를 보며 빨리 나오라는 손짓을 했다.

「잠깐 나갔다 오겠습니다, 소장님!」

「그래요.」

대답과 함께 고개를 끄덕이는 그 앞을 떠나 밖으로 나온 내가 기사를 따라간 곳은 한편의 우람한 정자나무 아래의 벤치가 있는 곳이었다.

벤치에는 몸은 좀 왜소해 보였으나 어딘가 모르게 강단기가 있어 보였으며 머리가 희끗한 점퍼 차림의 중년 남자가 앉아 있었다.

회색 점퍼의 왼쪽 상단에는 「M건설주식회사」란 파란 색상의

글자와 마크가 선명하게 새겨져 있었다.

「바로 이분이에요, 사장님을 찾으시는 분이.」

기사는 자기 임무를 다했다는 듯 말이 끝남과 동시에 왔던 길로 되돌아 뛰어갔다.

「저를 찾아오셨다구요?」

나는 조심스럽게 말을 건넸다.

「얘기가 길어질 것 같으니 우선 좀 앉으시오!」

내가 자리에 앉기 무섭게 그는 지갑에서 꺼낸 명함을 내게 주며 다시 말했다.

「문귀성 이사 알죠?」

「네, 얼마 전에 수원 ○○고등학교 현장에서 2개월여 동안 뵌 적 있습니다.」

「회사는 다르지만, 내 친구요. 학교두 같은 건축학과 동문이구 요.」

「네, 그러세요.」

「이번에 우리 회사가 조달청으로부터 적잖은 공사를 수주했어 요. 포천에 있는 보병 제○사단 현대식 통합막사인데 수장부문이 내부 전체가 칸막이로 시작해서 천장에 이르기까지 신경 써야 될 일이 적잖을 것 같아요. 물론 어느 현장두 그러하겠지만 말이에 요. 예전 거래업체가 없는 건 아니지만 솔직히 말해서 이번 공사 를 맡기기엔 미덥지가 않아요. 해서 고심 중에 있던 차인데 문 이사가 김 사장 얘기를 여러 번 하길래 찾아온 거에요.」

「아, 그러셨군요.」

「이제 골조 공사가 시작됐으니 시간은 많아요. 그동안 계약과정을 거치는 견적서두 제출해야 하니 시간 내서 한번 들리세요. 거기 오믄 공기 좋구 한탄강의 쏘가리 매운탕 맛두 일품이어서 밖으루 나가기 싫다구 할거에요, 하하하.」

「네, 일간 찾아뵙겠습니다, 이사님!」

「그래요. 그리구 우리 직함 떼구 현장용어루 소장이라 불러줘요. 나두 김 사장한테 지금처럼 말놓구 부를 테니까. 그게 안 좋겠어?」

「그럼요, 좋습니다, 저두.」

「그럼 수고하구 또 봐요.」

「네, 안녕히 가십시오!」

이미 돌아서 걷는 그의 뒤를 바라보며 나는 허릴 굽혔다.

며칠 후 나는 현장 방문을 위해 부대 밖의 위병소에서 출입 절차를 밟고 있었다.

귓가에 솜털이 보송보송한 사병 두 명의 안내에 따라 움직이고 있던 중 그들 중 한 명이 나에게 잠시 기다리라는 손짓을 하더니 황급히 밖으로 나가 출입문 앞에서 차렷 자세의 부동 자세를 취하였다.

안에 남은 한 명의 사병도 훈련이나 된 듯 똑같은 자세를 취하였다.

나는 웬일인가 싶어 사방을 둘러보았다. 커다란 유리창을 통해 보이는 부대 안의 가까운 거리에서 굴러나오는 짚차 한 대 빼고는 보이는 것이라곤 아무것도 없었다. 짚차 앞에는 별이 그려져 있었다. 짐작으로 보아 사단장의 전용 짚차가 아닐까 하는 생각이 들었다.

느린 속도로 앞을 지나는 짚차를 향해 밖의 사병이 거수경례를 올리며 위병소 안에서도 쩌렁 울릴 만큼 충성!이란 구호를 외쳤다. 신체적인 이유로 군에 가보지 못한 나로선 처음 보는 낯설은 장면이었지만, 다음 순간 또 다른 상황을 보고 이건 아니다 싶은 생각에 두 주먹이 불끈 쥐어짐을 어찌할 수 없었다.

사단장이 탄 차가 멀리 보이지 않을 때까지 그들의 부동자세가 풀리지 않고 있음에 참을 수 없는 역겨움이 일었기 때문이었다.

바야흐로 지금이 어느 때인가, 양반 천민의 계급 사회가 아닌 인격이 존중되고 인권을 보장받는 시대잖는가. 전근대적이며 권위적인 저 행태는 하루빨리 청산되어야 할 병영문화의 일환이 아닌가라는 생각이 들었다.

꽤 오래전의 일이다.

신호 위반을 한 '처칠' 수상의 차에 범칙금 고지서를 발부한 경찰관에게 거수경례를 올리고 떠나는 그의 모습을 보라, 멋지다는 말은 물론이고 존경스럽다는 표현인들 어찌 나타내지 않겠는가.

우리의 사단장이나 그 누구라 할지라도 그와 같은 모습을 보여줄 수 있다면 국민은 더없는 자부심을 느끼며 환호와 박수를 보낼 것이다.

골조의 형태가 드러난 3층의 웅장한 건물 공사장에는 많은 작업자들이 일에 여념이 없었다. 그 앞으로 조금 거리를 두고 소립식 패널의 커다란 가건물이 보이는데 전면에 '현장사무실'이란 커다란 문구가 시야에 들어왔다.

내가 똑똑 문을 두드리며 안으로 들어서자 기다리고 있었다는 듯 탁자 의자에서 벌떡 일어나 다가와 내 손을 잡으며 반기는 사람이 있었다.

유기홍 소장님이었다.

「잘 왔어, 그렇잖아두 연락을 하려던 참이었어. 우선 앉아!」

의자를 가리키며 그는 자리에 앉았다.

「네, 현장이 무척 크군요.」

나는 자리에 앉으며 대답하듯 말했다.

「예전 중동에 있을 때 비하면 창고 정도도 안 돼. 그리구 조금 후에 현장을 둘러보구 시방서와 도면을 이메일루 전송해줄 테니 꼼꼼히 살펴보구 견적서를 본사로 보내주면 돼. 관례상 다른 업체에서두 몇 군데 받아볼 거야. 특이한 사항은 이 건물은 우리 후대들두 사용할 수 있는 백년대계를 지향하는 관점에서 신중함이 요구되는 공사이다 보니 제품 선정에도 각별한 신경을 써주기 바라네.」

「그건 염려 마십시오. 소장님 만일 제가 이 공사를 하게 된다면 그건 기본 상식 아닙니까?」

「모두가 김 사장 같은 사람들만 있다면야 누가 뭐라겠나? 그러지 못한 사람들도 있으니까 하는 말이지.」

그는 못마땅한 듯 쩝쩝 입술을 움직였다.

견적서를 제출하고 난 일주일이 넘어서야 계약을 작성키 위한 직인을 가지고 본사로 내방해달라는 유 소장님의 연락을 받고 급히 상경했다.

「김 사장, 이 업체하구 담합한거 아냐?」

유 소장님이 두 장의 서류를 나란히 펴놓고 나의 얼굴을 살피듯 보며 하는 말이었다.

「담합이라뇨? 그게 무슨 말씀이십니까? 소장님?」

엉뚱하다 싶은 그의 질문에 전혀 영문을 모르는 나의 대답이었다.

「그건 내가 해본 소리구, 견적 액수가 거의 똑같기에 하는 소리야. 이 업체는 서울 업첸데 지명원까지 첨부했어. 공사 경력이 화려하더구만. 청문회 때 안 봤어? 배웠다는 자들이 학위 조작에다 경력 위조하며 게다가 논문까지 표절하고 들통나면 코를 땅에 처박고 넘어가면 히덕거리는 게 작금의 세태라 해도 과언이 아니야. 이 지명원을 보는 순간 김 사장한테 마음을 정하는데 주저함이 없었어. 오늘 계약이 끝나면 자재 목록을 갖춰서 현장 사무실로 가져와. 군 감독관에게 승인을 받은 다음 사단장한테두 보고를 해야 하니까.」

「알겠습니다!」

계약이 끝남에 따라 나는 현장에 소요되는 갖가지 품목의 샘플을 가지고 현장사무실을 찾았다.

사무실에는 유 소장님이 테이블을 가운데하고 젊은 사병과 마주 앉아 커피를 마시고 있었다.

「인사드려, 김 사장. 우리 현장의 공사 감독관으로 나와 있는 분이야.」 하며 사병을 소개했다.

「그리구 이분은 이번에 수장공사를 하게 된 김 사장이구요.」

나와 그는 수인사와 함께 통성명을 나누었다.

나는 그와 소장님 앞에 샘플을 펴놓고 하나하나 세세한 설명과 함께 품질에 대한 장점을 강조하자, 두 사람은 별 이의 없이 동의하며 사단장에게도 그렇게 보고하겠다는 대답을 주었다.

이로써 공사를 하기 위한 모든 절차는 끝난 것이다.

어느 날 공사 일정을 협의하기 위해 소장님과 내가 커피잔을 기울이며 대화를 나누고 있을 때였다.

노크도 없이 갑자기 출입문 안으로 들어오는 정장 차림의 남자가 있었다. 그는 젊은 편에 속하는 사람으로 손에는 그리 크다 할 수 없는 손가방이 들려져 있었다.

내 안의 사람들

다가오는 그의 걸음걸이는 볼썽사납게 건들거렸으며 고개는 거부감이 들 만큼 뻣뻣이 쳐든 상태였다.

바싹 다가온 그는 탁자 위에 가방을 놓으며 스스럼없이 입을 열었다.

「여기 소장이 누굽니까?」

그의 말투는 행동만큼이나 버릇없고 거만하였다.

「난데, 왜 그렇소?」

불쾌한 어조의 소장님의 되물음이었다.

「이 건물 내에 칸막이 공사가 많다기에 수주차 나왔습니다.」

「우린 이미 발주를 끝냈는데요.」

「어느 업쳅니까, 그게?」

「바로 이분이오.」

그는 나에게 눈길을 주며 말했다.

「제품 선정은 했어요?」

그는 나를 보며 물었다.

「네, 저기 진열장에다 샘플 갖다 놓구 승인까지 받았어요. 헌데 왜 묻죠, 그건?」

「군부대 공사는 전부 우리 회사 제품을 쓰기로 되어 있어요. 어느 부대를 막론하구 말이에요.」

「그런 억지가 어딨어요?」

「억지인지 아닌지 두고 보면 알 거요.」

그는 말이 떨어지기 무섭게 휑하니 밖으로 나갔다.

소장님과 나는 어이가 없어 할 말을 잊은 채 멍하니 서로의 얼굴만 바라보고 있을 때 소장님의 핸드폰이 울렸다.

「아, 어디십니까? 네…. 사단장님이시라구요? 저 유 이삽니다. 네, 네, 아, 그러세요? 서흰 계약이 끝났습니다만, 사난상님의 입장이 그러하시다면 업체 측과 한번 상의해보겠습니다. 네, 네, 알겠습니다.」

핸드폰을 닫고 나와 눈이 마주친 그의 표정은 난처하기 이를 데 없어 보였다.

「사단장님한테서 온 전화에요?」

「응, 김 사장…. 김 사장 목록에서 칸막이는 좀 빼줘야 되겠어.」

「…?」

「들은 바와 같이 사단장이 통사정을 하구 있잖아. 기무사 출신의 퇴역 장성이 아까 그 사람이 속해 있는 회사의 고문이래. 그래서 어쩔 수 없이 부탁을 한다 하니 어쩌겠나.」

「전 괜찮습니다만 무턱대구 들어줄 사안이 아닌 것 같습니다.」

「무슨 소린가, 그게?」

내가 설명을 하려는 순간 이번에도 노크 없이 밖으로 나갔던 그가 불쑥 들어와 말을 던졌다.

「전화 받았죠? 사단장님한테?」

「내가 그분 입장을 생각해서 제품은 팔아줄 테니까 가격이나 말해보시오.」

나의 말이 떨어짐과 동시에 그는 가방을 열더니 샘플과 누런 봉투 속의 얇은 책자를 꺼내주었다.

아마도 단가표인 모양이었다.

나는 우선적으로 제품에 손길이 갔다. 이리저리 휘어보고 꺾어보며 두께와 강도, 그리고 피막에 대한 열처리와 색상은 아무리 보아도 시중의 제품과는 비교할 수 없을 만큼 빈약하기 짝이 없었다.

제품은 그렇다 치고 단가표를 펴보는 순간 나는 내 눈을 의심하지 않을 수 없었다.

「이거 잘못 기재된 거 아닙니까?」

나는 그에게 단가표를 돌려주며 물었다.

「이 가격에서 조금도 디씨가 없으니 이유일랑 대지 마세요.」

「훼배당 물건값이 십이만이구, 시공비까지 합치면 십육만 원이라구요?」

「그렇다니까요.」

「이거 봐요. 대한민국에 그런 단가가 어딨어요? 품질두 현저히 떨어지는 제품을 가지구 말이에요. 저기 진열장에 우리 샘플하구 비교를 해보세요. 내 말이 틀렸나.」

「그래서 어찌하겠다는 거요?」

「내가 소장님네 건설사와 계약한 단가가 육만 원이에요. 못 믿

203

겠으면 저기 소장님 서랍에 계약서가 있어요. 그 단가대로 해주던지 그게 안 된다면 나대로 생각이 있으니 그리 아시오.」

「누구한테 공갈치는 거요, 지금?」

「공갈은 당신들이 치고 다니지, 누가 친단 말이오? 만일 그게 안 된다면 낭상 언론사의 기자들을 모아놓고 당신네 제품과 내가 선정한 제품을 놓구 제품 평가사들을 데려다 평가를 받아볼 작정이요. 물론 단가에 대한 평가두 받구요.」

말하는 동안 그의 얼굴은 사색이 되어 있음을 곁눈질을 통해서도 여실히 느낄 수 있었다.

며칠 후 핸드폰을 통한 유 소장님의 맑은 음성을 들을 수 있었다.

그렇게 오만하고 거들먹거리던 칸막이 제품생산공장의 직원이 고분고분히 나와 계약된 단가대로 계약을 체결하고 갔다는 것과 사단장은 사단장대로 사무실에 찾아와 미안함을 토로했다며 이 모두가 내 덕분이라며 고맙다는 말을 수차례나 하고도 모자랐던지 또 하였다.

수개월 후 준공일을 며칠 남겨두고 건물이 완공되었다.

건물 주변은 말끔히 정리되고 움푹짐푹하던 도로포장 공사까지 끝나면서 건물 내부의 준공 청소도 마감되어 어디 하나 손댈 곳 하나 없는 완벽한 건물로 입주만 하면 되는 것이었다.

오늘은 사단장이 건물을 둘러보겠다는 뜻을 전해와 유 소장님을 비롯한 몇몇 업체의 수장들이 건물 밖 현관 앞에서 그가 오기를 기다리고 있었다.

나 역시 그 일원 중 한 사람이었다.

이윽고 감독관을 대동한 사단장이 나타났다. 그의 손에는 지휘봉이 쥐어져 있었다. 그는 유 소장님과 모인 사람들에게 일일이 악수를 청하며 그동안 수고했다는 말을 아끼지 않았다.

일층에 이어 이층을 둘러본 후 삼층 식당에 들어온 사단장의 얼굴은 매우 흡족한 표정이었다.

하얀 타일로 장식된 사방을 둘러보던 그가 옆의 유 소장을 보며 입을 열었다.

「이 정도면 일류 호텔두 부럽잖은데요.」

「그만큼 우리 국력이 신장됐다는 반증 아니겠습니까?」

「맞습니다. 이제 우리 부모님들두 군에 간 아들 때문에 걱정을 안 하셔도 된다는 믿음을 줄 수 있게 돼서 다행이라고 생각합니다.」

하며 무슨 생각에서인지 지휘봉으로 벽에 붙은 넓적한 타일을 튕기듯이 툭툭 두들겨보는 것이었다.

왜 그러나 싶었던지 사람들의 시선은 한곳으로 집중되었다.

그는 뭔가 이상함을 느꼈는지 타일 중앙 부분을 두드려보고, 이번에는 타일 넉 장이 맞붙은 모서리 부분을 때려보는 것이었다. 중앙에선 탁탁하는 둔탁한 소리가 나는 데 비해 모서리 쪽에선 탕

탕하는 중앙하곤 전혀 다른 가벼운 소리가 나는 것이었다. 그는 이상함을 느낀 탓인지 지휘봉으로 모서리 끝을 꾹 눌러보는 것이었다.

순간 쨍그렁하는 소리와 함께 여러 장의 타일 조각이 바닥에 떨어졌다.

사람들은 난처한 듯 서로 얼굴만 바라보고 숨을 죽이고 있을 때 노기 찬 사단장의 목소리가 쩌렁쩌렁 울렸다.

「아니 눈감구 아웅도 유분수지 이런 날림공사가 어딨단 말이오, 예? 유 이사님 말 좀 해보시오, 말을….」

「사단장님, 이건….」

「이건이구 저건이구 간에 이 건물 타일 붙인 거 전부 뜯어내구 다시 하세요, 다시. 그리구 박 중사 너 인마, 감독을 어떻게 했길래 이 모양이야? 너 감빵에 가야 정신 차리겠어?」

사단장은 지휘봉으로 고갤 떨구고 있는 감독관의 배를 쿡쿡 찔러대었다.

타일을 붙임에 있어 벽이나 계단처럼 넓은 면적에는 거의가 떠붙임 공법을 시공하는데 떠붙임은 넓은 타일 뒷면에 몰탈을 떠 얹어 벽에 붙여 평행을 이룬 다음 계속 이어 붙여 나감을 말함인데 몰탈을 얹는 양에 따라서 내부의 공간도 달라지기 때문에 지금과 같은 결과를 최소화시키려면 몰탈을 많이 얹어 빈공간을 줄일 수 있는 방법만이 최선이라 할 수 있는데 공교롭게도 사단장이 집어

낸 부분은 그 점이 부족한 것이었다.

할 수 없이 타일업체에선 모서리마다 가는 구멍을 뚫어 그 많은 양을 일일이 실리콘 작업으로 대신하였다고 하였다.

조금 더 신경 쓰고 정신을 쏟았더라면 안 해도 될 고생을 사서 한 셈이다.

나는 지금도 현장에 가면 넓은 면적에 시공된 타일 벽을 손등으로 툭툭 두드려보는 버릇이 생겨났다.

아마도 그때 군부대 공사 등 현장에서 보고 느낀 이후의 타성적인 행동이 습관화된게 아닌가 한다.

요디의 결혼식

「사장님 요디가 유월 이십삼 일 결혼한대요.」

한국 체류 기간 연장을 위해 우즈벡을 다녀온 종업원 '고밀'이 하는 말이었다.

「그래? 들어가서 블럭 공장을 시작했다더니 잘하고 있니?」

「예, 사장님한테 안부 전해달라고 하면서 이걸 주더라구요.」

고밀이 가방에서 꺼낸 잘 포장된 종이상자를 탁자 위에 올려놓았다.

「뭔데, 뜯어봐!」

나의 말이 끝나기도 전에 그는 상자의 포장지를 벗겨내고 뚜껑을 열었다. 그 속에는 여러 가지 종류들의 까먹는 열매들이 가득 담겨져 있었다. 내가 알 수 있는 것은 해바라기씨와 피스타치오 그리고 아몬드 열매 정도뿐이었다.

작은 선물에 불과하였지만 요디의 정성이 가상스러울 수밖에 없었다.

‘먹자!’ 하며 나는 아몬드 하나를 집어 입안에 넣고 오물거렸다. 그도 나와 같이 따라 하였다.

이때 밖으로부터 역시 종업원인 ‘코빌’이 들어왔다.

그는 한국 여성과 국제결혼을 한 청년으로 우리나라 영주권을 획득한 사람이기도 하다.

그는 무슨 열매인지를 하나 입에 넣고 고밀을 보며 말하였다.

「요디, 6월 23일 결혼한다면서?」

「응….」 하고 잠시 머뭇하다가 내가 모르는 우즈벡어를 구사하였다.

그 역시 우즈벡어를 사용하며 대화를 이어나갔다.

「야 인마, 너희들 무슨 말을 하구 있는 거야? 나 알아듣게 한국말로 해!」

내가 역정을 내듯 큰소리를 지르자 녀석들은 멋쩍은 듯 웃으며 머릴 긁적였다.

「무슨 얘기 했어? 설마 나 욕한 건 아니겠지, 너희들?」

나는 시치미를 뚝 떼고 정색하며 물었다.

「천만에요, 사장님. 사실은 요디가 결혼식에 사장님이 오시면 참 좋겠다는 얘길 하기에 코빌하구 그 얘기 했어요.」

나는 의외다 싶은 고밀의 말에 잠시 생각할 틈을 가졌다가 말을 하였다.

「그래? 요디 입장에선 그렇게 생각할 수도 있는데 너희들도 알다시피 난 아직까지 며칠씩 현장이나 사무실을 비워본 적이 없어. 그러기 때문에 너희들과도 이렇게 오랫동안 일을 할 수 있는 게 아니겠니? 6월이라면 아직도 석 달 이상 시간도 있고 하니 그때가 봐서 결정하자, 응?」

나는 딱 부러지게 거절하는 것도 매정하다 싶어 유보적인 답변을 취할 수밖에 없었다.

퇴근을 하기 위해 책상 정리를 하고 있던 중 역시나 일과를 마친 고밀과 코빌이 사무실 안으로 들어서며 꾸벅꾸벅 머릴 조아렸다.

「수고들 했어, 오늘도! 헌데 빨리 집에들 가잖구 웬일들이야?」

나는 의아하게 그들의 얼굴을 살피며 물었다.

「사장님, 어젯밤에 쇼디한테서 전화가 왔어요.」

「뭐, 쇼디?」

「예…!」

「그래, 뭐라구?」

「쇼디도 결혼식을 십일월 달로 정해놨었는데 사장님이 요디 결혼식에 오실 거 같아서 개도 유월 이십오일로 앞당겨놨대요.」

「어허, 이런 놈들 봤나, 내가 갈지 안 갈지도 모르고 어떻게 그런 결정을 해?」

어이 없어하는 나의 표정은 아랑곳하지 않은 듯 고밀은 이내 입을 열었다.

「사장님이 딱 부러지게 '노' 안 했으면 오시는 거나 같다는 말을 했어요.」

「녀석들, 내 머리 꼭대기 위에 앉아 있구만. 좋다, 가자, 간다구 해라!」

「알았어요, 사장님. 바로 전화할께요.」

「사실 내가 말을 안 해서 그렇지, 사모님두 몇 번 말했어. 자식 같은 너희들이 우리집에 와서 고생한 걸 생각하면 당연히 참석해서 축하해줘야 한다구 말야. 그래서 내 마음도 그쪽으로 기울고 있던 중이었어. 그러면 코빌이 나하고 사모님 들어갔다 나오는데 에스코트하기로 하구, 우리 직원 중에 그즈음에 들어가야 되는 사람 있나?」

「예, 쇼일이 유월 십구일 날 들어가야 돼요. 비자갱신 때문에요.」

이번에는 신이 난 듯한 코빌의 대답이었다.

「우즈벡에 우리 공장에서 일을 하고 간 직원들이 몇 명 정도 되나?」

나는 아는 사람은 대답해보라는 듯 두 사람의 얼굴을 번갈아 바라보며 말했다.

그들은 잠시 생각을 하는 듯하더니 고밀이 먼저 입을 열었다.

「열세 명 정도 되는데요, 사장님.」

「그렇게 많아?」

「몇 달씩 일하다 나간 애들은 넣지도 않았어요. 사장님이 오시는 줄 알면 하던 일 팽개치고 달려올 거에요, 모두들.」

「허! 벌집을 건드려 놨구만.」

「그게 무슨 말이에요, 사장님?」

「아냐, 그냥 나 혼자 해본 소리야.」

그들은 내 말에 이해의 어려움을 느꼈는지 고갤 갸우뚱하였다.

출국 하루 전날 나는 코빌에게 1000만 원을 주며 달러 환전을 부탁하였다. 몇 시간 후 그가 내미는 환전 봉투에 그의 특유의 필체로 쓰여진 8695라는 숫자가 적혀있었다.

「얼마씩이라고 하던?」

「달러값이 조금 올라 1150원이래요.」

「그럼 그 돈은 네가 보관하구 경리 노릇 좀 해.」

「어떻게요, 사장님이 얘기를 해주셔야죠.」

「우선 요디와 쇼디에겐 결혼 축의금 500달러씩 주고, 코빌 너의 부모님한테도 각각 500달러씩 드리구 와이프한텐 300달러를 주는 거야. 그리구 현재 일하고 있는 우리 직원들의 가족들과 일했던 직원들에겐 각각 200달러씩 분배해주면 되는 거야. 그리고 그 속에서 내 호텔비 계산하고 간간이 모여서들 식사하게 되면 그때마다 결제하면 되는 거야. 어때, 이 정도면 대강 알겠지?」

「예, 이 돈을 받으면 모두들 깜짝 놀랄 거에요, 사장님. 우리나라에선 아주 큰 돈이거든요.」

「너희들 모두가 착하고 성실하기 때문에 기쁜 마음으로 주는 거야.」

나는 왠지 미안한 기색을 떨치지 못하고 있는 그의 어깨를 토닥거렸다.

오후 8시가 조금 넘어 해 질 무렵에 인천공항을 이륙한 항공기가 우즈벡 타슈켄트 공항에 착륙하기까지는 4시간 정도가 소요되었다.

한국을 떠나올 때는 어둠이 깔리기 직전인데 비해 이곳은 이제야 해가 지기 시작하고 있어 4시간 시차를 두고 저녁을 두 번 맞는 경험을 하게 된 셈이었다.

거리는 수도답게 많은 차량들이 줄을 이었고, 북적이는 인파는 복잡함 속에서도 매우 활기차 보였다.

「너의 집이 있는 곳이 사마라칸트라고 했지?」

「예, 애들 모두가 그곳에 살고 있어요.」

「한 동네에?」

「아녜요. 같은 동네에 사는 애들도 있고 이삼십 분 거리에 있는 애들이에요.」

내가 고갤 끄덕이는 순간 택시가 앞에 와서 멈췄다.

뒤쪽에는 사람이 더 타고 화물을 실을 수 있는 개조된 택시였다.

코빌은 중간 좌석 문을 열고 나와 와이프를 앉게 하고 그는 앞의 조수석에 앉았다.

그사이 쇼일 역시 큰 가방을 던지듯이 올려놓고 뒷좌석에 털썩 주저앉았다.

얼마나 왔을까. 꽤 많이 왔다 생각하고 손목의 시계를 보니 10시였다.

시차의 시간을 미리 맞춰 놓은 관계로 복잡하게 계산할 필요는 없었다.

이곳까지 오는 길은 황량한 벌판의 비포장도로였으며, 어쩌다 작은 마을을 지날 때면 시늉만 낸 듯한 짧은 거리의 아스팔트 도로를 지나면 다시 울퉁불퉁한 비포장도로가 이어졌다. 뱃속은 물론이고 머릿속까지 흔들리는 속에서도 티 없이 맑은 파란 하늘을 비추는 둥근 달과 모처럼 보는 듯한 북두칠성, 그리고 햇빛에 반짝이며 눈부시게 흐르는 시냇물과 같은 은하수는 과연 장관이다 싶을 만큼 내 머릿속 어지러움과 그리고 지루함을 견딜 수 있게 해주어 그 어떤 상비약보다 더한 효과를 나타내주었다.

「이제 다 왔어요 사장님!」

코빌의 한마디가 반갑게 느껴지는 속에 시계를 보니 열두 시가 넘어서고 있었다. 택시가 멈춘 곳은 시가지에서 조금 떨어진 호텔 정문 앞이었다.

짐이라곤 조그마한 캐리어 하나만을 끌고 가는 코빌의 안내를 받으며 나와 와이프는 호텔 안으로 들어섰다.

프런트에서 종업원으로부터 객실 키를 인계받은 코빌이 그에게 1달러의 지폐를 내밀자 그의 허리는 90도로 구부러졌다.

「사장님, 아침은 호텔 식당에서 대강 드시고 점심은 저의 집에서 드실 거예요. 점심때 제가 모시러 올게요.」

미로 같은 통로를 지나 어느 객실 앞에서 걸음을 멈춘 코빌이 나에게 키를 주며 하는 말이었다.

「그래, 여러 가지 필요 없어. 나 먹는 거 네가 잘 알잖아.」

「예, 그럼 안녕히 주무세요, 사모님두요.」

코빌을 보내고 객실 안으로 들어와 보니 외국 관광객들의 전용 호텔답게 수준급의 면모를 갖춘 내실의 형태로 꾸며져 있었다. 물이 귀한 나라라는 우려가 있었으나 그것은 기우였을 뿐 물은 어디서나 꼭지만 틀면 콸콸 쏟아져 나오고 있었다.

늦은 모닝커피를 한 뒤 코빌의 승용차를 타고 그의 집 앞에 당도했을 때는 열두 시가 다 됐을 무렵이었다.

넓고 높은 대문의 샛문을 밀고 안으로 들어가는 코빌의 뒤를 따라 들어가니 드넓은 마당에는 벌써 코빌 부모님을 비롯한 온 가족들이 나와 우리 부부를 반갑게 맞이해 주었다.

나보다 나이가 많아 보이는 코빌 아버지의 양쪽 귀밑에서부터 턱 아래까지 다듬어진 하얗고 긴 수염은 전형적인 이슬람인을 상징하는 바와 같았으나, 웃음 띤 얼굴은 한없이 인자해 보였다.

그는 나를 가볍게 부둥켜안더니 좌우 어깨를 번갈아 가며 마주 대었다.

아마도 반가움을 표시하는 이들의 인사법인 모양이었다.

집터를 둘러보니 대략 500여 평(1650㎡) 정도는 족히 되어 보였나.

대가족제도인 이 나라 국민들은 이 안에다 집을 짓고 각자 가족이 살고 있으며 터가 넓은 탓에 가축우리도 짓고 채소밭과 과일목도 기르며 더러는 체육시설도 갖추어 놓았다.

아마도 대지가 넓고 평지가 많은 이 나라 특성이 아닌가 싶었다.

사방을 살펴보던 내 눈길이 수돗가에서 멈추었다.

커다랗게 세워진 목판에 손가락보다도 훨씬 굵은 나무못으로 쫙 펴진 양의 가죽을 군데군데 못질해놓은 거로 보아 금방 작업을 끝냈음을 알 수 있었다. 이는 분명 우리 부부를 접대키 위한 성의의 표시일 것이라는 생각을 하는 순간 코빌 아버지는 바로 앞에 있는 자기 방을 가리키며 나의 손을 이끌었다. 안으로 들어서는 순간 나는 기겁하다 못해 넋을 잃은 사람처럼 한동안 움직이질 못하고 그 자리에 멍청히 서 있어야만 했다. 뒤에 있던 와이프 역시 나와 다를 바 없었다.

잠시 동안의 혼미한 상태에서 정신을 가다듬은 나는 앞을 주시하였다. 커다란 세 개의 상에 가득 차려진 음식은 실로 상상을 뛰어넘는 차림새였다. 육류와 과일, 빵과 채소 그리고 각종 곡식으로 만든 밥과 떡 등 그야말로 상다리가 부러지고도 남을 만큼 엄청난 음식들이 차려져 있었다.

그는 빙그레 웃음 띤 얼굴을 보이며 나의 손을 잡아끌어 길게 놓여 있는 음식상 가운데 자리에 앉히며 와이프에게도 내 옆에 앉으라는 정중한 손짓을 하였다.

나는 그도 마주 앉기를 권하였으나 그는 한사코 사양하며 맨 끝 모서리 쪽에 이미 앉아 있는 그의 부인 옆에 나란히 앉는 것이었다.

그때였다. 언제 들어왔는지 내 앞에 마주 앉은 코빌에 이어 뒤따라 들어오는 청년 두 명이 있었다. 그들은 나에게 매우 반가운 표정을 지으며 인사말과 함께 꾸벅꾸벅 허릴 굽혔다. 누군가 싶어 자세히 살펴보니 요디와 쇼디였다. 나는 반가움에 벌떡 일어나 상 너머에 있는 그들에게 악수를 청한 뒤 앉으라는 손짓을 한 뒤 그들이 정좌하자 나 역시 자리에 앉았다.

「너희들 결혼 축하한다, 진심으로.」

그들은 답례하듯 나를 보며 꾸벅꾸벅 고갤 움직였다.

「받아, 사장님이 결혼 축의금으로 주시는 거야.」

언제 준비했는지 코빌은 두 사람에게 지폐 한 장씩을 나누어 주었다. 지폐를 확인하고 난 두 사람은 적이 놀라는 눈치였다.

「싫어서 그래? 그럼 도로 주고.」

코빌이 놀리듯 두 사람을 번갈아 보며 말했다.

「사장님, 감사합니다!」

「사모님, 고맙습니다.」

두 사람은 나와 와이프에게 고마운 감정을 감추지 못하고 마냥 황송해했다.

「어서 드세요, 사장님!」

코빌의 말이 떨어지기 무섭게 코빌 아버지도 어서 들라는 듯 손짓을 하였다. 나는 답례하듯 고갤 꾸벅거리며 포크를 집어 들었다.

그제서야 앞에 있던 그들도 음식에 손을 대기 시작하였다.

어느 음식을 먼저 먹어야 할지 망설이는 순간 나의 심중을 알기라도 하듯 코빌이 포크를 쥔 손으로 내 앞에 있는 고기 접시를 가리키며 말을 하였다.

「이거 드셔보셔요, 사장님. 오늘 잡은 양고기에요. 이 옆에 거는 소고기구요.」

「그래? 난 양고기는 먹어본 기억이 없는데.」

나는 김밥처럼 둥글게 말아 잘게 썰어 놓은 양고기를 쿡 집어 입에 넣었다.

기막힌 맛이었다. 씹으면 씹을수록 더욱 감칠맛 나는 담백하고 고소한 맛은 어떤 종류의 육질에서도 찾아볼 수 없는 특이한 맛이었다.

「정말 맛있네요, 여보.」

와이프 역시 감탄하는 듯한 말이었다.

「우리 들어가면 양고기 좀 많이 사다 먹자구.」

「한국에 있는 양고기는 이거 하고 달라요, 사장님.」

「다르다니, 양은 우리나라나 우즈벡이나 똑같잖니?」

「아니에요. 한국은 털을 깎는 양이고, 우리는 식용을 목적으로 해서 사육하는 양이에요.」

「음, 그렇구나.」

「이 과일들도 맛 좀 보세요. 한국에 있는 과일하곤 맛이 좀 다를 거에요.」

나는 중간을 갈라놓은 키위를 집어 껍질을 벗겨내고 맛을 보았다.

신맛이라곤 어깨를 움츠리며 질색을 하는 나는 키위 특유의 신맛이라곤 전혀 느껴볼 수도 없는 설탕 같은 달콤한 맛에 어리둥절했다.

「어때요, 사장님. 한국에서 먹는 맛하곤 틀리죠?」

「그래, 난 우리나라에선 키위는 입에 대지도 않아. 신맛을 싫어하기 때문에.」

「키위처럼 모든 과일이 다 그래요. 한국의 수입 과일들은 산지에서 덜 익은 상태에서 따다 익힌 거고, 우리는 나무에서 완전히 익힌 다음에 땄기 때문에 당도 차이가 큰 거에요.」

「그렇구나, 그래서인지 우리나라 ○○항공 회장 부인이 과일을 외국 산지에서 운송해다 먹는다는 사실이 매스컴에 회자되어 국민들로부터 빈축을 산 일이 있었는데 그 궁금증이 이제야 풀리는 거 같구나.」

성의와 정성이 담긴 많은 음식을 다 먹어보지 못한 아쉬움 속에 집을 나와 핸들을 잡고 떠날 준비를 하고 있는 코빌파 다음 행선지에 대해 의논 중에 생각지도 않은 와이프의 제안이 우리의 대화를 중단시켰다.

「여보, 난 셰리를 좀 봤으면 해요. 우리집에서 제일 먼저 우즈벡에 들어간 애가 셰리잖아요. 그동안 어떻게 지내고 있는지 궁금하기도 해서요.」

「아마 팔구 년 됐을 거야, 셰리가 들어간 지가. 코빌 너 아니, 셰리?」

「네, 알아요, 그 형. 집도 알고요.」

「가자, 그럼, 셰리네로.」

「네, 삼십 분 조금 더 걸려요.」

마을을 벗어나자 코빌의 운전실력은 대단하였다. 신호등과 건널목 표지판이 설치되어 있지 않은 이곳 도로 특성으로 인한 차량 흐름과 정지 상태를 관망하는 인지능력이 뛰어난 때문인지 그는 복작거리는 시가지를 벗어나는 데 그리 많은 시간을 할애하진 않았다.

차창 밖으로 전개되는 한낮의 풍경은 어젯밤에 본 거와 마찬가지로 나무 한 그루 풀 한 포기 구경도 어려웠을뿐더러 강줄기가 보이지 않아 물 구경은 상상조차 하기 어려웠다.

벌판을 뒤덮은 희끄무레한 석회암 토질은 어떤 끈질긴 생명력을 가진 야생초나 식물이라 할지라도 살아남지 못할 것 같은 끔찍한 생각이 들었다.

「땅은 넓은데 물도 없고 토질도 그래서 풀 한 포기 심을 수 없다니, 참 아깝구나.」

짧은 시간 동안의 내 느낌이 탄식처럼 흘러나왔다.

「기껏해야 목화 정도는 심을 수 있는데, 그것도 아무 데나 심으면 안 돼요.」

순간 나는 우리나라야말로 축복의 땅임을 깊이 깨달을 수 있음을 새삼스럽게 느끼는 순간이기도 했다.

끼익! 그리 크지 않은 동네의 어느 집 대문 앞에서 코빌이 차를 세웠다.

활짝 열려진 대문 앞에 구레나룻이 얼굴을 뒤덮은 중년의 남자가 차에서 내리는 우리 일행을 의아하게 살펴보고 있었다.

「셰리형이에요, 사장님.」

코빌의 말을 차치하고라도 그가 셰리임을 알아차린 나는 반갑게 그의 손을 잡으며 말했다.

「셰리야, 잘 있었니? 나 사장님이야.」

「안녕 셰리, 잘 있었어요?」

나와 와이프가 인사말을 건네건만 그는 멍하니 움직임이 없는 석고상의 자세가 되었다가 이윽고 천천히 입술을 움직이기 시작했다.

「사, 사… 장… 님. 사… 모… 님!」

그는 더 이상 말을 못 하고 나를 와락 끌어안았다.

참으로 진한 감동의 표현임을 누가 모르랴!

「사장님, 셰리형이 한국을 떠나온 지 오래돼서 한국말을 잊어버렸나 봐요.」

나는 알았다는 듯 고갤 끄덕거렸다.

셰리와의 만남은 비록 대화는 없었지만 만남 그 자체만으로도 흐뭇함을 느낄 수 있었다.

「사장님, 여기서 가자면 제일 가까운 곳이 딜숏집인데 들릴까요?」

「그래, 가까운 집부터 방문하는 게 순서잖니?」

「예, 알았어요.」 하며 그는 시동을 걸었다.

딜숏의 동네는 제법 가구 수도 많고 도심이 가까운 탓인지 집의 형태도 현대적인 감각의 미가 살려져 있는 모양새였다.

우리 부부를 맞이하는 딜숏부인의 태도는 더없이 공손해 보였다.

딜숏은 부모님이 안 계신 탓에 부인이 아이들과 함께 생활하고 있다고 코빌이 귀띔해주었다.

그녀가 안내하는 방으로 따라 들어간 우리는 몇 시간 전에 코빌 집에서 겪어야 했던 놀람을 다시 한번 겪어야 하는 상황을 맞이해야만 했다.

언제 이처럼 많은 음식을 준비했냐 싶게 우리 부부를 놀라게 하는 상차림은 우리로 하여금 많은 폐를 끼치고 있다는 자괴감을 심어주기도 하였다.

「코빌, 안 되겠다. 빨리 애들한테 연락해서 음식준비 스톱하라고 해! 그렇잖으면 나 너희들 집 방문 취소한다고 말야.」

「알았어요, 사장님. 전화 차 안에 있으니까 밖에 나가서 다 연락할게요.」

「그리고, 코빌. 딜숏부인한테 얘기 잘 좀 해줘. 아까 너희 집에서 너무 많이 먹고 와서 아직 생각이 없다고. 먹은 거나 다름없으니 서운히 생각지 말라고 말이야.」

알았다는 듯 고갤 끄덕이는 그는 그녀에게 말을 꺼내놓기 시작하였다.

처음엔 서운한 표정을 짓던 그녀가 종내는 이해한다는 표정과 함께 고갤 끄덕이자 이를 보고 있던 와이프가 그녀의 손을 꼬옥 잡으며 화답하는 모습은 나의 마음을 한결 가볍게 해주었다.

「한 집은 더 방문할 수 있겠는데 이젠 누구네 집을 가야 되나, 코빌?」

운전을 하고 있는 그에게 나는 무심코 물었다.

「고밀형 집이에요. 형수한테 전화를 했는데 지금 막 학교에서 퇴근했대요. 사장님이 내일 오시는 줄 알고 시장보러 간다기에 그만두라고 했어요.」

「잘했어, 그리고 언젠가 들은 얘긴데 고밀 와이프가 영어교사라면서?」

「예.」

「초중고등학교 중 어느 학교니?」

「가보면 알아요.」

그날 고밀네 집을 방문하여 알게 된 사실이지만 고밀 부인은 이곳에서 한 곳밖에 없는 사마라칸트 대학교 영문학 교수라는 사실을 알게 되었다. 그럼에도 불구하고 부인이 교수임을 한번도 얘기한 적이 없는 고밀의 겸손한 인격에 나는 존경심을 표하지 않을 수 없었다.

다음 날 몇 집 남은 방문 일정은 쉽게 끝날 수 있었다.

음식 규제령이 효과를 본 때문이었다. 가는 집마다 그들 부모와 부인들은 우리 부부에게 무한한 감사와 고마움을 표시해주어 오히려 우리가 송구스러울 정도였다.

「사장님, 요디 결혼식이 모랜데 전에 있었던 애들 내일 만나기로 하면 어떨까요? 사장님 언제 만날 수 있냐고 난리들이에요, 지금.」

「만나는 건 좋은데 어디서 만나지?」

「토니가 지배인으로 있는 야외 레스토랑이 있어요. 직원이 50명 정도 되는 사마라칸트에서 제일 큰 레스토랑이에요.」

「그래? 그럼 내일 저녁에 모두 거기서 모이자고 해라!」

「알았어요, 사장님.」

코빌의 대답을 뒤로하고 하루가 지난 저녁나절 드넓은 주차장은 이미 빈자리를 꽉 메우고 있어 주차 공간을 찾는 데 어려움을 겪었지만, 맨 끝의 한자리가 눈에 보이자 코빌은 누구에게 빼앗길세라 재빠르게 주차를 해놓았다.

그는 예약된 좌석을 알고 있기라도 한 듯 앞장서서 걸었다.

중앙에 설치된 무대 앞의 공연장을 지나 한편의 넓은 자리에 길게 연결된 탁자 양옆으로 앉아 있던 젊은이들이 다가선 우리 부부를 보는 순간 약속이라도 한 듯 동시에 일어서서 열띤 환호와 함께 박수를 치며 환대해주는 것이었다.

순간 나는 이들이 오늘 만나기로 약속된 예전의 우리 직원들이란 사실을 알 수 있었다.

그동안 몰라보리만큼 변해있는 그들의 모습이었지만 나의 반가움은 더할 나위 없었다.

악수와 포옹으로 하나하나 인사를 나눈 나에게 그들은 내 좌석이라도 되는 양 중심 부분에 공간을 넓혀놓았다. 나와 와이프는 반사적으로 그 자리에 다가서는 순간 탁자 위에서 눈을 떼지 못했다.

어느 틈에 준비된 갖가지 음식과 와인과 샴페인 같은 술 종류가 앞앞이 놓여 있기 때문이었다.

잠시동안 침묵이 흐르는 듯하더니 나의 맞은편에 있던 '소루'가 말문을 열었다.

「여러분! 각자의 잔을 채우신 다음 잔을 올려 주세요!」

그의 말에 모두들 같은 동작이 이루어졌다. 우리 부부 역시 그들과 다를 바 없는 동작을 취했다.

「오늘 건배 제의는 사장님께서 잔을 먼저 올려 주심이 타당하오나, 멀리서 우리를 찾아주신 사장님과 사모님의 고마우신 뜻을 기리기 위해 제가 룰을 좀 바꿨으니 양해해 주시고 건배해 주시기 바랍니다. 자, 여러분! 우리 사장님과 사모님의 행복과 건강을 위하여 건배!」

소루의 선창에 이은 합창과 서로 간의 잔 부딪힘이 하나의 조화로움으로 이어져 나는 물론이고 와이프의 얼굴에도 한층 흐뭇함이 베어 있었다.

이어 저편의 무대 쪽에서 공연 시작을 알리는 팡파르와 함께 연주가 시작되면서 올드팝송이 흘러나오기 시작하였다.

무대 앞의 넓은 광장에는 많은 사람들이 율동과 손뼉을 치며 흥겨워하고 있었는데 이들은 거의가 외국 관광객들이었다. 현지인들은 극히 드물었다.

몇 시간 동안 진행된 공연 속에서 그동안 자주 듣지 못했던 추억의 팝송들을 감상할 수 있었으며 '강남스타일'이 흘러나올 땐 무대 앞은 물론이고 온 좌석의 사람들까지 자리에서 일어나 노래를 부르며 어깨를 들썩이며 흥겨워하는 모습은 우리 대한민국의 위상이 한층 더 높아져 있음을 실감할 수 있었다.

요디의 결혼식이 있는 날이어서 그런지 깔끔한 정장 차림의 코빌이 우릴 에스코트하기 위해 호텔을 찾아왔을 때는 정오가 아직 삼십여 분 남아있을 무렵이었다.

「코빌, 예식 시간은 얼마나 걸려?」

차창 밖을 응시하고 있던 와이프가 불현듯 던지는 물음이었다.

「열두 시간 정도에요.」

와이프는 물론이고 나 역시 놀라지 않을 수 없는 그의 대답이었다.

「열두 시간이라니? 너 혹시 우릴 놀리려는 거 아니니?」

나는 도무지 믿기지 않는 듯한 어투로 그를 추궁하듯 물었다.

「그럴 리가요. 가보시면 알아요, 사장님.」

그는 나의 말을 일축하듯 유유히 핸들을 움직일 뿐이었다.

코빌의 차가 멈춘 곳은 시내에서 그리 멀리 떨어지지 않은 어느 집 대문 앞 근처였다. 우리가 차에서 내릴 즈음에는 벌써 많은 사람들이 대문 안으로 들어가고 있었으며, 더러는 먼 거리에서도 이쪽을 향해 걸어오는 사람들의 모습이 적잖게 보이기도 하였다.

「여기가 요디네 집이에요, 사장님. 여기서 점심을 먹고 쉬었다가 신부집으로 가서 저녁을 먹은 다음 예식장으로 가서 예식과 함께 공연을 하고 먹고 마시고 놀다가 끝나는 거에요.」

「허, 종일 먹다가 판나겠구나, 하하하.」

넓은 마당 안의 그늘막이 펼쳐진 아래 몇 개인지도 모를 만큼 슬비하게 깔려있는 평상 앞 긴 의자에 앉아 있는 많은 사람들은 대화 속에 시간 가는 줄 모르는 듯하였다.

그러는 사이 평상마다 음식이 나오자 그들은 허기진 속을 채우기라도 하는 양 음식을 먹고 자리에서 일어나면 다른 사람이 다시 그 자리를 메우는 것이었다.

「점심 다 먹은 사람들은 그냥 집으로 가니?」

「아니에요, 신부집으로 가는 사람들도 있고 집에 가서 쉬었다가 저녁에 예식장으로 오는 사람도 있어요.」

「요디는 지금 어딨니?」

「신부집에 있어요.」

「그럼 우리 여기서 점심 먹고 신부집으로 가보자.」

「예!」

대답 소리와 함께 코빌은 포크와 나이프를 우리 부부 앞에 가지런히 놓아주었다.

우리가 식사를 끝낼 즈음 대문 밖에선 요란한 풍악 소리와 함께 어디선가 한 무리의 청년들이 나타나 덩실덩실 장단에 맞춰 춤을 추기 시작하였다.

「요디 친구들인데 저 행렬을 따라 신부집으로 가는 거예요.」

코빌이 나의 궁금증을 풀어주려는 듯 미리 설명을 해주었다.

이윽고 많은 축하객들이 앞장서나가는 장단패들의 뒤를 따르기 시작하였다.

신랑 신부의 자택 거리가 얼마 되지 않는 가까운 거리인지라 금방이다 싶게 신부집 대문 앞에 도착하자 앞장섰던 장단패들과 풍물패들의 모습은 어디로 사라졌는지 보이지 않았다.

조금 있으려니 대문 밖의 사람들이 안으로 들어서기 시작하였다.

잠시 후 나는 처음 보는 진풍경에 정신을 빼앗겼다.

갑자기 허공에 솟구친 지폐 다발이 흩어지면서 너울너울 꽃가루처럼 내려앉는 것이 아닌가. 이러한 광경은 여기서 끝남이 아니었다.

지폐 다발은 이어지고 또 이어지고 있었으며 이를 줍느라 정신 없는 꼬마들은 신이 난 듯한 표정들이었다.

「저게 진짜 돈이니, 코빌?」

「예, 애들한테 줘도 잘 안 받는 돈이에요.」

나는 저 지폐가 실제라는 사실에 비추어 코빌의 설명 없이도 쉽게 의미를 해석할 수 있었다.

요약하자면 두 부부가 세상을 살아감에 있어 돈벼락을 맞을 만큼 부와 행운을 함께하라는 메시지가 아닐까 하는 추론 외엔 딱히 다른 의미부여가 마땅치 않을 것 같았다.

그러나 요즘에 와선 이 취지에 맞지 않는 사례가 종종 눈에 띈다고도 하였다.

자기 과시를 위해 높은 단위의 지폐뭉치를 뿌려대는 사람들이 있다고 했다. 어딜 가나 사리 분별 못 하는 그런 얼치기들이 있는 건 마찬가지인가보다.

신부집에 모여있던 하객들이 오후 6시쯤에 이르자 하나둘 썰물처럼 빠져나가기 시작하였다.

이제 예식장으로 가면 된다는 코빌의 사전설명에 따라 우리도 자리에서 일어났다.

예식장은 시가지를 벗어난 한적한 곳의 커다란 건물이었으며, 우리가 도착했을 즈음에는 식장 안은 이미 많은 하객들이 와있어 결혼 축하 공연이 시작되고 있었다.

무대 뒤 하얀 휘장이 드리워진 높은 연단에는 오늘의 주인공인 팔짱 낀 신랑·신부의 모습이 보였으며, 줄지어 다가온 하객들은 남자는 신랑에게 여자는 신부에게 격려와 축하를 해주는 장면이 참으로 인상적이었다. 두 사람을 축하해 주고 마이크를 잡은 와이프가 하객들을 향해 인사말을 하였다.

우리 부부는 요디의 결혼을 축하하기 위해 코리아에서 왔으며 우리 모두 함께 성스럽게 출발하는 두 선남선녀에게 힘찬 축하의 박수를 보내주자는 간략한 끝맺음이었다.

인사말이 끝나는 순간 장내는 높은 함성과 우레와 같은 박수 소리가 떠나갈 듯하였다.

연단에서 내려온 우리를 바라보는 하객들의 눈빛은 부러움이 가득 차 보였다. 아마도 부자나라 코리아인이라는 인식 때문이 아닐까라는 생각이 들었다.

시간이 지날수록 공연장의 열기는 더욱 고조되었다.

먹고 마시고 춤추며 무희들까지 등장해 흥이 고조되는 오랜 시간 속에서도 눈이 뜨이다 싶게 특이한 점은 어느 문화에서도 찾아볼 수 없는 남녀구분이 확실하다는 것이었다.

남자들은 남자들끼리, 여자들은 여자들끼리의 시종일관 흐트러짐 없는 자세는 이들 나라의 법칙인 듯싶었다.

자정이 가까워질 무렵에서야 공연이 막을 내리면서 결혼식이 끝났다.

참으로 긴 예식 시간이란 느낌은 들었지만 지루하다는 생각은 들지 않았다.

요디에 이은 쇼디의 결혼식이 끝나자 긴장감이 풀린 탓인지 쉬고 싶은 생각에 고밀과 짜놓은 우즈벡 역사 속의 영웅인 '아무르 티무르' 장군의 성지를 관람키로 한 약속을 취소하고 이르다 싶은 오후에 호텔로 돌아와 눈을 붙이다 잠에서 깨어보니 벌써 저녁 일곱 시가 넘은 시간이었다.

이때 똑똑 노크 소리가 들리자 소파에 앉아 있던 와이프가 도어를 여는 순간 들어서는 코빌의 뒤를 이어 요디가 들어왔다.

「너희들이 웬일이니?」

「사장님이 내일 떠나셔서 요디가 인사드린다기에 데리고 왔어요.」

코빌이 탁사 앞의 의자에 앉자 요디도 그 옆에 따라 앉았다.

「신혼여행 안 갔니, 요디?」

「우리나라는 그런 거 없어요. 그 대신 결혼하면 사십 일 동안은 무조건 오후 여섯 시 이전에 집에 들어와 신부하고 같이 있어야 해요.」

사실적인 면을 설명하는 코빌의 말이었다.

「그런데 어떻게 나왔어, 요디야?」

「나오고 싶던 차에 사장님 핑계 대고 나온 거에요.」

코빌이 그를 놀리듯 먼저 말을 꺼냈다.

「놀리지 마! 사장님, 사모님에게 인사하려고 나왔단 말야.」

「그래그래, 농담도 못 하니?」

코빌은 핀잔하듯 그를 노려보며 말했다.

비록 며칠에 불과한 짧은 만남의 시간 속에서 정을 나누고 떠나는 이번 여행은 아쉬움이 남은 여운 속에서도 큰 기쁨과 보람을 만끽할 수 있었다.

노름빛 탕감

토요일 오후였다. 골난 사람처럼 아침부터 잔뜩 찌푸리고 있던 날씨가 빨리 먹구름을 털어내려는 듯 굵은 빗방울을 뿌려대기 시작한 지가 두어 시간이 지난 것 같다.

길 건너 맞은편 상가 사무실에서 부동산업을 하고 있는 고 사장과 커피 내기 바둑을 두기 시작했는데 이승 삼판의 승부를 가리기 위해 온 정신을 쏟아붓고 있을 때 드르럭 하는 소리와 함께 슬라이딩 출입문이 옆으로 밀리면서 네 명의 청년들이 들이닥쳤다.

다름 아닌 같은 지역 중학교에 근무하는 내 나이 또래의 총각 선생님들이었다.

나는 그들의 학교에서 필요로 하는 모든 일을 하고 있는 협력업체의 일원으로서 학교를 드나드는 일이 빈번한 관계로 흉허물없이 지내는 사이였다.

그들은 모두 외지에서 출퇴근을 하고 있었다.

「아니, 웬일로들 떼뭉쳐왔어?」

두던 바둑을 멈춘 나는 옷에 묻은 물방울을 털고 있는 그들을 바라보며 농기 있게 말을 건넸다.

「김 사장, 오늘 토요일이고 해서 우리 조금 놀다 가려고 왔어.」

굵은 테 인경을 쓴 일행 중 하나가 계면쩍게 웃으며 대답했다.

「그러니까 내 사무실에서 고스톱 좀 치고 가겠다 이 말이지?」

「딱 세 시간만 치고 갈 거야.」

또 다른 사람의 대답이었다.

「잘들 하는 짓이다. 모범을 보여야 하는 선생님들이 노름이나 하러다니구….」

「노름은… 막간을 이용해서 우리끼리 스트레스를 푸는 거지.」

이번엔 그 중 키가 좀 커 보이는 사람이 나의 놀림 섞인 말에 해명하듯 말했다.

「그럼 나두 껴주는 겨? 지난번 정 선생 숙직 때 가서 천삼백 원 잃고 왔는데 오늘 본전 좀 찾게 말이야.」

「두말하면 잔소리지. 우리 같은 봉급쟁이가 사업하는 김 사장 같은 사람 돈 안 따먹고 누구 돈 따먹겠어?」

아직까지 아무 말이 없던 또 다른 한 명의 장난기 있는 말이었다.

「좋아, 그렇다고 짜고 치면 안 돼! 일대 사니까 말이야.」

「예끼! 그걸 말이라고 해?」

굵은 테 안경이 가볍게 팔을 치켜들며 때리려는 시늉을 하였다.

「양 선생, 농담도 못 해보고 사는 사람 봐왔어?」

엷은 미소와 함께 핀잔에 가까운 나의 말이 떨어지기도 전에 와르르 바둑판 위의 바둑돌이 흐트러졌다.

고 사장의 짓이었다.

「아니, 사장님. 제가 다 이겼는데 판을 깨면 어떡합니까?」

「커피는 내가 어느 때고 살 테니까 걱정 말고. 이 선생님들 잠시 놀고 싶어서 온 모양인데, 내가 좋은 집으로 안내하지.」

나의 얼굴을 빤히 바라보며 그가 말했다.

「좋은 집요? 어디 그런 데가 있습니까?」

「내가 형님이라 여기는 집인데 놀고 싶은 사람들이 가서 노는 곳이야. 가서 보면 알겠지만 커피 과일은 물론이고 식사까지도 제공해 준다네.」

「아니 정말 그런 데가 있어요?」

키 큰 선생이 믿기지 않는다는 듯 벙벙한 표정으로 물었다.

「그 형님도 사람들하고 어울리는 것이 좋아서 그런다오. 자, 그러니 날 따라서들 오시오!」

말이 끝나기가 무섭게 출입문을 밀고 책상 옆에 세워져 있는 우산을 펼쳐 들고 아직도 비가 쏟아지고 있는 밖으로 나갔다.

호기심이 가득 찬 표정으로 서로의 눈치를 살피던 그들은 고갯짓을 하며 따라가 보자는 의도로 낙숫물 떨어지는 처마 밑으로 몸을 웅크린 채 나서는 내 뒤를 따라 그들도 꼬리를 물고 나왔다.

고 사장에 의해 안내된 곳은 중심가에서 벗어난 철대문이 육중한 단층 슬래브집이었다.

똑똑 노크 소리와 함께 현관문을 여는 그는 자기네 집이나 되는 것처럼 뒤에 있는 우리 일행에게 들어오라는 손짓을 했다.

방안에 들어서자 중년은 넘었을 법한 육중한 체격의 남자와 우리 또래로 보이는 곰보 얼굴의 청년 하나가 우릴 반기며 수인사를 청했다.

「자, 이쪽으로들 앉아요.」

주인은 우리가 올 걸 알기라도 한 듯 벌써 담요와 화투를 준비해놓고 자리를 권하는 것이었다.

우리는 황송하다 싶어 빙 둘러앉아 여느 때처럼 화투를 치기 시작했다.

고 사장과 청년은 구경을 하고 주인은 한쪽 의자에 앉아 이쪽엔 관심 없다는 듯 신문을 뒤적이고 있었다.

「삼 점 스톱이야.」

화투짝을 내려놓으며 양 선생이 하는 말이었다.

나와 안 선생이 동전을 세어주었다.

「겨우 백 원짜리야?」

주인이 신문을 엎으며 이쪽을 보고 던지는 말이었다.

「백 원짜리도 저희들에겐 큽니다, 사장님.」

「좀 더 올려요. 학교 선생님들이니까 거짓말은 안 할 테니. 돈은 내가 얼마든지 꿔줄 테니 말이오.」

주인의 말이 솔깃했던지 싫은 내색은 한 명도 나타내지 않았다.

나 역시도 마찬가지였음은 말할 것도 없었다.

「그럼 우리 도리짓고땡 한번 해볼까?」

생뚱맞다 싶은 양 선생의 제안이었지만 누구 하나 반대하는 사람은 없었다. 이렇게 될 것이라는 결과를 미리 예측이라도 한 듯 그는 언제 가져왔는지 들고 있는 손가방 안에서 돈다발을 꺼내 휙휙 각자의 앞에다 던져주었다.

순간 나는 물론이고 일행들 모두가 하나같이 눈이 휘둥그레지지 않을 수가 없었다.

말할 것도 없이 너무나 엄청난 돈이었기 때문이었다.

「아니, 사장님. 이게 얼맙니까?」

뻣뻣하게 서 있는 그를 올려다보며 내가 물었다.

「십만 원씩이야. 짓고땡을 할려면 그 정도는 가져야돼.」

「사장님, 이 액수면 우리 월급 삼 개월 치도 넘는데요.」

약간 겁먹은 듯한 키 큰 장 선생의 떨리는 듯한 음성이었다.

「왜 잃을 걸 생각해? 딴다고 생각해봐. 힘 안 들이고 몇 개월 월급을 번다는 생각은 안 해?」

그는 농담인지 진담인지 분간 못할 어조로 응수했다.

「자, 화투 가려놨으니까 시작들 하세요!」

아까부터 화투목을 만지작거리던 곰보 남자가 담요 위에 추린 화투를 쫙 깔며 하는 말이었다.

드디어 판은 시작되었다.

뺏기고 뺏는 승부의 게임이 시작된 것이다. 심심풀이로 굴진 내기를 하던 이들이 사태가 심상찮게 돌아가고 있는 것이었다. 두 바퀴가 돌아갈 무렵 아직까지 꼿꼿이 장승처럼 서서 구경을 하고 있는 곰보 남자가 주인을 보며 입을 열었다.

「사장님! 저도 좀 줘보세요.」

「왜, 너도 하게? 관둬라, 얘. 맨날 백전백패하는 놈이 또 뭘 하 겠다는 게야?」

「잃는 김에 더 잃어보죠, 뭐.」

「옜다, 이제 마지막이다.」

어느새 꺼내든 돈뭉치를 그에게도 던져줬다.

「저, 저도 한번 곱사리를 끼겠습니다.」

그는 넉살을 떨며 나와 양 선생 사이를 비집고 들어와 앉았다.

처음 시작할 땐 소심하다 싶었던 사람들이 시간이 지나면서 대 담해졌다. 나라고 예외일 순 없었다.

주인한테 빌린 돈이 벌써 다섯 번째다. 선생님들 역시 두 번, 세 번 액수만 다를 뿐이지 하나같이 모두 잃은 사람뿐이었다.

곰보 남자가 모두 독식을 한 것이었다.

그가 끼어들기 전 팽팽하게 균형을 이루던 판이 그가 시작하자마자 순식간에 그에게로 기울어지기 시작했다.

아까 주인과 주고받던 백전백패라는 말이 무색할 정도로 그의 끗발은 신들린 것처럼 솟구쳐 일어나고 있었다.

행여 속을세라 번갈아 가며 기리를 하였지만 결과는 역시 마찬가지였다. 그렇지만 한편으론 큰 한판을 잘 잡으면 빚을 단번에 갚을 수 있음은 물론이고 이득을 취할 수도 있다는 기대감에 판을 그만두지 못하고 계속 지속할 수밖에 없었다. 이런 게 도박의 특성이 아닌가 싶었다.

나를 비롯한 일행들은 몇 번 더 돈을 갖다 썼지만 기대했던 결과는 불행히도 일어나지 않았다. 이렇게 되고 보니 아까 그만두지 못한 것이 여간 후회스럽지가 않았다. 잃은 건 잃은 거고 작심하고 진즉 그만두었더라면 손해는 덜 봤을 테니 말이었다.

전장의 패장이 된 것처럼 전의를 상실하고 비통해 풀 죽어있는 우리를 살피고 있던 곰보 남자는 더 이상 진행되기 어렵다는 걸 직감한 듯 그사이 빠른 손놀림으로 추려놓은 돈다발을 휙휙 묶어 처음 대할 때처럼 신문을 보며 의자에 앉아 있는 주인 남자 앞에 던지며 의기양양하게 말을 하였다.

「사장님! 이게 네 번째이니 이제 전 빚 다 갚았어요.」

「그래, 인마! 오늘 너 용꿈 꿨구나!」

주섬주섬 앞에 떨어진 돈다발을 챙기며 그는 말을 받았다.

그러니까 곰보 남자를 통해 돈이 주인에게 전달될 때마다 우리는 그 돈을 갖다 쓰고 또 쓰고 하여 결과적으로 우리는 주인 돈을 한 푼도 만져보지 못하고 크나큰 노름빚을 지게 되었으며, 처음으로 겪어 보는 창피스럽고 어이없는 일을 당하게 된 것이었다.

상당한 시간이 흐른 뒤에 안 사실이지만 곰보 남자는 그 방면의 타짜였으며 상갓집을 위시에서 큰 판이 벌어지게 되면 팔려 다니기도 한다는 것이었다.

또한 슬라브집 주인은 모사꾼들이 주선해오는 우리같이 선량한 사람들을 상대로 사기 도박판을 벌여 많은 사람들에게 막대한 피해를 입히는 사회 기생충이라는 것이었다.

이러한 사실관계를 전혀 알지 못한 사람들은 우리처럼 당하지 않는다고 장담을 못 할 것이다.

오늘은 조치원 현장에서 결제가 이루어지는 날이라 점심시간을 피해서 건설회사 출입문 앞에 이르렀을 때 앞을 가로막는 사람이 있어 그를 보는 순간 나는 소스라치게 놀라지 않을 수 없었다.

슬래브집 주인이 나를 기다렸다는 듯 째려보고 있었기 때문이었다.

「아니, 사장님. 여긴 어쩐 일이세요?」

불안한 예감 속에 의외다 싶어 묻는 내 말에 그의 음성은 무척이나 높아졌다.

「돈 받으러 왔지, 인마. 돈을 꿨으면 갚을 줄도 알아야지 왜 뭉

개는 거야?」

걸걸한 소리에 높은 음성 탓인지 밖으로 현관문이 열리면서 나오는 사람이 있었다. 바로 현장감독인 신 부장이었다.

「아니, 김 사장님 무슨 일이세요?」

그는 나를 의식하는 순간 정색을 하고 물었다.

순간 창피하고 망신스러움을 느낀 나는 쥐구멍이라도 찾고 싶은 심정이었다.

「부장님, 들어가세요. 이분하고 대화 끝내고 들어가겠습니다.」

떠밀듯 하는 나의 말을 존중하는 듯 그는 그를 힐끔 바라보며 문을 닫고 안으로 들어갔다.

회사 앞에서 기세등등하게 목소리를 높이던 그는 그곳을 뜨고 자 걸음을 옮기는 내 뒤를 따라오는 동안은 아까와는 달리 조용하고 온순한 사람처럼 말이 없었으나 나는 그렇질 못했다. 신뢰와 신용을 중요시하는 관계에서 이제 막 거래를 시작한 회사의 직원 앞에서 당한 수모는 차치하고라도 실추된 이미지로 인한 파생될 여러 가지 문제가 예사롭지 않을 것 같은 생각에 울컥 화가 치밀었다.

「어디로 가는 거야?」

뒤따르던 그가 퉁명스럽게 말을 쏟았다. 나는 걸음을 멈추고 등을 돌려 이를 악문 채 그를 노려보았다.

「오늘 빚 갚을 거지? 이 회사 결제일이 오늘이라는 거 알고 왔어.」

내 표정이 심하게 일그러진 것을 의식한 탓인지 그의 목소리는 아까와는 달리 부드러워졌다.

나는 그의 말에는 아랑곳없이 치밀어 오르는 분노를 억제할 수 없어 긴 호흡을 놀아쉬며 주위를 살폈다.

바로 앞 넓은 광장 안으로 조치원 역사가 보이고 광장 우측엔 조치원 경찰서란 입간판 아래 안으로 들어가기 위한 돌계단이 시야에 들어왔다.

「내 말 안 들리는 거냐?」

대꾸 없는 나의 태도가 거슬렸는지 그는 버럭 화를 내듯이 말했다.

「당신이 부동산 고 사장한테 정보를 입수하고 내려온 모양인데, 그래 오늘 돈 나와, 회사에서. 그렇지만 당신 돈 못 줘, 한 푼도.」

순간 나는 어떤 결심을 한 듯 단호해지는 마음을 제어할 수 없었으며 경찰서가 바로 앞에 있다는 걸 의식하면서부터는 그에 대한 존댓말도 사치스럽다는 생각이 들었다.

「뭐가 어째? 이새끼, 뒈질려고 환장을 했나?」

그는 눈을 하얗게 부라리며 칠듯한 자세로 나의 멱살을 움켜잡았다.

나 역시 질 수 없다는 듯 그의 멱살을 힘주어 잡았다.

내 안의 사람들

「어쭈! 이제 막가겠다 그 말이지?」

「같이 가자구, 경찰서에.」

「뭐야?」

순간 까무러칠 듯 놀라며 그는 내 멱살을 잡았던 손을 놓으며 말했다.

「나도 놨으니까 너도 놓고 말하자, 우리.」

「난 못 놓겠어. 저기 경찰서에 가서 나는 도박범으로 자수할 테고, 당신은 도박장을 운영하는 악덕 업자로 고발할 것이니까 같이 가자구.」

나는 그를 잡아끌었다.

그의 버팀은 예상외로 완강했다.

「정말 이럴 거야?」

「난 이미 각오한 놈이니까 빨리 가자구!」

「자네 기백에 내가 졌네, 자네 돈 안 받을 테니까 이 손 놓게.」

나는 속으로 쾌재를 불렀으나 그렇다고 금방 손을 놓을 순 없었다.

「그럼 친구들은?」

「다 안 받을걸세. 자네두 그걸 원하고 있지 않나?」

갑자기 너그러워진 그는 음성까지도 부드러웠다.

그날 저녁 나의 연락을 받은 그들은 내 사무실에 모였다.

모두 무거운 바윗돌처럼 표정이 굳어져 있었다.

나는 속웃음이 터져 나왔지만 일부러 심각한 척 헛기침을 하며 입을 열었다.

「내일 슬래브집 사장이 교장 선생님께 찾아가 모두 얘기하고 월급에 차압을 붙인다는데 어떻게들 할 거야?」

말할 것도 없이 기절초풍해지는 그들을 보고 더는 안 되겠다 싶어 장난기를 멈추고 오늘 그와 벌였던 일을 자세히 설명해주었다.

순간 그들은 어린아이들처럼 펄쩍펄쩍 뛰면서 좋아 어쩔 줄을 몰라했다.

그러더니 이번엔 약속이나 한 듯 와락 나를 껴안고 얼굴이며 손등에 입맞춤을 하는 것이었다.

「아이 징그러워!」 하며 그들을 밀쳐내고 흐트러졌던 자세를 바로 하며 천진난만한 그들을 바라보았다.

조금 전까지도 백지장처럼 창백했던 얼굴들이 붉게 화색이 돌았으며, 입은 하나같이 알밤을 토해낸 밤송이같이 헤벌쭉 벌어져 있었다.

이사 간 박 사장

공사를 의뢰한 회사에 제출할 내역서 작성이 끝난 시간이 오후 일곱 시경이었다.

한여름 같으면 아직 초저녁에 불과한데 밤이 긴 겨울 탓인지 사무실 창을 통해 보이는 밖은 칠흑 같은 어둠이 내려앉아 한밤중이나 다를 바 없었다.

나는 나도 모르게 한발이나 멀리 있는 전화기를 바싹 앞으로 끌어당겼다. 그리고는 다이얼을 돌렸다.

「아, 여보세요, 누구시죠?」

전화기를 통해 낭랑한 여인의 음성이 들려왔다.

「아, 아주머니 접니다.」

「아니, 김 사장님 아니세요?」

「네, 그렇습니다. 죄송합니다만, 한 사장 좀 바꿔주세요.」

「조금 전에 나가구 없는데요. 나가기 전에 타일 이 사장님과 유리 최 사장님한테 좀 놀고 오겠다면서 나갔어요.」

「아, 그러세요?」

「네, 보나 마나 고물상 박 사장님네로 고스톱 치러 간 게 뻔할 뻔 자죠.」

「네, 맞습니다. 저두 그곳으로 가려다 확인차 전화했어요.」

「김 사장님, 노시는 건 좋은데 적당히 놀구들 오세요.」

「네! 알았어요. 그럼 안녕히 계세요.」

철컥, 수화기를 놓은 나는 빙그레 의미 있는 웃음을 지으며 밖으로 나갔다. 고물상 박 사장은 시내에서 그다지 멀리 떨어지지 않은 넓은 공터를 임대해서 각종 고철과 폐지를 수집하여 사고파는 사업을 하는 사람으로서 정확한 나이는 모르지만 나보다 대여섯 살 위인 것만은 확인한 것으로 알고 있었다.

때문에 나는 그를 대할 때마다 어떤 존칭을 붙인다기보다는 항상 형님이라 불렀다. 그는 인근은 물론이고 거래하고 있는 많은 사람들로부터도 사람 좋기로 소문난 호인 중에 호인이었다.

또한 그는 내 또래인 처남과 같이 손수 일을 하는 사람이었다.

내가 그 집 앞에 거의 다다랐을 때는 아까부터 내리던 함박눈이 제법 쌓여 걸음을 옮길 때마다 뽀드득 뽀드득 밟히는 소리가 그렇게 정겨울 수가 없었다.

「다들 어디루 모였지?」

혼잣말로 중얼거리던 나는 몇 발자국 되돌아 걷다가 왠지 이상

한 생각이 들어 휙 고갤 돌려 한편을 응시했다. 대문 안 마당 끝쪽으로 보이는 방 쪽에는 환한 전기 불빛이 밝혀져 있었다.

우리가 모여 노는 방인 만큼 불이 켜져 있음은 분명 사람이 있다는 증거였다 .

사람들이 모일 때면 대문은 항상 열려져 있는 것이 상례다 싶었다. 돌아갈 때를 생각해서 굳이 닫아놓을 필요가 없기 때문이었다.

나는 대문 옆 울타리를 눈에 익게 보아둔 적이 있어 들떠있는 함석 울타리를 젖히고 안으로 들어갈 수가 있었다. 넘어질세라 얇게 깔려있는 고물 잡동사니 위를 조심조심 걸어서 아무것도 거칠 것이 없는 마당 가운데를 지나고 있을 무렵 사방이 어두워 분간 못할 어느 쪽에선가 컹컹! 개 짖는 소리가 사납게 들려왔다.

「백구야! 나야 나!」

평소에 올 때마다 과자 부스러기도 던져주고 또 어느 때는 머릴 쓰다듬어 주기도 한 탓인지 녀석은 나의 음성을 알아차린 듯 더이상 짖어대지 않았다. 마당보다 한 계단 높은 방문 앞의 토방에 올라서니 거기엔 구두며 운동화며 고무신이 어지럽게 흩어져 있었다.

나는 똑똑 창호지를 바른 문살을 두드렸다.

「누구세요?」

들려오는 걸걸한 목소리의 주인공은 박 사장이 틀림없었다.

「경찰서에서 나왔습니다! 신고받구 나왔으니 모두들 부동자세에서 움직이지 마세요.」

나는 목소리를 낮추며 굵은 톤으로 대답했다.

순간 지그시 방문이 열리며 고개를 내미는 사람은 잔뜩 겁을 먹은 박 사장의 얼굴이었다.

「아니 놀면 놀았지 대문은 왜 닫아놓은 거요?」

농기 있게 말하며 안으로 들어서는 나를 바라보는 사람들의 표정은 하나같이 겁에 질려있었다.

「간 떨어질 뻔했잖아, 돈까지 잔뜩 잃고.」

매우 놀란 듯 길게 한숨을 토해내며 원망스럽게 말을 던지는 사람은 나와 나이 차가 많이 나는 병수 형님이었다.

그는 다방이나 사우나탕에 칡즙이나 삶은 계란을 비롯해서 각종 음료를 배달하는 직업을 가졌으며 매우 성실한 사람으로 인정하고 있어 나를 비롯한 이곳에 모인 사람들은 그에 대해 호의적인 편이었다.

나의 놀림에 놀란 그들은 감추었던 화투판을 다시 깔아놓고 박 사장 처남인 안씨에게 선을 잡으라는 손짓을 했다.

그 역시 이 집에 자주 놀러 오는 페인트 업을 하는 기사장이었다.

안씨는 화투목을 잡아 몇 번인가 툭툭 치더니 판 중앙에 내려놓았다. 기리를 하라는 것이었다.

규칙에 따라 맨 끝 사람이 기리를 하는 탓인지 한 사장이 빨리 하라는 듯 그의 좌측에 앉아 있는 사람에게 턱짓을 했다.

그 사이 품속에서 다발 돈을 꺼낸 안씨는 배짱 있게 듬뿍 판돈을 놓았다.

모두들 놀란 탓으로 속주머니는 물론이고 팬티 속과 양말 속에 감추어 둔 돈을 꺼내 추스르더니 자기가 가고 싶은 표에다 질러대었다.

나는 언젠가 슬래브 집에서 사기 노름에 호되게 당한 적이 있어 도리짓고땡 같은 노름은 안 한다고 작심한 터라 우두커니 서서 구경만 하였다.

노름 구경만큼 재미있는 것도 없다라는 말처럼 지켜보는 재미도 역시 여간 쏠쏠하지 않았다.

판이 거듭될수록 안씨가 장을 보았다.

안씨가 따는 돈은 박 사장한테 넘어갔다.

한 사장을 비롯한 여러 사람들은 박 사장으로부터 돈을 빌려 쓰고 모두 잃으면 또 빌려 썼다.

순간 나는 이상한 느낌이 들었다.

슬래브집에서 나와 선생들이 당했던 상황이 똑같이 벌어지고 있기 때문이었다. 또한 내가 아는 한 화투짝이라곤 만져보지도 않은 안씨가 저렇게 큰돈을 따고 있다는 자체가 믿기지 않는다고 생각했다.

참으로 이상한 일이다라는 생각을 하면서 안씨 밑에서 기리를 하는 낯선 사람이 누군가 싶어 그의 얼굴이 환하게 보이는 앞쪽으로 자릴 옮겨 보는 순간 화들짝 놀라지 않을 수 없었다. 그 역시 나와 눈길이 마주치자 움찔 놀라는 기색이 역력하였다.

그는 바로 사기 노름꾼으로 소문난 곰보 청년이었다.

나는 치미는 분노를 가까스로 억누르며 시치미를 떼고 상황을 좀 더 지켜보기로 하였다.

오금이 저린 탓인지 그는 소변을 보겠다며 자릴 일어섰다.

그리고는 박 사장을 향해 의미 있는 눈짓을 했다. 알았다는 듯 고갤 주억거리는 그는 옆문을 열고 나간 그의 뒤를 따라 나갔다.

「안 사장 이제 보니 선순데, 못하는 척하더니 웬 끗발이 그렇게 올라?」

옆에서 구경하던 중년의 남자가 부러운 듯 하는 말이었다.

「그러게요. 화투가 눈이 멀었나 봐요. 나한테만 들러붙으니 말이에요.」

안씨의 능청스러운 대답이었다.

잠시 후 닫혔던 옆문이 열리면서 곰보 청년이 들어와 제자리에 앉자 판이 다시 돌아가기 시작했다.

뒤따라 들어온 박 사장이 내 옆으로 오더니 살며시 내 팔을 잡아끌고 밖으로 나갔다.

「박 사장님, 저 딱지가 여긴 웬일이에요?」

「김 사장, 그렇게 됐어. 모른 척하구 눈 한 번 감아줘.」

작은 소리로 사정하듯 말하는 그는 보라는 듯이 지폐 몇 장을 세더니 내 점퍼 주머니에 찔러 넣으며 다시 말을 이었다.

「이거 커피값 하라구, 그럼 나 자넬 믿네.」

「박 사장님! 이 돈 도로 넣으세요. 내가 이 돈을 받는다면 저 딱지하구 다를 게 뭐가 있겠어요?」

주머니에서 돈을 꺼낸 나는 받지 않으려는 그에게 가까스로 되돌려주었다.

밖에서 한참 실랑이를 벌이고 들어간 후에도 판은 계속 돌아가고 있었다.

곰보 청년은 화투를 치면서도 힐끔힐끔 내 눈치를 살피는 듯하다가 얼굴이 굳어있는 박 사장에게로 눈길이 갔다. 그는 나와 박 사장의 사이가 순탄하지 않았음을 감지하기라도 한 듯 어딘가 평정심을 잃은 얼굴에 화투를 잡은 손도 약간 떨리는 듯하였다.

「이제 그만들 해!」

나는 화투판을 걷어 뒤쪽으로 휙 집어 던졌다.

순간 사람들은 왜 이러냐는 듯 나를 험상궂게 노려보았다.

「아니 이게 무슨 짓이야, 김 사장?」

씩씩대는 한 사장이 원망하듯 나를 올려다보며 하는 말이었다.

「당신들은 지금 사기 노름에 당하구 있는 거야.」

「동생, 그게 무슨 말이야? 사기 노름이라니.」

의아한 표정으로 병수 형님이 묻는 말이었다.

「형님! 모르셨어요? 저 사람이 일류 사기 노름꾼이라는 거….」

사람들의 시선은 곰보 청년을 가리키는 나에게 집중되었다.

「내가 당해봤으니까 알지요. 기리를 해서 한사람한테 몰아주는 속임수에 딩하고 있어요, 지금.」

「아니 그럼 저자가 안씨한테 몰아주고 있다는 거야?」

이번에는 이 사장이 하얗게 눈을 치켜뜨며 물었다.

「그게 아니라면 내가 이러겠어?」

내 말이 끝나기도 전에 칠 듯한 기세로 곰보 청년의 멱살을 움켜쥐는 사람이 있었다. 병수 형님이었다.

「이새끼! 어디 사기 칠 데가 없어서 우리한테 사기를 쳐?」

하며 냅다 그의 뺨을 후려쳤다.

아이구! 하는 비명소리와 함께 그는 뺨을 움켜쥔 채 도망치듯 밖으로 뛰쳐나갔다.

「형님, 한동네 사는 사람들끼리 이러기 있는 거요, 정말?」

어쩔 줄 모르고 전전긍긍하고 있는 박 사장에게 대들 듯이 따지는 한 사장의 분노에 찬 말이었다.

「내가 잘못했네. 자네들 돈 다 돌려줄 테니 날 용서해주게. 내 이렇게 사정하겠네.」

그의 손을 부여잡고 애원하는 박사장이었다. 사람들은 서로의 눈치를 살피더니 그럼 됐다는 듯한 표정으로 고개를 주억거렸다.

며칠 후 나는 한 사장으로부터 걸려온 전화를 받았다.

어느 음식점으로 나오라는 것이었다. 식당의 한쪽 방에는 일전에 고물상 박 사장네 집에서 화투놀이를 하던 일행들이 막 들어서는 나를 반갑게 맞이하였다.

「아니, 오늘은 여기서 한판 하려고?」

나는 놀리듯이 말하며 자릴 넓혀주는 병수 형님의 옆자리에 앉았다.

「김 사장, 정말 고마웠어. 자네가 아니었으면 우리 정말 큰일 날 뻔했어.」

마주 앉은 한 사장의 말이었다.

「나두 다행이다 싶어. 그래 박 사장님하곤 어떻게 정리됐나?」

「응, 빌렸던 돈은 무효로 하구 처음 손해 본 우리 밑천두 모두 돌려받았어.」

「헌데 동생 그런 용기가 어디서 나왔어?」

고마운 듯 두 손으로 내 손을 감싸며 병수 형이 물었다.

「용기라고까지 할 수 있습니까?」

「아니야, 들리는 소문엔 그놈의 똘마니들두 있다는데 해코지라두 당하면 어쩔려구 그랬어?」

「원, 형님두 아무리 못되구 악한 사람이라 할지라도 정곡을 찌르는 사람 앞에선 움츠러드는 것이 사람의 심리 아니겠습니까?」

「우린 그렇게 어려운 말은 모르고 오늘 이 자리는 동생의 고마움에 보답하기 위해 한턱내는 자리니 실컷 들게나.」

　말을 마침과 함께 열려있는 문밖으로 손을 들어 신호를 보내자 대기했던 음식상이 들어오기 시작했다.

　그 후 누군가로부터 고물상 박 사장에 대한 이야길 듣고 가슴 한쪽이 뻥한 허선하고 서운한 마음을 지울 수가 없었다.

　오랫동안 함께 정을 나누던 그가 타 지역으로 이사를 갔다는 소식을 들었기 때문이었다.

물증 없는 고발인

연이틀 내린 한파주의보 속에 전국이 꽁꽁 얼어붙은 한겨울을 입증하듯 새벽부터 펑펑 쏟아지던 폭설은 오전 가까이 그치질 않았다.

차도는 일찍부터 염화칼슘을 뿌리고 제설작업에 만전을 기울인 관계로 차량통행에 불편이 없었으나 사람들이 오가는 이면도로나 인도엔 어느 누구의 표현처럼 쇠 눈깔처럼 반들거리는 눈을 치우지 않고는 가게를 오가는 손님들에게 큰 불편을 주어 쌓인 눈과 밟혀 번들거리는 눈을 치우지 않으면 안되었다.

나는 서 기사와 함께 가게 앞의 눈을 치우고 난 후 그동안 손대지 못했던 가게 안의 물건들과 부자재 등을 차곡차곡 정리하기 시작했다.

「서 기사, 사무실 안에 들어가 몸 좀 녹이자!」

나는 사무실을 향해 걸음을 옮겼다.

가게가 상당히 넓은지라 한쪽에 칸을 막아 별도의 사무실을 만들어 놓은 것이다. 서 기사는 재빠르게 내 뒤를 따랐다.

「난로 기름은 있니?」

「네, 어제 가득 넣어두었어요!」

「그럼 어서 커봐! 오늘 같은 날은 온도 솜 올려두 괜찮아.」

「네!」

그의 대답이 떨어지고 난 잠깐 사이 사무실 안의 냉랭했던 공기는 이내 훈훈해지기 시작했다.

움츠러들었던 몸이 온기가 돌자 갑자기 허기진 느낌이 있어 옆의 벽시계를 보니 시곗바늘은 열두 시를 가리키고 있었다.

「점심 먹으러 가자, 서 기사!」

말이 끝남과 동시에 자릴 일어서는 나를 따라 그도 같이 일어섰다.

음식점까지의 거리는 바로 앞 차도를 건너서 샛길만 지나면 되는 가까운 거리였음에도 불구하고 왠지 멀다 싶게 느껴졌다. 가게 문을 열고 나와서 이곳까지 오는 동안 뭔가 잊고 빠트린 것이 있는 것처럼 허전한 느낌은 정말 알다가도 모를 일이었다.

점심을 끝내고 막 자리에서 일어나려던 참이었다.

밖으로부터 소방차의 긴급 사이렌 소리가 요란스레 울어대기 시작하는데 아주 가까운 거리임이 틀림없었다.

「어디 불났나 봐!」

누군가의 소리를 뒤로하고 나는 황급히 밖으로 뛰어나왔다.

순간 나는 눈앞이 깜깜해지며 「아뿔싸!」 하는 탄식 조를 토해내며 주먹으로 가슴을 쳤다.

하늘을 삼킬 듯한 시뻘건 불기둥과 새까만 연기가 치솟는 지점이 바로 우리 가게가 있는 곳이었으며 난로를 끄지 않은 과열로 인한 화재임을 인지했기 때문이었다.

화재의 진압 시간은 그리 오래 걸리지 않은 듯싶었다.

건물 자체가 조립식 패널로 설계된 구조물에다 단층으로 짜여진 가건물이기에 그러했다.

나는 소방관계자에게 화재 원인이 우리 과실로 난로 과열에 있음을 인정하고 사인을 하였다.

그리고는 같은 건물에 세 들어있던 중고 가구점을 경영하는 아저씨와 유리 가게를 운영하는 심 사장이 입은 피해에 대해 궁금증은 차치하고서라도 우선 사과부터 해야 예의다 싶어 주변을 살피다가 공터에서 가구를 정리하고 있는 아저씨를 발견하고 빠른 걸음으로 다가갔다.

그는 본인을 사장님보다는 아저씨라 부름을 선호하고 당부하였기에 같은 건물에서 이 년여 동안 지내고 있는 현재까지도 나는 변함없이 동일 호칭을 사용하고 있었다.

「아저씨! 많이 놀라게 해드려서 정말 죄송합니다. 피해두 많이 보셨죠?」

「아냐, 아냐. 자네야 말루 얼마나 놀랐나? 피해두 많이 보구 말이야. 난 피해 본 게 없어, 다행히 지나던 행인들이 합세해서 이나마 모두 꺼내줬기 때문이지.」

「그래두 건물을 새로 지을 동안 영업을 못하실 텐데요.」

「내 이 나이 될 때까지 그렇게 계산적으루 살았다면 고래등 같은 기와집 열 채도 더 샀을걸세.」

「고맙습니다, 아저씨! 이 은헨 두고두고 잊지 않겠습니다. 아저씨, 혹시 옆집 심 사장님 못 보셨나요?」

「화재 진행 중일 때 잠깐 보고 못 봤어. 그래두 젊은 사람이라서 그런지 저걸 혼자 꺼내다 놓더구만.」

하며 한곳을 향해 턱짓을 했다.

나의 눈길도 반사적으로 따라 움직였다. 눈길이 멈춘 곳엔 침대용 작은 소파 하나와 조그마한 둥근 탁자, 그리고 뒤로 젖힐 수 있는 스프링 의자 한 개가 투명 비닐에 싸인 채로 덩그러니 놓여 있었다.

「저 사람두 피해는 없다구 봐야 해. 유리 가게라고 해봐야 액자 몇 개하구 유리 몇 장밖에 더 있었나? 주문 조금씩 들어오는 건 그때마다 대리점에서 잘라다가 현장에 가서 끼워주는 바람에 번거롭게 가게에 물건을 쌓아 놓을 필요가 없는 거지. 그러니까 신경 쓸게 없나 싶지 않은 게 내 생각이네만….」

약간 말끝을 흐리며 여운을 남기는 듯한 아저씨의 말을 듣고 나니 왠지 마음이 꺼림칙함을 느끼지 않을 수 없었다. 다음 날 오전이 지나자 임시 사무실로 마련된 컨테이너에 사복 차림의 중년 남자가 나를 찾아왔다.

그는 내가 따라 준 커피잔을 들며 위로하듯 나를 보며 말했다.

「많이 놀랐죠, 어제?」

「네, 저….」

그는 속주머니에서 꺼낸 명함을 내밀며 다시 말을 이었다.

「안성 경찰서 조사계 이 형사입니다.」

「네에, 화재사건 때문에 오셨군요.」

「아녜요, 그거와는 아무런 관계가 없어요, 나는.」

「….」

「유리 가게 심정보 씨가 화재 피해를 봤다는 고발건이 접수됐기에 정식적인 진술은 아니지만 잠깐 내용을 들어봤어요.」

「네, 그러세요?」

「나로선 그 사람의 말만 믿구 고발장을 받아줄 사안도 아닌 데다가 현장두 가깝구 해서 한번 들려봤어요.」

「감사합니다. 그래 피해는 얼마나 봤다구 하던가요?」

「자질구레한 물건은 뇌두구두 현찰루 칠백만 원이 소실됐다고 합니다.」

「네…? 돈을 태워요?」

황망하다 못해 큰 충격에 빠진 나는 한동안 말문이 막혔다가 한

참이 지난 후에 가까스로 다시 입을 열었다.

「아니 불길 속에 돈을 태운다는 게 말이 됩니까, 이게?」

나는 자신에게 항변하듯 그를 보며 흥분을 감추지 못했다.

「그러게 말이오, 나 역시 객관적 판단에서 그 사람 말만 믿구 사건을 접수시킨다는 건 무리라 판단되어 현장을 와본 거에요. 헌데 없어요, 증거가. 말에 의하면 어제 그의 어머니가 사업자금 칠백만 원을 주고 갔는데 마땅히 둘 곳이 없어 목욕용 비닐 손가방에 넣어 옷걸이에 걸어 놓구 점심시간 지나서 은행을 갈려구 했는데 그사이에 화재를 당했다는 거에요.」

「이 형사님, 그 손가방은 비닐의 특성상 아무리 불길이 센 속이라 할지라도 서로 엉겨 붙다가 재가 될 때까지 탄다 해도 흩어지지 않구 덩어리로 남게 되지 않겠어요? 더군다나 속에는 적잖은 지폐뭉치가 지지대 역할을 해주고 있으니 더더욱 확실한 증거를 뒷받침해줄 수 있구요….」

「헌데 타버렸다고 하는 그 비닐 덩어리 자체가 흔적은커녕 아예 없어요.」

「물론 저로 인해 피해를 보신 분이 있다면 어느 분이든 그에 따른 변상은 당연지사죠. 허지만 이건 아무런 증거 없이 고발부터 해놓구 보자는 허무맹랑한 꼼수가 아니구 뭡니까, 형사님? 그리구 저쪽 밖에 있는 의자며 탁자와 소파 침대가 그 사람 물건인데 저렇게 무거운 걸 들어내면서두 가벼운 돈 가방을 챙기지 못했다는 게 말이 되느냔 말입니다.」

「하하, 어딜가두 사건·사고가 있는 곳엔 종종 엉뚱한 일이 벌어지기두 한답니다. 우리 수사관들도 그에 대한 대비는 게을리하지 않구 있어요. 나 역시 형사 생활 삼십 년에 배운 것이라곤 사람 보는 눈밖에 없어요. 걱정 말고 일 열심히 하구 지나치다 싶으면 당당하게 맞대응하세요. 그럼 이만….」

「감사합니다. 안녕히 가십시오.」

나는 저만큼 가는 그의 뒤에다 대고 허릴 굽혀 인사했다.

오후에 그동안 그림자도 볼 수 없었던 심영보가 사무실에 나타났다.

내가 손짓으로 권하는 자리에 앉는 그는 내 눈치를 살피는 듯했다.

「경찰서에 고발장을 제출했다면서요?」

마주 앉으며 나는 정색을 하고 물었다.

「응, 서로 간에 얘기가 통할 것 같지 않아서….」

정확한 출생연도는 모르지만 나보다는 연배일 거라는 사실 하나만으로 그는 처음 이곳에 사업장을 정해 들어오면서부터 나에 대한 존칭은 생략했으며 나 역시 그편이 더 편하고 부담감이 없었다.

「무슨 말입니까? 피해를 봤으면 당연히 보상을 받아야지요.」

「자네가 이렇게 나올 줄 알았으면 내가 왜 경찰서엘 갔는지 후

회스럽네그려.」

「그래, 고발장은 접수된 겁니까?」

그는 머뭇머뭇거리며 대답을 못하였다.

「심 사장님, 세상은 그리 호락호락하지 않습니다. 그리구 법은 그렇게 허술하시도 않구요.」

그는 반응하듯 눈을 치켜뜨며 나를 바라보았다.

「아무런 증거도 제시치 않고 달랑 고발장만 내놓구 갔다면서요. 피해를 봤으면 그에 상응하는 물적증거두 함께 첨부하는 것이 상식적이지 않은가요?」

「불에 타서 없어진 걸 어떻게 내놓으란 거야, 그럼?」

「말 잘했어요. 그럼 옆집 가구점 아저씨두 천만 원 탔다 하구 고발장 쓰면 되겠네요?」

「아니 그럼 내가 억질 부린다는 거야, 지금?」

버럭 성을 내며 대드는 듯한 그의 태도였다.

「오전에 조사계 이 형사님이 다녀갔어요. 현장 감식차 말예요. 고발에 대한 합당 여부는 곧 가려질 테니 왈가왈부할 필욘 없다구 봐요. 그리구 일이 이렇게 된 이상 나두 한마디 하겠어요. 앞으로 경찰서에 물증을 제출하지 못할 경우 이번엔 내가 심 사장님을 고발하겠어요.」

「뭐? 날 고발해…?」

「증거를 대지 못한다면 말예요. 역으로 억지 고발이 공갈죄에 사기죄가 성립된다는 사실쯤은 알구 있을 테니 말입니다.」

그는 얼굴색이 창백하게 변하며 파르르 입술까지 떨리고 있음을 나는 뚜렷이 확인할 수 있었다.

어느 날 업무차 유리총판 사무실엘 들렀다.

「어휴, 김 사장님. 손해 많이 보셨죠? 지역 신문에서 봤는데 피해액이 꽤 많더군요.」

「신문에두 났어요? 전 그런 줄두 몰랐습니다.」

「액땜했다 하세요, 그리구 신년 초부터 큰불 구경했으니 금년에 운수대통할 거에요.」

「감사합니다!」

「헌데 심영보가 고발을 했다면서요?」

「그렇긴 합니다만, 성립이 어려울 거에요.」

「…?」

「어떤 정황적 근거두 없이 막연히 돈이 불에 탔다는 주장만 하구 있어요.」

「삼척동자도 할 수 없는 그런 주장만 되풀이하구 있다는 거죠?」

「네, 전 신경을 안 쓰기로 했어요. 진실은 우긴다구 덮어지는 건 아니니까요.」

「아무렴요. 이 얘긴 안 하려다 김 사장님에게 참고삼아 하는 얘긴데요, 우리 거래처에 그 사람과 알만한 사람이 있는데요. 이곳에 오기 전에 그 사람은 원래 부천에 었었대요. 거기에서도 평판은 좋지 않은 편이었고, 교통사고에 끼어들어 허위 중언을 서다가 들통나는 바람에 안성으루 피신해온 것 같아요. 물론 대리점에 상당량의 미수액도 갚지 않은 건 말할 필요도 없겠죠. 해서 아예 우린 그 사람하곤 거래소자두 안하구 있습니다.」

「네에, 전 처음 듣는 얘기네요. 그저 세상을 정직하게 살아가는 사람으로 인식하구 있었어요. 주일이면 빠짐없이 성경책을 옆에 끼구 교회 가는 모습 하며 사람들에게 공손한 태도를 취하는 걸 보고 인간성이 됐다 싶어 내심 존경하구 있었어요.」

「사기꾼들의 공통점이 있잖아요. 깔끔한 매너에 교회를 나가는 것두 본인의 이미지 변신을 위한 세탁 차원의 일환이 아니겠어요? 종내는 애꿎은 교인들만 손가락질당하게 만든다는 사실을 뻔히 알면서두 말예요.」

「그런 사람이 남 생각한다면 못하죠, 그런 짓.」

「앞으로 유불리에 따라 어떤 잔꾀를 부릴지 모르니 참고를 하라는 뜻에서 들은 대루 알려준 겁니다.」

「감사합니다, 사장님!」

그날 총판 대리점 사장님으로부터 전해 들은 그에 관한 이야기는 혹시 있을지도 모를 논쟁에 대한 참고적인 면도 있을 거라고 생각했다.

허나 그건 기우에 불과했다.

석 달 가까이 새 건물이 세워지는 동안 심영보는 나타나기는커녕 안성을 떠났다는 소문마저 돌았다.

그가 세 들었던 자리엔 목공소가 들어왔다.

「심 사장은 어디루 갔나요, 사장님?」

나는 오랜만에 들린 건물 주인에게 궁금증을 나타내며 물었다.

「응, 언젠가 한 번 전화 왔는데 자기는 다른 지역으루 가니까 대신 세를 놓으라구 하더구먼. 나두 잘됐다 싶어 보증금에서 다 공제하고도 월세를 석 달 치나 못 받았어요.」

「네에….」

짧은 대답의 여운 속에 나는 그가 어디론지 떠났음을 알 수 있었다.

「왜 세상을 그런 식으로만 살아가려 할까?」 하는 얄미운 생각이 들기도 하였으나 또 한편으론 그의 장래가 한없이 걱정되는 안타까움에 연민의 정을 느끼기도 하였다. 이 무슨 아이러니란 말인가? 참으로 알다가도 모를 인간의 모순점이 이런게 아닐까 싶은 생각이 들기도 하였다.

믿었던 윤 사장

이르다 싶은 오전 중이어서인지 다방 안에는 손님이 별로 없었다.

한쪽 테이블에서 친분 있는 분들이 담소를 나누다가 다가서는 나를 반갑게 맞아주며 앉으라고 손을 잡아끌었다.

「일찍들 나오셨네요!」

「우리 같은 백수들이 갈 곳이 있어야지. 밥 먹고 출근하는 곳이 여기 말고 또 있어, 어디?」

「차 주문들 하세요, 오늘은 제가 한잔 사겠습니다.」

물컵 외엔 찻잔이 보이지 않음을 의식하고 하는 나의 말이었다.

「자네두 요즘 어려울 텐데….」

내 입장을 아는 듯한 어느 분의 말이었다.

「하하, 제가 아무리 어렵다기로서니 형님들에게 차 한 잔 대접

못 해드릴라고요.」

「그럼 그럼, 김 사장이 누군데.」

「여기 커피 좀 가져와요!」 하고 내가 소리 높여 주문하자, 「네, 알았어요!」 하는 낭랑한 대답 소리와 함께 미리 준비라도 해놓은 듯 곧바로 찻잔을 가져온 아가씨가 각자 앞에 커피잔을 놓구 종종 걸음으로 물러갔다.

「은행 대출은 끝났나, 박 사장?」

휘저은 커피를 한 모금 마신 중년의 남자가 마주 앉은 젊은 남자(박씨)를 보며 물었다.

「웬걸요. 대출을 장담하던 브로커들한테 경비며 비용만 날린 데다가 시간만 허비하구, 허탕만 치구 말았는걸요.」

「이제라두 알면 됐네. 내 진즉 얘길 해주려다 자네가 언짢아할 것 같아 말을 못 했네만 은행 대출은 당분간 힘들다구 봐야 해. 여러 번 뉴스에도 나왔지만 정부에서 긴축정책을 쓰는 바람에 적은 돈이라두 은행 문턱이 꽉 막힌 상태야.」

「항간에는 전두환 군사정부가 경제정책을 잘 써서 통화량의 순환구조가 순조롭게 지속되다가 이를 방심한 끝에 통화량이 급 팽창해 위험 수위를 넘어서자, 돈의 흐름을 옥조이며 적반하장으로 은근히 정부정책을 자랑하며 국민을 호도하고 있는데 엄밀히 따져보면 그렇지도 않아.」

차 마시는걸 잊은 듯 그들은 하나같이 진지한 태도로 그를 주시하고 있었다.

그는 다시 커피를 후룩하며 한 모금 마시고는 말을 이어나갔다.

「세계 경제의 발목을 잡고 있던 1차 오일파동에 이어 운 좋게도 군사정부 출범 선에 2차 파동이 풀렸잖아. 게다가 정부에선 사회간접자본이라 할 수 있는 외채를 끌어들여 풀어놓는 바람에 그야말로 화폐가치가 떨어지고 환율이 오르며 물가가 꿈틀대기 시작하고 있잖아. 그래서 이러한 현상을 차단하기 위해서 돈의 흐름을 응결시켜놓자 하는 의미에서 가뜩이나 높은 은행 문턱을 턱없이 높여버린 거란 말이야.」

「그렇담 쉽게 풀릴 일두 아니겠구만.」

「그렇다구 봐야지.」

「있는 놈들이야 그러거나 말거나 돈 걱정하겠어, 어디? 우리 같은 서민만 고달프지.」

모두들 하나같이 그의 말을 수긍한다는 듯 고갤 끄덕거렸다.

며칠이 지났건만 박씨 형님의 절박한 음성은 내 머릿속에서 쉽게 지워지질 않았다. 나 역시 어려운 상황을 수없이 겪어 본 터인지라 이해와 동정의 복합적인 감정이 함께 뒤섞였다.

꽤 오랜만에 상경하여 그동안 소원했던 의원회관의 김영광 의원 사무실엘 들렀다.

「그래 별일 없었고?」

「네, 형님. 자주 뵈었어야 했는데 죄송합니다.」

「그렇잖아두 연락을 할까 했는데 마침 잘 왔어!」

「제가 무슨 할 일이라두 있습니까?」

「응, 있다마다. 사실은 이번에 내가 우리 평택의 위인이라 할 수 있는 '민세 안재홍' 선생의 동상을 평택역 광장에 건립 계획을 구상 중에 있어. 선생은 옥고도 여러 번 치른 독립투사이며 탁월한 문장가에다 일제하에서 조선일보 주필과 사장을 역임하고 우리나라 초대 민정장관을 지낸 행정가라는 사실은 우리 고장민들은 차치하고라도 많은 국민이 알고 있는 사실이잖아. 이번 동상 건립의 목적은 선생의 업적을 기리고 더불어 우리 고장의 상징성도 나타내보자는 의미야. 그러자면 우선적으로 교통부 장관의 승인도 얻어야 되고 건립에 따른 비용을 마련하려면 범 시민적인 모금운동이 효과적인데 만일 모자란다면 내가 충당할 마음까지 갖고 있어.」

「정말 좋은 발상이십니다, 형님.」

「그래서 며칠 전에 서울에 살고 있다는 선생의 따님을 만나봤어. 시인으로 많은 활동을 하구 있더구만. 내 의도를 밝혔더니 매우 반가워하며 고마워 하더구만. 이제 남은 가족한테도 동의를 얻어야 되니 자네가 두릉리 생가에 들러 가족들한테 내 뜻을 전해주고 내가 그들과 조우할 수 있는 날짜와 시간을 정해서 연락해줘.」

「알겠습니다, 형님. 저두 의미 있는 일에 동참하는 기분인데요,

하하하. 참, 그리구 형님…!」

「왜? 할 말 있으면 해봐!」

「요즘 은행 대출이 어렵다면서요?」

「넌 뉴스도 안 보니? 전면적으로 꽉 막혔어.」

「네에….」

「그걸 알면서두 묻는 거지?」

「네, 꼭 도와줘야 하는 분이 있어서요.」

「내가 알아보구 우리 김 비서관한테 얘기해놓을 테니까 그리 알어.」

「네, 고맙습니다.」

나는 그 대답이 그렇게 고마울 수가 없었다.

며칠 후 김 비서관으로부터 전화가 왔다. 뜻밖이다 싶게 반가운 내용은 우리 지역엔 아직 지점이 개설되지 않은 관계로 산업은행 명동지점에 들어가 지점장을 만나라는 것이었다.

나는 지체할 틈도 없이 반신반의하는 박씨 형님과 함께 상경하여 지점장실을 노크하고 들어섰다.

중년이 넘어 보이는 지점장은 우리를 깍듯이 맞아주었다.

「사장님들도 아시다시피 은행거래가 최악의 상탭니다만 행장님의 특별지시에 따라 우리가 유사시에 사용하는 '기업구제금융'에서 여신한도를 책정해볼 테니까 서류를 갖춰 제출하십시오.」

그의 말이 끝나기가 무섭게 한쪽에 다소곳이 앉아 있던 여비서가 제법 큰 서류봉투를 가지고 와 내밀었다.

핸들을 잡은 박씨 형님의 입은 쉴 틈 없이 움직였다.

「김 사장, 도대체 난 뭐가 뭔지 모르겠다. 행장이 직접 지시를 내렸다니….」

「형님은 대출이나 받으면 됐지 뭘 그런 것까지 알려구 합니까? 하하하.」

「아무튼 고마워, 돈 나오면 내가 수고비 두둑이 줄게.」

「형님, 농담이라두 그런 말씀 마십시오. 저 그런 거 바라고 앞장선 것 아니니까 다음에 밥이나 한번 사십시오.」

「그래, 그래. 걱정 말고 기다려.」

그는 유쾌하게 웃으며 악셀을 밟았다.

며칠이 지난 후 기다리던 박씨 형님으로부터 전화가 왔다.

「김 사장, 대출 건 없던 일루 해야 되겠어. 동생들의 의견이 분분해서 말이야. 그 돈 찾아다 났다간 쌈박질만 나겠어. 그러니까 그런 줄 알어.」

나의 대답 소리도 듣기 전에 철컥 수화기 끊기는 소리가 들려왔다.

참으로 어렵게 이루어진 기회였지만 나는 개의치 않고 일상에 전념하였다.

「이거 가지고 치료비나 되려는지 모르겠어.」

오래전에 교통사고로 한쪽 다리를 절단하고 의족을 낀 정씨가 사무를 보고 있는 내 테이블 맞은편 의자에 털썩 주저앉으며 하는 말이었다.

「왜요, 누가 다쳤어요?」

「요 넘어 윤 사장 빌라 현장에 정화조 구덩이를 파놨는데 안전 망이 부실했던지 우리 애가 어젯밤에 거기에서 추락했지 뭐야. 다 행히 크게는 안 다치고 약간의 타박상과 다리가 부러졌어.」

「아니 형님, 그게 큰 상처 아니면 어떻게 다쳐야 큰 상첩니까?」

「일부러 그런 것두 아닌데 어쩌겠나? 자기가 지금 워낙 어려워 서 그런다며 십만 원짜리 수표 한 장 내밀며 사정하는데 그거라두 안 받으면 낸들 어떡하겠나 하는 마음으로 받아가지구 나왔어.」

「그 윤 사장이란 사람 우리 지역 건설업자 중에서 제일 잘나간 다구 소문났는데 그렇게 어렵데요?」

「말두 못하나 봐. 이번에 시작한 현장은 평수도 크고 최고급 빌 라로 세대수도 많은데 은행 대출이 막히는 바람에 골조는 절반도 올라가다 말고 철근이 새빨갛게 녹이 슬은 데다가 산더미처럼 쌓 아 놓은 문와구(문틀)는 관리를 잘못했는지 비를 맞아 새카맣게 곰팡이가 낀 채로 현장이 중단되어 언제 시작될지도 모르는 모양 이야.」

「내가 알기로는 그 윤 사장이라는 사람 감투도 많이 썼잖아요, 지역개발위원장에다 체육회장 그리고 힘 있는 정당의 협의회장 등을 비롯해서 여러 자리에 있으면서도 사업이 그 지경 될 때까지 손 놓고 있대요?」

「이 사람아, 그런 것 열 개를 가지고 있으면 뭘 하나? 우리끼리 말하지만 그런 건 돈푼깨나 만지고 폼잡기 좋아하는 사람들이나 하는 거야. 물론 그렇지 않은 사람도 있긴 하지만 말야.」

「그럼 그 사람 대출문제만 해결되면 다시 공사가 진행되겠네요?」

「두말하면 잔소리지. 근데 그게 언제일진 아무도 모르지.」

「그럼 그 대출 내가 앞장서서 받게 해줄 테니까 윤 사장 데리구 오세요.」

「그게 정말이야? 농담 아니겠지?」

내 말이 믿기지 않는다는 듯 가는 눈을 치켜뜨며 그가 물었다.

「제가 언제 형님한테 빈말한 적 있나요, 어디?」

「그럼 내가 얼른 가서 데려올게, 윤 사장을.」

말이 채 끝나기도 전에 그는 사무실 문을 화들짝 열고 나갔다.

그리 오랜 시간이 걸리지 않아 열려져 있는 출입문 안으로 말끔한 차림의 중년 남자를 대동한 정씨가 들어왔다. 얼핏 생각은 나지 않지만 어디서 본 듯한 낯설지 않은 얼굴이었다.

「김 사장, 인사하게. 이분이 바루 윤 사장님이야.」

「안녕하십니까? 사장님의 존함은 익히 들어 잘 알구 있습니다. 그래 대출을 받으신다구요?」

「네, 헌데 정말 받을 수 있습니까?」

그는 반신반의하면서도 설마 하는 표정으로 묻는 것이었다.

나는 준비했던 메모지를 건네주었다.

메모지를 살펴본 후에야 그는 내 말을 인정하듯 나의 얼굴을 바라보았다.

「여신한도는 담보 건의 감정가에 의해 최대한으로 책정될 수 있으니까 서류만 갖춰지면 저하구 서울은행에 같이 가면 됩니다.」

「아니 그럼 은행에서 승인이 떨어졌단 말입니까?」

그는 믿기지 않는다는 듯 다시 물었다.

「네, 걱정 마시고 서류나 빨리해오세요.」

그가 답례하듯 꾸벅 고개를 숙이고 밖으로 나가자 따라놓은 컵의 물을 꿀꺽 삼키고 나서 정씨는 입을 열었다.

「아까 오면서 얘기했는데 대출만 된다면 사례비는 두둑이 내놓는다구 했어. 허지만 사람이 똥 누러 갈 때 다르구 나올 때 다르구, 막상 돈이 나오면 변할 수도 있으니 아예 미리 못을 박을까? 자네는 맘이 약해서 그런 소리 못 할 테고, 아예 내가 나서서 쇼부 볼까? 그전에도 부동산이나 다른 데서두 최하 5부(0.5)씩은 받았는데 그 정도는 달라구 해야 되잖겠어? 그래야 자네한테 소개해준 내 몫도 좀 챙기구, 안 그런가?」

「아니 형님, 우리가 무슨 은행 브로커입니까? 그건 차후 문제고 빨리 수속이나 끝나게 합시다.」

「그렇긴 한데 듣자니 사람이 평이 그리 좋은 편은 아니어서 그래.」

「그래두 큰 사업한다는 사람인데 기본 양심은 가지고 있겠죠, 뭐.」

나는 퉁명스럽게 그의 말을 반박하듯 쏘아붙였다.

윤 사장이 제출한 담보 물건은 큰 상가건물을 비롯한 여러 채의 단독주택이 있어 감정가가 상당한 액수에 달할 것 같았다. 서류심사를 하는 동안 지점장을 비롯한 대출담당 직원에 이르기까지 남다른 친절과 호의적인 태도를 보여 그는 이게 어쩐 일이냐 싶은 듯 어리둥절한 표정이 역력했다.

다 끝나나 싶었던 서류심사에 돌발변수가 발생하였다. '기업구제특별금융대출'이란 명칭에 맞게 거기에 해당하는 사업자 등록증을 제출하라는 것이었다.

난감해하는 그의 얼굴을 보면서 일이 꼬였음을 직감한 나는 그가 그 서류를 구해오기만을 기다렸으나 시간만 흐를 뿐 별다른 대안을 제하시지 못했다.

「윤 사장님, 우리 건축업계에 수십 가지 분야가 있습니다만, 앞으로는 모르지만 현재로 봐선 거의가 개인사업면허이고 그중에서 유일하게 블럭공장만이 제조업으로 등록이 되어 있는데 거래하는 업체에다 대여 좀 부탁하면 안 되겠습니까?」

풀이 죽어 나타난 그에게 내가 알고 있는 상식선의 이야기를 해주었다.

「그렇잖아두 몇 년 거래를 하구 또 앞으로도 수없이 거래를 해야 되는 곳에 부탁을 했는데 일언지하에 거절만 당했어요. 마음 같아선 대여료라도 주고 빌렸으면 하는데 모두가 고갯살만 흔드는데 막막하기만 합니다.」

설망에 가까운 그의 탄식 어린 소릴 듣고 있는 순간 나의 뇌리를 번개처럼 스치는 생각이 떠올랐다.

「윤 사장님, 이게 가능할진 모르지만 예전에 제가 알루미늄 대리점을 운영하면서 등록해놓은 사업자 등록증이 있습니다. 만일을 몰라서 폐업처리를 안 했는데 이거라두 한번 제출해볼까요?」

그는 침울했던 얼굴에 금방 화색이 돌았다.

「이 정도면 된 것 같습니다.」

노란 봉투 속에서 꺼낸 나의 사업자등록증을 보고 한동안 생각 끝에 대출담당 직원이 하는 말이었다.

「아시리라 믿겠지만 이렇게 되면 김 사장님이 화주가 되고 윤 사장님이 담보제공자가 되는 겁니다.」

나는 미처 몰랐던 사실을 그의 말을 듣고서야 알게 되었다.

「이제 감정원에서 감정가가 나오면 우리 은행에서 자체 감정을 한 번 더 거치게 된 후 바로 지급될 테니 연락 가면 신분증하고 도장만 가져오면 됩니다. 그리고 어려운 시기에 돈을 많이 가져가시는데 저희 실적 관계도 있고 하니 형편대로 적금이나 하나 들어주시면 고맙겠습니다만….」

나의 처분을 바라는 듯 그의 음성은 매우 차분하고 태도 역시 겸손하였다.

나는 참으로 난감했다. 내 돈이나 같아야 대답을 할 수 있지 않은가 말이다.

나는 용기를 내어 차분히 응답했다.

「그게 관례인 줄 압니다만, 저희가 처음 시작하는 사업이라서 앞일을 예측키 어려워서 그러니 상황이 좋아지면 그때 꼭 들어드리겠습니다.」

약간은 서운한 기색이었으나 그는 알았다는 듯이 엷은 미소와 함께 고갤 끄덕였다.

「김 사장님, 참으로 어려운 일을 끝내주어서 고맙습니다. 답례는 어떻게 해드릴까요?」

아침 일찍 내 사무실에 찾아온 윤 사장의 말이었다.

나는 미리 생각해두었던 이야기를 꺼내기 시작했다.

「윤 사장님, 제가 어떤 대가를 생각하고 주선한 건 아닙니다만 저를 도와주시는 셈 치구 이번 공사에서 잡철물과 창호공사를 저에게 주신다면 더없이 고맙겠습니다만….」

말끝을 맺지 못하는 내 시선이 그의 표정을 살필 겨를도 없이 그의 대답은 의외로 빨랐다.

「이를 말입니까? 김 사장님의 은공을 생각하면 이번 일뿐이 아니구 앞으로 하는 일에 대해서두 얼마든지 함께할 것이니까 그 점

에 대해선 염려 마십시오. 그리구 현재 계약되어 있는 각 분야의
업체들은 대물 공사인데 김 사장님만은 특별히 현찰 공사로 돈이
필요할 땐 선지급이라도 해드릴 테니 어느 때고 자금이 필요하면
말만 하시오.」

「고맙습니다, 사장님. 그리구 한 가지만 더 말씀드리겠습니다.」

「무슨 말인지.」

「저한테 사장님을 처음 소개한 그 형님 있잖습니까?」

「아! 정씨말이죠?」

「네, 사장님께서 도와주시는 셈 치고 현장에서 공사 끝날 때까
지 만이라두 함바집을 운영할 수 있도록 해주신다면 어떻겠습니
까?」

「그렇잖아두 누가 얘기하는 사람이 있었는데 김 사장님 말대루
해드리죠.」

「고맙습니다, 사장님!」

이 사실을 알게 된 정씨는 기쁨을 참지 못하며 연신 나의 두 손
을 잡고 감격스러워하였다.

어느 날 정씨와 윤 사장이 멱살잡이를 하고 큰소리로 현장이 떠
나갈 듯 고함을 지르며 싸우고 있다는 소리를 듣고 나는 부리나케
달려가 보았다.

현장 사무실은 이미 유리창이 박살 나고 정씨의 우람한 손에 목
덜미가 잡힌 윤 사장은 숨도 못 쉬는 듯 꽥꽥거리고 있었다. 나와

인근의 인부들이 사력을 다해 간신히 뜯어말려 놓자 정씨의 흥분된 목소리가 화력을 발산하는 기관포처럼 튀어나왔다.

「아, 나보구 함바집을 하라구 해서 없는 돈에 집기며 의자까지 모두 갖춰놨는데 오늘 와보니까 다른 사람을 들여놨잖아. 이렇게 약속을 어기고 경우도 모르는 무지막지한 놈이 또 어디 있느냔 말이야. 요놈 새끼 아직 임자를 못 만났는데 버르장머리를 고쳐놔야겠어.」

흥분을 감추지 못하고 거친 숨을 몰아쉬는 그를 보며 나는 마음이 착잡했다. 약속을 번복한 윤 사장의 태도를 보고 실망이 컸기 때문이었다.

그는 저항도 못 하고 숨이 막힌 듯 꽥꽥거리고만 있었다.

나는 황급히 안으로 들어온 인부들과 함께 간신히 두 사람을 뜯어말렸다. 무슨 영문인진 몰라도 한참이 지난 후에도 분이 풀리지 않은 듯 씩씩거리고 있는 그를 피해 어디론가 자취를 감춰버린 윤 사장이 보이지 않자 그는 피우다 만 담배 꽁초를 바닥에 내동댕이치며 쓱쓱 발로 비벼끄며 입을 열었다.

「김 사장 생각해보게. 이××가 이렇게 나쁜 놈인 줄은 몰랐어. 함바를 준비하려구 일수까지 얻어 그릇이며 의자까지 모두 준비해놓구 쌀집이며 부식 가게에다 모두 부탁까지 해놨는데 벌써 다른 사람이 들어와서 영업을 하구 있잖아. 그러니 내가 눈에 쌍불이 안 켜지겠어?」

「그럼 지금 하고 있는 밥집이 형님이 하고 있는 게 아니란 말이에요?」

나는 어이가 없어 정색을 하고 물었다.

「그러니까 네기 이 지랄하고 있지, 새끼가 사정이 있으면 미리 말을 해줘야 준비를 안 하지.」

「그러게 말입니다. 나한테두 아무 얘기가 없어서 난 형님이 잘하구 있는 줄 알았죠.」

「새끼가 자네나 나나 사람을 우습게 보구 있기 때문이야. 어디서 무슨 짓을 하다 굴러들어온 지 모르는 놈이지만 이참에 아주 버르장머릴 고쳐놔야겠어. 자넨 어떻게 일을 하기루 한지 모르지만, 내 꼴 당하지 않으려면 마음 단단히 먹구 상대해야 될 놈이야. 내 말 명심하라구.」

나는 뭐라 대답도 못 한 채 사무실에 돌아와 백번을 생각해도 윤 사장의 행동거지를 이해할 수 없었다.

「우선적으로 천만 원 정도는 주셔야 되겠습니다.」

이제 우리가 작업을 시작할 때가 되자 사무실을 찾아온 윤 사장에게 한 나의 말이었다.

「그럴 줄 알구 이걸 가져왔네.」

윤 사장은 양복 안주머니에서 봉투를 하나 꺼내밀었다.

나는 돈 봉투임을 직감하고 내용물을 꺼내 살펴보니 오백만 원의 수표 한 장이었다.

「이거 가지구 턱없이 부족한데요, 사장님.」

「김 사장, 우선 그거가지구 시작하면 내 풀리는대루 또 바로 해줄게.」

「알겠습니다.」

나는 더 말을 붙이지 못하고 그의 뜻에 순순히 응했다.

일차적으로 청구액의 반밖에 안 되는 돈을 가지고 자재를 들여와 시공을 하고 나니 또 바로 다음 자재가 들어와야 하므로 청구서류를 넣었는데도 수일이 지났음에도 불구하고 그로부터는 아무런 반응이 없자 참지 못하고 나는 분양실을 찾아갔다.

「김 사장, 공사가 막바지에 와서 자금이 고갈된 상태여서 그러는데 이제 분양 시기가 곧바로 다가오니까 어렵지만 자네가 좀 융통해서 빨리 마감 좀 해주게나. 그리하면 거기에 대한 이자는 내가 부담할 테니 말이네.」

사정하듯 하는 그의 모습이 애처롭기까지 해 나는 더 이상 말을 붙이지 못하고 되돌아 나와야만 했다.

아니한 말로 혹 떼러 갔다가 혹 붙이고 나온 결과가 되었다.

하는 수 없이 처갓집과 출가한 누나들에게 자금을 융통해서 가까스로 공사를 마치게 되었다.

현장소장과 함께 물량을 확인하고 내역서를 제출한 지가 꽤 오래되었고 그사이 준공검사가 끝났다는 소식이 들리는데도 윤 사장으로부터는 가타부타 전화 한 통 없었다.

「공사를 끝냈으면 돈을 받아야지. 준공검사 끝난 지가 언젠데 지금까지 못 받았단 말이야?」

모처럼 다방에서 만난 정씨가 현재 내가 처한 입장을 듣고 바보 같다는 어투로 말했다.

「네, 며칠만 더 기다려보다가 아무런 반응이 없으면 쫓아가 결말을 봐야겠어요.」

「더 기다릴 게 뭐 있어. 오늘이라두 당장 쫓아가! 집두 그리 옮겼다던데.」

「그래요? 저는 전혀 모르구 있었는데요.」

「급하지 않구만, 아직까지 그것두 모르고. 자네 그러다가 골탕 먹어. 빨리 지금이라두 가봐!」

그의 말이 옳다 싶어 벌떡 자릴 일어나 그가 이사했다는 집을 물어 찾아갔다. 위치가 제일 좋아 보이는 이층이었다.

「김 사장, 집으로 한 동 가져가야겠어.」

「무슨 말입니까, 그게?」

「분양을 하기 시작했는데 신통치 않아서 그러니 막연히 기다리는 것보다 등기를 이전해가서 김 사장이 들어와 살든지 아니면 매매를 해두 되잖겠어?」

「그럼 나두 다른 업자들처럼 대물로 가져가란 말 아닙니까?」

생각지도 못했던 그의 말을 듣고 나도 모르게 버럭 화를 내듯이 쏘아붙였다.

「김 사장한텐 염치없는 소리 같지만 내 형편이 필 때까지 무한정 기다리는 거보다 그편이 더 빠를 것 같아하는 소리니 너무 노여워 말게.」

지금 지불능력이 없으니 대물로 가져가기 싫으면 무한정 기다려야지 별수 있겠느냐는 그의 계산된 속셈임을 모를 리 없을 만큼 나는 둔하지 않았다.

그렇지만 나는 더 버틸 용기가 없었다. 빨리 본값에 처분을 해서라도 처갓집과 누나들의 돈을 갚는 게 급선무였기 때문에 억지 춘향이식의 집주인이 되어야 했다.

현찰 공사로 분양가도 몰랐던 나는 대물 업자들의 계약서를 보고 동당 삼천삼백만 원이란 사실을 알았다.

계산은 서로 주고받을 것도 없이 딱 맞아떨어졌다.

처음 그로부터 물건값으로 받은 오백만 원과 제출된 내역서의 공사 금액이 삼천팔백여만 원이어서 골치 아프게 따질 필요가 없었던 것이었다.

여기저기 알만한 부동산과 지인들에게 매매를 부탁해 놓은 지가 꽤 오래되었건만 팔릴 기미는 조금도 보이지 않았다.

그런 현상은 나뿐만이 아닌 다른 업자들도 마찬가지였다.

헌데 이상한 현상이 벌어지고 있었다.

윤 사장이 관여하고 있는 집은 심심찮게 매매가 이루어지고 있다는 것이었다.

나는 이유를 알고자 잘 아는 부동산을 찾아갔다.

「형님, 윤 사장네 집은 벌써 여러 동이 팔렸다는데 왜 저한테는 전화 한 통두 없습니까?」

「자네가 내놓은 가격이 삼천삼백이라구 했지?」

「네, 그게 분양받은 금액 그대로예요. 그 금액 받는다 해두 세금 내고 하면 그만큼 손해 보는 줄 알면서두 어쩔 수 없는 형편이라 분양가대로 내놓은 겁니다.」

「그건 나두 아는데 그 가격 받으려면 몇 년이 가도 못 팔아, 그 집.」

「왜요? 무슨 이유라도 있나요?」

「윤 사장은 지금 삼천만 원에 매매하고 있어.」

순간 나는 눈앞이 아찔하여 그 자리에 쓰러질 것만 같은 충격을 느꼈다.

「이거 보라구. 오늘도 한 동 계약한 서류야.」

입증이라도 하듯 서류철을 펴 보이며 보라는 듯이 내 앞에 내밀었다. 틀림없는 사실이었다.

「간교한 새끼!」

순간 나도 모르게 무의식중에서 그를 증오하는 듯한 욕설이 튀어나왔다.

이를 알게 된 업자들의 분노 역시 나와 다를 바 없었다. 저녁에 나를 비롯한 다수의 업자들이 그의 집을 찾아갔다.

그는 어디서 술을 마셨는지 취기 어린 혀 꼬부라진 소리로 앉지도 않고 씩씩거리고 서 있는 일행들을 올려다보며 입을 열었다.

「웬일들이시오?」

그는 아무렇지도 않다는 듯 태연자약한 태도를 보였다.

「몰라서 묻는 거야? 서로의 공동이익을 위해 하청업체들을 끌어들여 이용해 먹고 뒤통수를 치는 사람이 사기꾼이 아니구 뭐란 말이요?」

누군가가 흥분된 어조로 일갈하였다.

「뭐요, 사기꾼이라구? 아니 내가 뭘 사길 쳤단 말이야?」

발끈하며 따지듯이 묻는 그의 음성은 톤이 높아졌다.

「힘들게 일한 하청업체엔 분양가를 높여놓고 뒤에선 가격을 낮춰 팔아먹는 당신 같은 사람이 사기꾼이 아니구 뭐란 말이요? 그것도 삼백만 원씩이나 차이가 나게 팔아먹는 처사가 그보다 더 악랄한 법이 어디 있냔 말이요.」

「맞아요, 나만 살구 보자는 파렴치한보다 더 악랄하다는 소릴 듣기 전에 우리에게 삼백만 원씩 돌려주시오. 서로 간에 좋게 끝내려면 말이오.」

이번에는 내 옆에 있던 사람이 거들 듯 나섰다.

「아니 작당들하구 몰려와서 위협한다구 해서 내 눈썹 하나 까딱할 줄 아시오? 내 집 내가 좀 아쉬워서 싸게 팔았다기로서니 그게 잘못이란 말이오? 당신네들 그렇게 억울하면 고소를 하면 될

게 아니오, 고소를….」

너나 할 것 없이 모두가 말문이 막히는 표정들이었다.

「허, 사람 미치겠구만. 개돼지하구 얘기하는 것두 아니구….」

「누가 아니래. 믿구 일한 우리가 잘못이지.」

「어쩌겠어. 등기까지 다 이전된 마당에 미친개한테 물린 셈 쳐야지.」

「그러게 말야. 운이 나빠서 부도 한번 맞은 셈 쳐야지 별수 없을 것 같아.」

하는 수 없다는 듯 저마다 체념하는 듯 한마디씩을 하며 허탈해했다.

몇 년 후 나는 사무실을 안성으로 옮긴 탓으로 예전에 가깝게 지내던 주위 사람들과는 얼굴 한번 제대로 대면할 시간조차 없는 속에서 어느 날 이웃의 결혼식장에서 정씨를 만나게 되어 참으로 오랜만에 다방에서 차를 한잔 마시게 되었다.

나는 왠지 윤 사장에 대한 궁금증이 일어 그에 대한 이야기를 물었다.

「그 사람 죽은 거 몰랐어?」

「아니, 죽다니요. 멀쩡한 사람이 왜요?」

「예전에 빌라 분양을 끝내구 충북 진천에다 규모가 큰 골재 허가권을 따냈는데 장마가 길어지는 바람에 사방에 둑이 무너지구 여기저기 산사태가 일어나 토사가 유실되어 모래가 뒤덮여지는 바람에 건축용으로 부적격한 떡모래가 되었다는 거야. 한마디로 말해서 폭삭 망한 거지. 그 뒤 너무 고민을 해서 그렇다는 말이 있는데 무슨 암에 걸려서 시름시름 앓다가 이년 전에 죽었다는 거야.」

「결국 그렇게 되었군요. 하는 짓거리는 미웠으나 막상 그리 되구 보니 안됐네요.」

「옛말이 틀림없어. 자업자득이야.」

「사모님은요?」

「나두 말만 들었는데 어느 변두리 쪽에선가 포장마차를 하구 있단 소릴 들었어.」

순간 나는 그에 대한 지난날의 서운함과 미운 감정이 일시에 사라지며 가슴 한편에 가엽고 측은한 일말의 감정이 일기도 하였다.

눈물의 보헤미안

임하. 그는 영화계에서 모르는 사람이 없을 정도로 널리 알려진 시나리오 작가이다. 1963년 조선일보 신춘문예 시나리오 부문에 「성난 능금」으로 당선된 이후로 본격적인 작품활동에 들어가 「바람난 고양이들」, 「청춘은 목마르다」, 「가짜 여대생」, 「달려라 만석아」, 「깊은 숲속 옹달샘」, 「내 인생은 나의 것」, 「비 내리는 장충단 공원」, 「들개」, 「학사주점」, 「O양의 아파트」, 「배만 나오면 사장이냐」, 「당신만을 사랑해」, 「맨발로 뛰어라」 등을 위시해서 80여 편의 시나리오를 남겼지만 정작 그의 신상에 대해서는 구체적으로 알려진 사실이 별로 없었다. 그가 현역으로 활동한 시기는 물론 1990년대 중반 사실상 휴면기로 들어간 뒤에도 베일에 싸인 신비주의를 유지했다. 그가 언제 어디서 어떻게 살았다가 죽었는지 생년월일은 물론 어디에서 태어났는지도 정확하지 않았다. 한 가지 분명한 것은 본명인 '조효송'으로 1957년 월간 현대문학에

시 추천을 통해 문단 진출의 발판을 마련하고 시나리오를 쓰면서 '임하'라는 예명을 사용하였다는 것이었다. 그러니까 시를 발표할 때는 본명을 쓰고 시나리오를 내놓을 때는 예명을 썼던 것이다. 생년 역시 1933년 또는 1936년과 1939년생으로 국어 문학사전에 기록되어 있는데 어느 연도에 해당되는지 알 길이 없었다. 출생지도 서울 용산구 한남동으로 되어 있으나 본인은 일본 도쿄에서 태어났다고 했다. 그런데 그의 한 지인은 그의 고향이 함경도라고 주장했다. 이렇게 기초적인 신상조차 서로 다르게 기록되어 있었다. 내가 그와 인연을 맺게 된 것은 1970년도 초였다. 당시 영화전문지인 영화잡지사로부터 시나리오 원고 청탁을 받았을 때였다. 마침 완성된 작품이 있어 원고를 가지고 잡지사에 찾아갔다. 충무로 입구의 이면도로 옆에 있는 5층 건물 3층에 위치한 잡지사 문을 열고 안으로 들어선 내 시야에 사무에 여념 없는 직원들의 모습이 들어왔지만 그중에서도 유독 돋보이는 사람이 있었다. 앞쪽 도로변 창가의 넓은 데스크 앞에 빨간 스웨터를 걸치고 귀밑까지 내려온 치렁한 머리를 약간 감아올린 파마에 잠자리 눈마냥 동그란 검은 테 안경을 쓰고 집무를 보고있는 사람이 '임하'라는 사실을 안 것은 한 직원이 나를 그에게 안내해준 뒤의 일이었다.

「난 여기 직원이 아니야. 편집장인 친구가 개인 사정이 있기 때문에 잠시 일을 봐주고 있을 뿐이야.」

「아, 그러세요?」

대화가 이어지는 동안 한 여직원이 쟁반에 가져온 커피잔을 앞에 놓고 총총걸음으로 물러갔다.

「자, 마셔!」

그가 잔을 들며 한 말은 존칭어가 붙지 않은 어투였으나 왠지 내 마음을 편하게 해주었고 어떤 체면에 의한 격식이나 절차의 번거로움에서 벗어난 자유로움이 친밀감마저 느끼게 해주었다. 「네.」 하는 대답과 함께 잔을 들어 소리를 죽여 후룩 한 모금 마셨다.

「나하고 나이 차가 많이 나는 것 같아서 말 놨는데 괜찮지?」

「그럼요, 형님!」

나도 모르게 튀어나온 형님이란 소리에 그는 마음에 드는 듯 빙그레 웃으며 입을 열었다.

「누구한테서도 들어보지 못했던 반가운 소리야. 앞으로 자주 만나게 될 텐데 계속 그렇게 불러줘.」

「알겠습니다. 형님!」

「그리고 신필름 현상공모에서 뽑힌 자네 작품도 보고 기사도 읽었는데 일을 하면서 글을 쓴다면서?」

「네, 그렇습니다.」

「어떤 일?」

「건축에 관한 일부분입니다.」

「정말 대단하다고 생각했어, 자네가. 이 바닥엔 괴짜들이 많아.

시나리오 한두 편을 내놓고 작가임네하고 폼재며 아까운 시간을 허비하고 있는 사람들이 의외로 많거든. 차분함 속에서 힘껏 일하고 열심히 써봐. 그 속에서 얻어지는 체험과 진솔함이 글을 쓰는 데 있어서 큰 도움이 될 수 있을 거야.」

「명심하겠습니다. 형님!」

「오늘은 처음 만났기 때문에 자네라고 칭해줬지만 이후부터는 너라고 할 거야.」

「두말하면 잔소리지요.」

나 역시 죽을 맞추는 격의 없는 말로 화답했다. 그 후 나는 형님의 추천으로 시나리오 작가 협회의 일원이 되었다. 많은 회원들은 형님과 나를 단짝이라 불렀다. 내가 협회에 들어가기 전 그는 늘상 외톨이 신세였다고 한다. 회원들의 하나같은 입에 따르면 그는 누구와 어울리기를 싫어했으며, 홀연히 사라졌다 예고 없이 나타나는 기이한 행적을 두고 사람들은 그를 이름 대신 '보헤미안'이라 불렀다. 그러나 그 수식어는 그리 오래가지 못하고 이번엔 '눈물의 보헤미안'으로 바뀌었다. 사연인즉 내가 그를 알게 된 훨씬 이전 그는 「슬픔은 강물처럼」을 각색한 자작 시나리오의 주인공으로 출연하여 연예계에 크나큰 반향을 일으키면서 슬픈 영화의 주인공으로 각인되어 붙여진 닉네임이었다. 훤칠한 키에 빼어난 마스크는 누가 보아도 연기자로서도 손색이 없을 정도였다. 때문인지 간혹 그와 내가 충무로 다방이나 명동의 커피숍에서 만날 때면 한다는 배우나 탤런트들이 그를 향해 꾸벅꾸벅 고개 숙여 인사를 하고 지나가는 것을 수없이 목격했다.

「야, 우리 다음에 만날 땐 이런 데서 말고 다른 데서 만나자!」

일일이 인사받기가 부담스러운 듯 그가 하는 말이었다.

「다른데 어디서요?」

「충무로 1가에서 3가까지의 다방에는 사람들(영화인)이 너무 많고 4가 스카라극장 아래쪽에 평화다방이 있는데 그곳에서 만나자.」

「그곳엔 사람들이 없나요?」

「간혹 있긴 하지만 일반인들이 거의 전부야.」

「알겠습니다.」

그 후부터 평화다방은 그와 나의 아지트가 되었다. 어느 날 휴일이어서 친구들과 고스톱을 치고 있는데 형님이 내려오셨다. 내가 그를 맞이하기 위해 자리에서 일어서려 하자 그는 뜻밖이다 싶은 말을 하였다.

「내가 그 자리에 앉아서 대신 좀 쳐두 되니?」

「형님도 고스톱을 쳐요?」

「난 사람 아니니?」

의외다 싶어 놀란 토끼 눈이 되어 묻는 내가 되려 이상하다는 듯 되묻는 그의 말이었다. 친구들의 양해를 얻어 합석이 이루어지고, 그의 솜씨는 나의 우려를 불식시키는 데 충분하리만큼 보통이 아니었다. 두어 시간 지났을 무렵 그는 친구들에게 잘 놀았다는 인사를 하며 자리에서 일어났다. 나는 그와 함께 근처의 커피숍에서 대화를 나누었다.

「어디 가시는 길에 들리셨어요?」

「응, 작품 마감을 위해 도고온천호텔에 가는 길에 네 생각이 나서 들렸어. 내가 거기에 가는 건 너만 아는 사실이니 누구한테도 비밀로 해야 돼.」

「알았습니다. 헌데 형님 고스톱 실력이 보통 아니시던데 언제 그렇게 배우셨어요?」

「야, 작가가 꼭 글만 쓰라는 법 있니? 얼마 전에 해외토픽에 났잖아. 프랑스 여류작가 '사강'도 포커를 하다가 적발됐다고. 그도 우리와 같은 심리에서였을 거야. 남의 돈을 탐하기보다는 즐기는 차원에서였을 거라고 말이야. 사람이 인간관계를 형성함에 있어 화투놀이보다 효과적인 게 없는 것 같아. 서로 낄낄거리며 김밥 사다 먹어가며 밤을 새운 다음 새벽에 발가벗고 사우나탕에 들어가서 서로의 등을 밀어주고 난 후의 사이는 더 이상 말이 필요치 않을 관계일 테니 말이야.」

「역시 형님은 작가이십니다.」

비록 우스갯소리인 듯하였으나 인간사회에서 더없이 중요한 관계에 대한 사안을 관통하는 그의 예리한 혜안에 나는 혀를 내두르지 않을 수 없었다. 일주일이 어제 같고 한 달이 그제 같은 정신

없이 빠른 시간 속에서 그와 연락이 끊긴 지도 언제였나를 모를 정도로 감각조차 느끼지 못할 만큼 몇 개월이 금방 지났지만 그로부터는 절교를 선언한 사람처럼 한 통의 전화도 오지 않았다. 그럼에도 불구하고 협회나 감독들 그리고 관계있는 영화사들로부터는 마치 내가 그의 대변인이라도 되는 양 소식을 물어보곤 하였다. 대개 작품에 관한 사안과 계약에 대한 내용으로 화급을 요하는 것들이 대부분이었지만 일일이 말대답을 해야 하는 내 고충도 이만저만이 아니었다. 나는 참으로 알 수 없는 그의 기이한 행동에 대해 온갖 추리력과 상상력을 동원하여 보았지만 도저히 풀리지 않는 수수께끼처럼 답답하고 안타까운 마음만 더할 뿐이었다. 오늘은 안양건설 현장에서 안전교육이 실시되는 날이어서 가벼운 작업복 차림으로 집을 나왔다. 교육이 끝난 시간은 오후 3시경이었다. 혹시 집에 무슨 일이라도 있었나 싶어 눈앞에 들어오는 공중전화 박스에 들어가 다이얼을 돌렸다. 발신음이 끝나면서 내 목소리를 듣는 순간 와이프의 음성이 먼저 들려왔다. 아침에 내가 집을 나온 바로 뒤에 그로부터 전화가 왔다는 것이었다. 나는 혹시나 싶어 평화다방에 전화를 했더니 내 예측은 빗나가지 않았다.

「그래, 어디니 지금?」

「안양입니다. 안전교육을 받고 내려가려던 참에 전화드린겁니다.」

「나 안 보고 그냥 갈래?」

「옷도 작업복 차림이고 꼴도 우스워서요. 오늘 내려갔다 내일 올라갈게요.」

「너와 나 사이에 모양 따졌니 언제? 기다리고 있을게 얼른 와!」

다분히 명령조에 가까운 그의 말을 어길 수 없어 지나가던 택시를 세워야 했다. 이층 계단을 올라서서 다방 안으로 들어서니 저편 한쪽에 앉아 있던 그는 벌써 나를 발견하고 팔을 치켜들며 오라는 손짓을 했다. 내가 그쪽을 향해가는 동안 여기저기 앉아 있는 깔끔한 차림의 다방객들은 예사롭지 않은 나의 차림새가 이상하게 여겨진 탓인지 힐끔힐끔 경계하듯 쳐다보기도 하였다.

「우와! 정말 근사하다 네 모습.」

가벼운 악수와 함께 마주 앉은 나를 보며 그가 하는 말이었다.

「놀리시는 건 아니죠?」

「내가 언제 허튼소리 하는 거 봤니? 지금 네 모습을 보고 있노라니 예전 내가 도쿄에 있는 착각 속에 빠져있는 기분이야. 그곳에서 마치 고향의 흙냄새를 맡는 기분이다.」

나는 그의 말뜻을 이해할 수 없어 멍하니 응시만 하고 있는데 그의 입술은 또 움직였다.

「앞으로 나하고 만날 때는 꼭 이 차림으로 나와줄 수 있겠니?」

「저야 괜찮지만 형님 위신문제에 흠이 되지 않을까요?」

「건 염려 말고 내 뜻대로만 해줘!」

「네, 알겠습니다.」

「참, 그리고 네 희곡 머지않아 막이 오른다면서?」

「어떻게 아셨어요?」

「난 신문도 안 보고 사는 두더진 줄로 아니? 그래, 초청장 보내 줄 거지?」

「형님 아니면 누구한테 보내게요.」

「정말 대단하다. 일하면서 작품을 쓴다는 거 너를 보면서 알았다.」

「부끄럽게 그런 얘긴 왜 하세요? 형님에 비하면 조족지혈인데요. 이번에 끝낸 영화는 어떤 내용이에요?」

「내용은 차후 영화를 보면 알 거고, 제목이 좀 특이해.」

「궁금한데요.」

「현재까지 우리나라에 상영된 영화 중에서 이처럼 긴 제목의 영화는 없었다는 게 중론이고 세계 영화사를 살펴봐도 마찬가지란 사실이야.」

「빨리 얘기해주세요!」

나의 치근댐에 눈을 지그시 감으며 시상에 잠기는 듯하더니 그는 이내 입술을 움직였다.

「눈으로 묻고, 얼굴로 대답하고, 마음속 가득히 사랑은 영원히…. 어때 길지?」

「네, 한 편의 시를 감상하는 느낌이네요. 그래 히로인은 누구로 정해졌나요?」

「응, 우연정이야.」

우연정, 그녀는 당시 최고의 인기를 구가하고 있던 여배우였다. 그 후 나는 시어와 같은 제목의 영화를 시사회에서 감명 깊게 관람할 수 있었다. 꽤나 긴 세월이 흐르는 동안 사업적으로 우여곡절을 겪으면서 활동이 뜸한 관계로 협회와의 거리도 뜸해지고 그와의 관계도 소원해졌다. 어느 날엔가 불현듯 그의 생각이 떠올라 협회에 전화를 하였다. 가까이 지내던 선배님들 대부분이 은퇴를 하셨거나 현역에서 물러나 있었고 더러는 작고하신 분들도 있었다. 때문에 그에 대한 이야긴 꺼내지도 못했다. 젊은 날에도 행방을 노출시키지 않았는데 나이 들어서야 오죽했겠느냐는 생각에서였다. 하지만 나는 최대의 인내심을 발휘하여 그를 마지막 본 사람만이라도 알고 싶어 열심히 수소문한 결과 대종상 사무국에 계시는 최석규 선배님으로부터 그의 마지막 소식을 듣는 순간 허탈감을 이겨내지 못하고 풀썩 자리에 주저앉고 말았다. 1990년대 중반쯤 핼쑥하고 야윈 모습으로 협회에 모습을 보인 후로 그 누구도 그를 본 사람이 없는 데다가 작품도 내놓지 않는 걸로 보아 죽은 건 확실한데 언제 어디서 죽었는지조차도 아는 사람은커녕 기별해주는 사람조차도 없다는 것이었다. 나는 예상 가능한 일이라고 생각했다. 설령 그에게 무슨 일이 있었다면 나한테도 기별이 왔을 거란 확신이 있었기 때문이었다. 그날 저녁 나는 장롱 서랍 속에 깊숙이 넣어두었던 나의 결혼 사진첩을 꺼내 펼쳐보았다. 작품

쓰는 도중 외출은 처음이라며 하객으로 참석한 그의 얼굴을 보기 위해서였다. 괴짜다 싶은 그의 편한 표정을 보는 순간 왠지 울적했던 마음이 평온을 찾는 것 같았다.

우리 선생님

초등학교 5학년이 되어 새 학기가 시작되는 첫날이었다.

새로 편성된 남녀 70여 명에 이르는 반 아이들의 참새떼 같은 조잘거림은 귓등으로 들어도 정신이 달아날 지경이었다.

얼마나 지났을까. 교실 앞쪽 우측에 쌍문 하나가 옆으로 밀리면서 머리가 희끗한 까만 양복 차림의 중년 남자가 들어서며 휙 교실 전체를 둘러보는 것이었다.

순간 교실 안은 언제 그랬냐는 듯 소란스러움이 뚝 그치고 조용해졌다.

아이들은 그가 담임 선생님이라는 걸 직감적으로 느낄 수 있었다. 그는 뚜벅뚜벅 교단 앞으로 올라서더니 다시 한번 아이들을 둘러보고 난 후 조용히 입술을 움직였다.

「앞으로 1년간 여러분과 함께할 담임선생입니다. 나는 여러분의 담임선생이기 전에 여러분의 아버지와도 같습니다. 오늘 처음 만남에 있어 나의 사랑스러운 아들딸인 여러분에게 전해주고 싶은 말이 있습니다.」

선생님은 돌아서서 칠판에 커다랗게 글을 썼다.

첫째, 스스로 일하자!

둘째, 서로 도움사!

셋째, 부지런하자!

분필을 놓고 돌아서신 선생님은 다시 말씀을 이으셨다.

「자, 여러분! 내가 한 구절씩 읽을 테니, 여러분도 큰소리로 따라 읽으세요.」

「네!」 하는 우렁찬 대답 소리와 함께 우리는 목청을 돋우어 읽어 내려갔다. 차츰차츰 시간이 지남에 따라 선생님한테선 정말 아버지와 같은 인자함과 포근함을 느낄 수 있었다.

반 아이들도 모두 나와 같은 마음일 거라고 생각했다.

선생님은 우리에게 꼭 지적할 일이나 혼낼 사항이 있으면 조용히 교무실로 불러 사랑스럽게 머릴 쓰다듬으시며 이해와 설득으로 우리로 하여금 고갤 끄덕이고 더러는 깨달음의 눈물을 훔치게도 하였다.

이는 곧 아버지의 사랑과 인자함을 느낄 수 있었기 때문이었다.

한편으론 불의와 타협하지 못하는 정의로움이 몸에 배어 있는 분이기도 하였다.

어느 날인가 선생님께서 출석을 부르고 계시는데 출입문 쪽에서 똑똑 노크 소리가 들려오는 것이었다.

선생님은 물론 아이들의 시선까지도 그곳에 고정되었다.

웬일인가 싶어 밖으로 나간 선생님을 앞에 두고 젊은 두 명의 남자가 누런색의 두툼한 편지봉투를 내미는 광경이 어제 청소시간에 말끔히 닦아놓은 창문을 통해 우리들의 시야에 들어왔다.

아이들은 저들이 내미는 봉투 속에는 분명 돈이 들어있을 거라는 생각을 하였다.

또한 저게 어떤 돈인지는 모르지만 받아야 될 합당한 이유가 없는 돈이라면 보나 마나 선생님은 일언지하에 거절하실 거라는 생각을 하였다.

아니나 다를까 손사래를 치시며 완강히 거절하시는 선생님의 뜻을 꺾지 못한 그들은 결국 계면쩍은 듯 머릴 긁적이며 봉투를 다시 품 안에 넣고 돌아서는 것이었다.

안으로 들어와 교단 앞에 선 선생님은 우리들을 바라보며 말씀하셨다.

음성은 평상시와는 달리 상기되어 있었다.

「여러분! 내일이 민의원(국회의원) 선거 날인 거 아시죠?」

「예!」 하는 우리들의 대답 소리가 끝나기가 무섭게 선생님은 다시 말씀을 이으셨다.

「집에 가거든 아버지 어머니에게 누가 돈 봉투를 준다거나 혹은 고무신이나 비누 봉지를 가져오면 절대로 받지 말라고 하세요. 그것은 그걸 주는 후보를 찍어달라는 거에요. 그걸 받고 그 사람을 찍는 것은 좋은 일이에요, 나쁜 일이에요?」

「나쁜 일이에요!」

하나같은 우리의 대답 소리는 교실이 떠나갈 듯이 매우 우렁차게 터져 나왔다.

「그렇습니다. 그렇게 돈을 쓰고 당선된 사람은 선거자금을 회수하기 위해 부정을 저지르는 거에요. 그리되면 우리 사회가 썩는 건 물론이고 나라가 부패해지는 거에요. 결과적으로 국민이 불행해지고 나라발전이 없는 거예요. 아셨죠, 여러분?」

「예!」

우리의 대답은 아까보다도 더 우렁찼다.

몇 년 전 고향엘 갔다가 어릴 적 생각이 나서 모교엘 들렀다.

당시 판자로 지어져 있던 옛 건물은 흔적도 없이 사라지고 현대식 건축물이 느낌도 새롭게 지어져 있었다.

옛날에 비해 교실 수가 축소된 관계로 아쉽게도 예전 우리 반 교실은 찾아보질 못하고 복도를 걸어 나오는 순간 그때 선생님의 근엄하시면서도 카랑카랑한 음성이 수십 년이 지난 지금에 와서도 바로 어제 들은 듯 생생하게 귓전을 때리는 것 같았다.

학교에서 단체 영화를 보고 돌아오는 길이었다.

여름방학 직전의 햇볕이 쨍쨍 내리쬐는 칠월의 하순이었다.

우리 학교는 시내 번화가의 극장으로부터 꽤나 멀리 떨어진 변두리에 위치하고 있었다.

때문에 한 시간도 넘게 걸어야만 학교에 다다를 수 있었다.

두 줄로 줄을 서서 얼마를 걸었는지 멀리 학교가 보이는 사거리에 이르렀을 때 땀이 비 오듯 흘러 러닝셔츠는 몸에 착 달라붙고 저마다의 얼굴은 홍당무처럼 빨갛게 익어 있었다.

아이들은 얼굴을 타고 흐르는 땀을 연신 손등으로 닦아내며 그자리에 털썩 주저앉고 싶은 충동을 느끼기도 하였지만, 조금만 더 가면 된다는 생각에 최대한의 인내심을 발휘하고 있었다.

그런데 맨 앞에서 선생님의 뒤를 따르던 앞줄부터 갑자기 걸음이 끊겼다.

연쇄반응으로 뒤따르던 아이들도 걸음을 멈출 수밖에 없었다.

「아니 뜨거워 죽겠는디, 후딱 안 가고 왜 서 있는 거야?」

약간 신경질적으로 거칠게 항의하는 누군가의 소리가 힘겹게 서 있는 우리들의 귀에 따갑게 꽂혔다.

하지만 우리는 이내 멈춰선 이유를 알게 되었다.

이유인즉 사거리 한편에는 큰 덩치짐을 가득 실은 소달구지의 행렬이 길게 줄을 잇고 있었는데 선생님은 이를 먼저 보내기 위해 한쪽 손을 들어 정지신호를 보내고 있었기 때문이었다.

한참 후 교실로 돌아온 아이들은 약속이나 한 듯 저마다 책받침을 꺼내 부채질을 하였다.

한참이 지난 후 선생님은 여느 때처럼 우리들을 향해서 말씀하셨다.

「여러분! 여러분들은 오늘 참 좋은 일을 했어요. 무슨 좋은 일을 했는지 아세요?」

우리를 응시하고 계시는 선생님의 말뜻을 알 수 없는 우리는 서로의 얼굴만 바라보며 침묵을 지킬 수밖에 없었다.

「오늘 사거리에서 견디기 힘들 만큼 무더운 더위에도 불구하고 힘에 겨워 헉헉대는 소달구지들을 먼저 보내준 것은 정말 멋지고 잘한 일이에요. 남을 배려하고 양보하는 마음씨야말로 이 사회를 살아가는 데 있어 더없이 아름답고 훌륭한 일이라 아니할 수 없습니다. 오늘 여러분은 정말 좋은 일을 했습니다.」

선생님의 말씀을 듣고 난 나의 마음은 왠지 부끄러움이 앞서는 속에서도 결과적으로 좋은 일을 했다는 뿌듯함을 느끼지 않을 수 없었다.

그때 선생님의 가르침은 지극히 이기주의적이고 각박한 오늘날의 현실에 비해 시사하는 바가 큰 것을 새삼 느끼지 않을 수 없다.

「선생님, 저기 보이는 집이 한석연이네 집이에요!」

가정방문을 하시는 선생님을 모시고 근동에 반 아이들의 집을 안내하는 나는 무척 신나고 펄쩍 뛸듯 기쁜 일이 아닐 수 없었다.

그도 그럴 것이 하늘 같은 선생님을 바짝 옆에서 모시고 다니는 기쁨이 마치 큰 벼슬을 한 것과도 같았기 때문이었다.

반쯤 열려진 싸릿문 안으로 선생님과 내가 들어서자 마당에는 벌써 석연이 부모와 석연이가 기다리고 있었다는 듯 나와 있었다.

「아이구, 선생님! 이렇게 누추한 곳까지 찾아주셔서 감사합니다.」

「웬걸요. 진즉 찾아뵈어야 했는데, 여러 동네를 돌다 보니 늦었습니다.」

밭일을 하다 왔는지 목에 걸친 수건을 그대로 두른 채 밀짚모자를 벗으며 공손히 허릴 굽히는 석연 아버지의 투박한 손을 잡으며 하시는 선생님의 말씀이었다.

「여보! 선생님 시장하실 텐데 그렇게 서 있기만 하면 어떻게 해?」

공손히 서 있는 석연 어머니를 보며 하는 석연 아버지의 말이었다.

「네에. 당신은 선생님 모시고 잠시 마루에 앉아계셔요.」

말이 끝나기가 무섭게 어머니는 벌써 부엌 안으로 들어가셨다.

선생님과 석연 아버지가 마루에 걸터앉아있는 짧은 시간 동안 석연 어머니는 미리 준비라도 해놓은 듯 제법 큰 양푼에 감자를 담아오셨다.

「선생님, 대접할 것이라곤 이것밖에 없어 죄송합니다.」

아까 석연 아버지가 펼쳐놓은 작은 소반 위에 양푼을 놓으며 석연 어머니가 말했다.

「번거롭게 해드려서 죄송합니다.」

「무슨 말씀을요, 변변치 못해서 죄송합니다.」

허릴 굽실하며 석연 아버지가 말했다.

「얘들아! 너희들도 와서 같이 먹자!」

「네, 선생님!」

나는 씩씩한 대답 소리와 함께 석연이의 손을 잡아끌었다.

선생님은 감자를 먹는 것보다 석연 아버지와 어머니에게 여러 가지를 물으셨다.

물론 가정방문의 취지에 맞는 물음이었다.

「다음은 누구네 집이지?」

먹는데 정신이 팔려있는 나를 보고 선생님이 물었다.

「박상두네에요!」

「그래, 가자꾸나!」

싸릿문 밖을 나오며 석연 아버지와 작별인사를 나누는 선생님 앞에 석연 어머니는 언제 가져오셨는지 계란 꾸러미 한 줄을 공손히 내밀었다.

안 받겠다는 둥 괜찮다는 둥 선생님과 석연 아버지 사이의 실랑이가 잠시 벌어졌다.

「선생님, 선생님께서 이 철부지들을 가르치시는 노고에 비하면

보잘것없는 이 계란 한 줄로 어찌 보답이 되겠습니까만, 그저 성
의로 보아주시고 받아주신다면 정말 고맙겠습니다.」

간곡하다시피 한 석연 아버지의 뜻을 끝내 거절하지 못한 선생
님은 하는 수없이 계란 꾸러미를 받아들었다.

이튿날 새우젓 냄새가 코를 진동시키는 점심시간이었다.

띄엄띄엄 빈자리가 있음을 의식한 선생님은 밖에 나가 짝꿍을
찾아오라는 엄명을 내리셨다.

형편이 어려워 꽁보리밥에 새우젓 반찬도 싸 오지 못하고 점심
을 굶고 있는 아이들이 있었다. 한참 후 교실로 들어온 칠팔 명의
아이들에게 선생님은 가까이 오라는 손짓을 하였다.

영문도 모르는 아이들은 선생님이 앉아 있는 책상 앞으로 다가
갔다.

언제 풀어놨는지 선생님은 까만 보자기 위의 삶은 계란과 감자
를 차례로 아이들 손에 쥐여주셨다.

이는 필시 어제 석연이네 가정방문 때 선물로 받아온 계란과 감
자가 틀림없을 거라는 생각이 드는 순간 나의 머릿속에는 선생님
에 대한 한없는 사랑과 존경심에 머리가 숙여지지 않을 수 없음을
느꼈다.

선생님! 우리 선생님! 오랜 세월이 지났지만 잊혀지지 않는 우
리 선생님의 모습이 한없는 그리움으로 가슴을 사무치게 한다.

외상은 소도 잡는다

1970년대 건축 분야에 획기적인 새바람이 불어닥쳤다.

상가의 커다란 후레임은 물론이고 가정집 현관 그리고 이중창문 외부 쪽에 설치하는 알루미늄 샷시의 등장이 바로 그것이었다.

「김 사장, 이거 좀 봐주게! 이번에 수주한 건물 도면인데 외부 이중창이 모두 알루미늄 창으로 되어 있어. 수년 간 공사를 해왔지만 처음 보는 창이야. 이번부터는 도면대로 해야 되는데 제작하는 곳도 모르고 해서 자네라면 혹시라도 알까 하고 찾아왔네.」

거래처 건설업자 정 사장님이 넓은 건축도면을 펴 보이며 하는 말이었다.

한동안 자세히 살펴보았으나 나 역시 신제품인 샷시에 대해선 전혀 아는 바가 없을뿐더러 종류별로 ㎜까지 세밀하게 표기된 도면은 그저 낯설게만 느껴졌다.

「사장님, 저두 뭐가 뭔지 전혀 모르겠는데요. 그리고 아직까지 우리 지역엔 제작소가 생겼다는 소린 듣지 못했습니다.」

「터미널 입구에 요즘에 새로 지은 삼층집 봤나?」

「네, 지나다니면서 보긴 봤습니다만 관심 있게 보진 않았습니다.」

「서울 업자들이 와서 지은 건데 그 건물 창들이 모두 알루미늄 창이야. 건물주 말로는 비를 맞아도 방수 역할을 해줘서 내부 목문이 썩을 염려가 없으며 피막 처리가 되어 있어 색상이 변질될 우려가 없을뿐더러 실처럼 가느다란 알루미늄 그물망으로 방충망까지 설치해 놓아서 반영구적이랄 수 있다는 거야. 그래서 앞으로의 모든 건물 창호는 알루미늄 샷시가 대세라는 거야.」

「정말 그렇겠네요. 그럼 제가 삼층집에 가서 모든 걸 알아보구 말씀드릴께요.」

「그러면 나로선 고맙지.」

서울 을지로 제작소에다 창호 도면을 갖다 주었더니 조립을 해서 완벽하게 설치까지 해주더라는 3층집 주인의 말을 듣고 숨돌릴 틈도 없이 서울로 향했다.

을지로에는 창호 자재와 부속만 판매하는 대리점이 있고 제품을 제작하는 제작소가 각각 따로 있었다.

역시 서울은 서울인지라 을지로 상가 전체가 알루미늄 샷시 천국인 것처럼 규모가 어마어마하기 이를 데 없었는데도 지방에선 이제야 갓난아기 갓 태어나듯 실용화되는 단계에 이른 것이었다.

나는 친절한 대리점 사장님으로 부터 창호 검척과 절단 방법 그리고 제작과정을 거쳐 시공에 이르기까지 세세히 설명을 듣고 미진한 부분은 묻고 또 물으며 메모까지 해가며 어느 정도 자신감을 얻을 수 있었다.

나는 더 지체하면 뭣하나 싶어 대형 화물차에 자재를 종류별로 한껏 실었고, 제작에 필요한 공구와 기구 일체를 구입해 실었다.

샷시의 자잿값은 지금까지 주로 다뤄온 철판과 각관, 그리고 철제와는 달리 비교할 수 없을 만큼 사뭇 달랐다.

공장에 와서 물건을 진열해놓고 보니 마치 세상에 부러울 것 없는 부자가 된 듯한 기분이었다.

학습하는 심정으로 심혈을 쏟은 끝에 정 사장님에게 납품할 물품이 완성되었다.

그는 멀리 가지 않고 가까운 데서 고민하던 문제가 해결되었다며 나보다 더 좋아라하며 대금까지 일시불로 지불해주었다.

「사장님, 공사 끝나려면 아직두 멀었는데요. 급한데 먼저 쓰시구 천천히 주셔두 됩니다.」

「아니야, 어차피 줄 건데 뭘. 사실은 나 말이지 앞으로 서너 채 또 시작하거든. 그러니까 그때두 잘해달라는 내 성의 표시야.」

「오히려 제가 더 고맙지요. 아무튼 감사합니다, 사장님!」

을지로 대리점에서 제시해준 완제품 단가를 적용해서 정 사장님으로부터 결제받은 돈의 액수가 궁금하여 원가산출을 해보니 이렇게 받아도 되나 싶게 이익금이 많이 남았다.

참으로 가슴 벅찬 기쁨의 감정을 느끼지 않을 수 없었다.

「그렇다, 호기로 접어든 이 분야에 선두로 발을 내디딘 이상 한 껏 뛰어보자꾸나!」

하고 독백처럼 뇌까리던 나는 굳은 결심이라도 하듯 입술을 지그시 깨물었다.

당시 전국적으로 일어나는 건축 붐은 실로 대단하였지만 이곳 '송탄'은 K-○○ 미 공군기지가 자리하고 있기 때문이어서 그런지 몰라도 인구 유입 속도가 유독 빠른 편이어서 주택 보급률도 타 지역에 비해 월등히 높았다.

미군기지를 빼놓고는 변변한 건물 하나 서 있지 않던 이 지역에 건설업자와 업체들이 사방으로 몰려다니며 단독주택과 이층집을 짓고 지으며 매매가 끝나면 또 다른 곳으로 옮겨 한동네를 이루어 놓곤 하였다.

그렇게 그들과 손발을 맞춰온 나는 내가 생각해도 많은 성장을 한 것 같았다.

그중 내세울 수 있는 것은 몇 년 전에 목장 사업으로 인한 부채가 갚아도 갚아도 끝이 없다고 생각했는데 어느덧 말끔히 청산되었고, 지역에서 가장 번화가라고 할 수 있는 미군기지 정문 앞 부근의 주택이 도시계획으로 인하여 반쯤 잘려나가자 도로에 인접한 대지를 흡수하여 규모가 제법 되는 주상복합 빌딩을 지어 어엿

한 건물주가 된 것이었다.

이렇게 순조롭게 나가던 사업에 급변 사태가 발생하였다.

전국적으로 번지던 샷시 자재 파동이 그것이었다.

대리점에 연락을 취해보았으나 기다려보라는 짧은 답변이 고작이었다.

언제 전해질지 모르는 답변을 마냥 기다릴 수밖에 없는 초조함을 이기지 못하고 상경한 나는 대리점의 사장님이 나처럼 상경한 많은 사람들 앞에서 연신 흐르는 이마의 땀을 닦아내며 현재 상황은 일시적이며 머지않아 출시를 앞둔 대형 원자재 공장이 곳곳에 몇 개가 더 가동될 예정이니 염려 말고 조금만 참고 기다려달라며 사정하듯 애원하는 현장을 목격했다.

나는 현재 상황에 대해 이론의 여지가 없다고 판단했다.

오래갈 것 같던 자재 파동은 시간이 지남에 따라 서서히 숨통이 트이기 시작하였다.

사업은 정상적으로 운영되어 나갔지만 왠지 가슴 한구석엔 구멍이 뚫린 듯 허전하였다.

생각을 가다듬어 짚어보니 두 가지의 원인을 발견할 수 있었다.

첫 번째는 인근에 대리점이 없는 이상 한 달에도 몇 번씩 서울에서 주문을 해오는 번거로움과 그에 따른 비용과 배송 시간, 운반비를 무시할 수 없으며, 두 번째는 원자재 공장 증설이 이전보다 많이 늘어난다고는 하나 또 어느 때 파동의 위기가 도래할지 누구도 장담할 수 없는 일이기에 아예 이번 기회에 우리 지역에 대리점을 유치하는 것이 어떨까 하는 생각이었다.

지난번 목장으로 인한 계획 미스는 내가 직접 관리하지 않고 남의 손에만 의지한 점이 실패한 요인이었다. 만약 대리점을 시작하게 된다면 전공 분야일뿐더러 마침 학교를 졸업하고 취업 준비 중인 남동생이 있어 다른 대리점과 같이 경리직원과 운전기사, 그리고 절단기사로 짜여진 팀웍만 이루어지면 판매는 전적으로 동생이 전담하고 나는 제작 쪽에만 전념할 수 있어 더없이 좋을 것만 같았다.

「어머니, 염려 마세요. 지금하고 있는 일이나 다를 바 없어서 잘될 거에요.」

고심 끝에 결심을 굳힌 후 어머니에게 설명과 함께 뜻을 밝히는 순간이었다.

「네가 어련히 알아서 하겠냐마는…. 이런 때 먼저 간 너의 아버지나 형이라도 있어 의논이라도 하면 좋으련만 가족 중에 상의할 사람이라곤 아무것도 모르는 나와 출가한 네 누나들밖에 없으니, 에휴….」

부모 된 심정으로 자식이 한없이 가엽게만 보였는지 어머니의 한숨 소리는 길기만 하였다.

대리점 약정을 하려면 상당액의 보증금이 필요했으나 크게 신경 쓸 사안은 아니었다.

현재 보유하고 있는 은행예치금에다 모자라는 금액은 지인들을 통하거나 여차하면 건물의 담보 건을 이용하면 해결되기 때문이었다.

계획은 빠르게 진행되어 지근거리에 있는 평택에다 대리점을 내고 동생을 내려보냈다.

그사이 우리 지역은 물론이고 인근 지역 여러 곳에도 샷시 제작소는 셀 수 없을 만큼 많이 문을 열었다.

나의 생각은 적중했다.

우리 지역은 물론이고 사방으로 둘러싸인 인근 지역 제작소에서 구입해가는 물량이 시간이 지나면서 늘어나기 시작했다.

참으로 다행한 일이 아닐 수 없었다.

그러나 사업이란 항상 좋은 시절만 있는건 아닌가 보다. 우리가 이처럼 호황을 누리고 있을 즈음 두 개의 대리점이 동시에 오픈을 하였다.

하지만 난 개의치 않았다. 언젠가는 경쟁자들이 나타나리란 예상을 하고 있었기 때문이었다.

그런데 얼마 가지 않아 이상징후가 감지되었다.

대리점의 매출 현황은 변동이 없는 데 비해 수금액수가 현저히 떨어지고 있는 것이었다.

그리고 보니 제작소에도 그러한 현상이 똑같이 벌어지고 있다

내 안의 사람들

는 사실을 비로소 알게 되었다.

대리점과 제작소에서 같은 현상이 일어난다는 건 분명 예삿일이 아니다 싶어 주의 깊게 살펴본 결과 그 원인을 알 수 있었다.

원인은 간단하였다. 제작소를 찾던 건축업자와 건설업체들 그리고 대리점을 오던 제작소들이 각기 편리한 대로 이리저리 옮겨 다니는 것이었다.

미수금이 많으면 많을수록 그런 사람들의 행태는 더욱 심했다.

한곳에 많은 결제금을 남겨두고 거래처를 옮긴다는 건 도의상 있을 수 없는 일이지만 이를 아는 사람은 극히 드물었다.

이러한 경우는 나뿐만이 아니었다.

견디다 못해 각 업체의 대표들끼리 수차례에 걸쳐 회합을 갖고 외상거래중지라는 약속을 하였으나 그건 공염불이나 다름없는 헛된 구호일 뿐이었다.

제작소에서 물건 구색이 맞지 않아 제작을 중단하고 전전긍긍하고 있던 차에 동생으로부터 전화가 왔다.

「형, 구색이 맞지 않아 물건을 들여와야 하는데 돈이 없어.」

「돈이라곤 씨가 말랐다, 나두. 이제 더 이상 융통할 데도 없어. 그러니 업체들한테 밤낮으로 귀찮게 쫓아다니면서 독촉해봐!」

「그래도 소용없어. 이리저리 핑계만 대고 피해 다니기만 해. 하나같이 똑같이 말이야.」

수화기를 놓는 나는 전신의 힘이 쭉 빠지는 허탈감을 느끼며 주저앉을 것만 같은 몸을 간신히 지탱했다.

이미 깊은 수렁에 빠졌다는 생각을 하면서도 해보는 데까진 해보겠다는 희망의 끈은 놓지 않았다.

몇 개의 점포를 전세로 돌려 자금을 늘려보고 건물을 이용한 은행 대출을 받아 모두 밀어 넣은 것이다.

본사에 예치해 두었던 보증금은 이미 물건으로 환전되어 소멸된 지가 오랜지라 더 이상 자금 융통이란 생각해볼 여지가 없었다.

헌데도 양쪽 업체의 상황은 나아지지 않고 몇 달 버티는 데 그치지 않았다.

방문을 열고 들어서는 나를 수심이 가득 찬 표정의 어머니와 어린 딸을 품에 안은 와이프가 말없이 바라보았다.

나는 심상찮은 분위기를 직감하고 조심스럽게 입을 열었다.

「무슨 일 있었어요, 어머니?」

「저기 좀 봐라!」

어머니의 눈길을 쫓아간 장롱을 비롯한 TV와 냉장고엔 빨간 딱지가 붙어있었다.

「그리구 책상 위에 법원에서 온 압류내용증명도 있어요.」

이번엔 떨리는 목소리의 와이프의 말이었다.

「거봐라, 내가 뭐랬니? 보증은 형제간에도 안 서주는 거라고 했는데 한두 사람두 아니구 이게 웬 말이냔 말이냐…?」

실로 눈앞이 깜깜하고 발등에 떨어진 불이 아니라 할 수 없었다.

뜬눈으로 밤을 지새우고 보증서준 몇 집을 찾아보니 기가 막혀 말문이 막힐 지경이었다.

하던 사업은 파산되어 어디론가 종적을 감춰버린 사람이 있는가 하면 또 어느 집은 비참하리만큼 형편이 어려워 지갑에 돈이 있으면 지갑째 주고 오고 싶은 집도 있어 찾아다녀 봐야 헛고생만 한다 싶어 거기에 미련을 둔다는 건 부질없다는 생각을 하였다.

사무실에 들어와 울리는 수화기를 들자 대리점 경리의 목소리가 들렸다.

「사장님, 본사에서 연락이 왔는데요, 어제 날짜로 입금된 이 사장님 어음이 부도났대요.」

「뭐야? 얼마짜린데?」

「오백만 원인데요, 이달 안으로 돌아올 어음이 같은 액수로 두 장 더 있어요.」

「그래, 이 사장은 뭐래?」

「갚는다고는 하는데 믿기지가 않아요.」

「알았어, 내가 내려가 볼게.」

「철컥」 수화기를 놓는 순간 「휴!」 한숨을 내쉬며 나는 털썩 의자에 힘없이 주저앉았다.

그러자 숨돌릴 틈도 없이 또 벨이 울렸다.

「여보세요…? 아, 형님이세요? 네, 네, 그렇습니다. 원금만이라
두 돌려달라구요? 여태까지 고마웠는데 빨리 조치해서 돌려드리
겠습니다. 네, 네, 이만 끊겠습니다.」

자금을 융통해 쓰는 지인으로부터 온 전화인데 가장 어려운 시
기에 맞춰 독촉 전화를 해온 걸 보니 분명 내 어려운 사정을 감지
한 모양 같았다.

「저분들도 저러는 건 무리가 아니지. 그나저나 정녕 비상구나
탈출구가 없단 말인가? 사방이 절벽이구 암벽뿐이니….」

아무리 궁리를 해봐도 묘수는 없고 더 이상의 손해를 줄이고 마
음을 다잡기 위해서는 어렵게 이루어 놓은 건물을 처분해서 모든
정리를 하고 새롭게 출발하는 것이 제일일 성싶었다.

무엇보다 어머니에게 죄스럽고 한편으로는 고생 모르고 시집
와서 얼마 살아보지도 못하고 집을 팔아야 한다고 생각하니 와이
프에게 그 미안함이란 이루 말할 수 없었다.

조용한 저녁 시간에 어머니와 와이프 앞에서 건물에 관한 이야
기를 설명하였다.

「어머니! 새 건물 지어놓고 손자들과 오랫동안 모시려구 했는
데 정말 죄송합니다.」

나는 말이 채 끝나기도 전에 고개를 떨구었다.

「그동안 마음고생이 심했겠구나. 그럼 진즉 내놓지 왜 여태까
지 이러고 있었어? 한심한 사람 같으니라구. 남의 돈 떼먹는 사람

은 망해두 뗴인 사람은 산다구 했다. 그러니 낙심 말고 다시 잘해 보거라.」

「고맙고 감사합니다, 어머니!」

나는 감격에 겨워 울먹이며 어머니를 와락 끌어안고 볼을 비벼 댔다.

이 광경을 지켜보고 있는 와이프 역시 아기를 안은 채 손등으로 눈물을 훔치고 있는 모습이 눈앞에 어른거렸다.

내가 참으로 어려운 상황에서 탈탈 털고 일어설 수 있는 계기를 만들어준 건물을 처분해서 하나에서 열까지 정리하고 나니 다행히 모자람은 없었다.

변두리 조그마한 집으로 짐을 옮기고 나니 지금 이 상황이 마치 꿈속에서 펼쳐지고 있는 것만 같았다.

「애야, 가슴 졸이며 큰집에 살면 뭐하니? 마음 놓고 편히 사는 게 백번 낫지. 그러니까 미안해할 거 없어. 돈이야 또 벌면 되잖어?」

나를 위로하려는 듯 어머니의 나지막하면서도 따뜻한 음성이 가슴을 파고들었다.

「저두 어머님과 같은 생각이에요.」

「당신하구 어머닌 왜 화낼 줄도 몰라? 바보같이. 바보, 멍청이라구 핀잔이라도 해줘야 내가 덜 미안하지.」

감동받은 나의 농기였으나 목소리엔 분명 울음기가 섞여 있었다.

 엎치락뒤치락 잠을 청한 지 꽤 오래되었건만 도무지 눈이 감기질 않았다. 하는 수 없이 바로 누워 이 생각 저 생각을 하노라니 불현듯 어느 지인의 말이 귓속에서 맴돌았다.

 「크든 작든 사업하는 사람은 매사에 신중해야 하며, 특히 거래 관계에 있어선 외상을 조심해야 돼. 왜 말이 있잖나. 외상은 소도 잡는다고 말이야.」

 나는 걱정스럽게 이르는 그의 말의 의미를 이제야 조금 알 수 있을 거 같았다.

 신용사회! 서로 신뢰하며 웃음 짓는 명랑사회가 도래한다면 나와 같은 피해자도 줄어들지 않을까?

귀순 용사 1호

북한을 탈출해서 남한에 정착한 3만여 명에 이르는 탈북민을 비롯해서 약간 결은 다른 경우지만 북한 당국의 최고위 관리로서 극비리에 망명해온 황장엽과 외교관 출신의 태영호 공사, 그리고 손에 땀을 쥐게 하는 긴장감 속에서 미그기를 몰고 사선을 넘어온 이웅평 소령과 가랑잎같이 작고 낡은 어선 한 척에 일가족의 운명을 맡기고 산더미 같은 파도도 무섭다 않고 동해를 지나와서 '따뜻한 남쪽 나라가 좋았습니다'라는 가슴 벅찬 소회를 밝힌 김만철 씨에 대한 이야기는 많은 사람들의 뇌리에서 잊혀지지 않은 사실로 남아있을 것이다.

위에 말한 사람들의 탈출 순간을 표현한다면 한마디로 매우 극적이었다라고 말할 수밖에 없다. 그러나 그 누구보다 더 처참하고 극적인 상황에서 목숨을 건 탈출에 성공한 사람이 있으니 그가 바로 대한민국 귀순 용사 1호 격인 '방진오' 선생이다.

그는 동족상잔의 6·25가 한창인 1952년 12월경 27세의 패기 왕성한 젊은 나이의 인민군 소좌로서 군에 복무 중이었다.

한 치의 양보도 없이 쌍방이 일진일퇴를 거듭하던 탓에 온 산하가 붉은 피로 물 들어갈 무렵 그는 상부로부터 특수 임무를 하달받았다.

임무인즉슨 금일 밤 야음을 틈타 원산항에 정박해 있는 2대의 함정을 후방으로 후송하는 데 있어 소대원들과 함께 안전하게 후송하라는 특명이었다.

2대의 함정에 상당량의 금괴가 실린 것을 알게 된 그는 순간 치미는 분노를 참을 수 없었다.

패색이 짙어지자 사리사욕에 눈먼 권력자들과 군 수뇌부들이 은닉해놓은 재물을 후방의 안전한 곳으로 빼돌리려는 계획을 감지했기 때문이었다.

함정이 원산항으로부터 꽤나 멀리 떠나왔을 무렵 그는 부하들을 모아놓고 설득하기 시작하였다.

부당한 상부의 지시에 승복할 수 없다는 것과 이 보물선을 가지고 자유를 찾아 대한민국으로 귀순하자는 내용이었다.

북한의 폭압과 폭정에 시달려온 그들인지라 쉽게 찬동하는 부하들이 있지만 그중에는 붉은 사상으로 무장된 사람도 있어 양측 간 알력 다툼이 벌어져 급기야는 선상에서 사격전까지 벌였다. 반항자들을 제압하자 이번엔 앞서가던 함정 쪽에서 그들의 계획을 감지라도 한 듯 사격을 가하며 공격을 해오는 것이었다.

얼마나 시간이 지났을까. 극렬하게 쏘아대던 반대편의 함정에서 갑자기 총소리가 멈춰지면서 함정의 불빛도 사라지고 있었다.

「소대장님, 종간나새끼들이 물귀신이 되는 것 같습네다.」

가쁜 숨을 몰아쉬며 물속에 잠기는 함정을 바라보고 있는 그에게 부하 하나가 하는 말이었다.

「하늘이 우릴 도왔구만. 자, 이제 기수를 남쪽으로 돌리라우!」

「넷! 알겠습네다.」

힘찬 대답 소리와 함께 거수경례를 붙이며 부하는 선실 쪽을 향해 뛰어갔다.

이렇게 하여 다수의 금괴와 수은을 가득 실은 함정을 가지고 생사를 같이 한 부하들과 대한민국 품에 안긴 그는 '이승만' 정부로부터 구화 1억 5천만 환(1천5백만 원)이란 천문학적인 포상금을 받았다.

이는 지금까지 대한민국 정부로부터 내려진 귀순자 포상금 중에서 가장 큰 액수인 것은 굳이 설명이 필요치 않을 것이다.

전쟁의 소용돌이가 멈추고 평화가 찾아온 대한민국에서 그가 삶의 터전을 마련한 곳이 바로 전남 목포였다.

그는 이곳에서 '북진공사'라는 간판 아래 염전사업을 시작하였다.

시간이 흘러 사업이 더욱 번창 되어 갈 무렵 이를 시샘이라도 하듯 날벼락이 떨어졌다.

1959년 9월에 남해와 서해를 삼켜버린 태풍 '사라호'가 주범이었다.

공든 탑이 무너지듯 하루아침에 모든 것을 잃어버린 그는 절망과 실의에 빠진 무료한 나날을 보내다가 다시 마음을 다잡고 정착한 곳이 경기도 평택의 송탄이었다.

이곳은 K-○○ 미 공군 오산기지가 자리하고 있어 미군 부대라는 의미의 함축성 때문인지 전국 각지로부터 많은 사람들이 모여들고 있었다. 목포의 염전사업에서 재산을 몽땅 잃고 빈털터리가 된 그는 딱히 할만한 일을 찾지 못하고 전전긍긍하고 있던 어느 날 탁 무릎을 치리만큼 기발한 생각이 머리를 스쳤다.

그 기발한 생각이란 다름 아닌 거리는 물론이고 주택가 집 앞 대문 앞까지 어지럽게 나뒹구는 폐지를 모아 파는 고물 사업이었다.

지금이야 각 지자체 소관으로 처리되고 있지만 당시엔 그러지 못한 상황이었다. 나날이 불어나는 인구수에 비례해서 일손도 턱없이 모자랐다.

그는 때맞추어 〈평애원〉이란 간판을 걸어놓고 모자라는 인력난을 해소하기 위해 이곳저곳에 부탁을 하였으나 굶어 죽을지언정 그 일을 하겠다고 나서는 사람이 없어 난감함을 피할 수 없었다.

그는 궁리 끝에 사지가 멀쩡한 걸인들을 끌어모았고, 새벽 일찍 역전 광장에 비교적 젊은 노숙자들을 끌어다 걸인들과 합쳐 일하는 데에 대한 충분한 보상을 해주며 숙식까지 제공해 주었다. 물론 개중에는 이탈자도 있었지만 새로운 삶을 시작하는 그들에 있어선 더없는 보람을 느끼는 일이 아닐 수 없었다.

〈평애원〉에 대한 소문이 점점 확산되면서 〈평애원〉 대원이 되고자 지원하는 자들도 드물잖게 생겨났다. 그의 사업은 날이 갈수록 바빠지면서 번창하는 속도 또한 예사롭지 않았다.

주민들의 칭송은 물론이고 행정 관청이나 각 기관에서까지 그의 행적에 대해 더없는 고마움을 표하며 감사하게 여기지 않을 수 없었다.

호사다마라고나 할까? 어느 날 각 파출소에 넝마 대원들에 대한 고발이 접수되었다는 사실에 그는 화들짝 놀라지 않을 수 없었다.

사연인즉 문 앞에 놓아둔 귀중품과 담장 안의 빨랫줄에 널어놓은 값나가는 옷가지들이 없어졌는데 이는 분명 평애대원들의 소행이 분명하며 이를 목격했다는 증인들까지 있어 변명의 여지가 없는 사안이었다.

그는 군에서 터득한 통솔력을 유감없이 발휘했다.

당사자들에겐 눈에서 별이 보일 만큼 엄히 다스렸으며 반성할 때까지 식사는 물론 물 한 방울 먹이지 않는 체벌을 줌과 동시에 남의 집 대문이나 담장을 넘어서는 행위가 적발될 때는 평애원에서의 추방은 물론이고 경찰서에 끌고 가 감옥에 처넣겠다는 육두문자식의 엄포 아닌 규칙을 정하였다.

워낙 강력한 본보기의 처벌과 규칙 때문인지 오랜 시간이 흐른 후에도 불미스러운 고발사건은 발생하지 않았다.

이제 완전히 체계적이고 질서가 잡힌 평애원의 긍정적인 평판과 함께 지역에서 방진오 이름 석 자만 내비치면 누구나가 알아보는 지역유지가 되었다.

한때 '거지왕 김춘삼'으로 세간의 이목을 집중시키던 그와 함께 '넝마왕 방진오'로 널리 소개되었던 그는 신문과 잡지를 비롯한 각종 매스컴에 화제의 인물로 떠오르기도 하였으며 북한 탈출기는 〈원산공작〉이라는 제명하에 영화화되어 그의 유명세는 더욱 돋보이게 되었던 것이다.

어느 날 그는 지역 기관장 모임의 회식 자리에 초청을 받아 참석했다.

그 자리에서 쏟아져 나오는 그들의 목소리는 하나같이 극성스러운 소매치기들의 횡포가 끊이질 않고 있어 골머리를 앓고 있다는 것이었다.

역전을 비롯해서 버스 터미널과 합승 정류장은 물론이고 심지어는 미군들이 먹고 마시는 '맥주홀'에 까지 들어와 횡포를 벌여 그들로 하여금 한국인들의 '이미지'를 크게 손상하고 있다는 것이었다.

왠지 씁쓸한 기분으로 폐지가 산더미처럼 쌓여있는 평애원 울타리 안으로 들어서던 그가 사무실로 들어가려다 말고 우뚝 발을 멈추고 한편을 응시했다.

포위하다시피 빙 둘러싼 여러 명의 대원들에게 둘러싸인 앞으로 앳되어 보이는 소년인지 청년인지 모를 녀석 하나가 고갤 푹 숙인 채 겁에 질려있는 모습을 보았기 때문이었다.

「뭣들하고 있는 게냐, 너희들?」

다가온 그가 의아한 표정을 지으면서 그들을 둘러보며 물었다.

「원장님, 터미널에서 잡아 온 소매치긴데요, 지난번에도 잡혀 와서 다신 그러지 않는다고 해서 보내줬었는데 또 걸려 잡아 왔구먼요, 이 녀석을 어떻게 할깝쇼?」

「기래? 종간나새끼 생기긴 곱상하게 생겼는데 버릇이 돼먹지 않았구만, 다신 우리 지역에 얼씬도 못 하게 너희들이 알아서 하려무나.」

그는 관여하지 않겠다는 듯 한마디 말을 남기고 저편의 사무실을 향해 걸어갔다.

며칠 후 그는 지난번 만났던 기관장들과 또 다른 모임에 참석을 하게 되었다.

지난번엔 왠지 긴장되고 심각했던 그들의 표정이 누구랄 것도 없이 모두가 환하고 밝은 속에서 주고받는 대화가 생기가 돌며 느굿한 여유로움까지 느끼는 것 같았다.

다름 아닌 그렇게 극성을 부리던 소매치기들이 그림자도 찾아
볼 수 없을 만큼 사라졌는데 그 까닭을 알 수 없다는 것이었다.

순간 그는 얼마 전에 평애원에 잡혀 온 그 녀석에 대한 조치와
연관성이 있을 거라고 생각했다.

「먼저 잡아 온 그 소매치기 아새끼 어드렇게 처리했냐?」

「우리도 어설피 다뤘다간 안 되겠다 싶어 이를 악물고 처리했
는데 너무 심하게 다룬 거 같아 원장님에게 사후 보고도 못 드리
고 있습니다.」

「어드렇게 했는데?」

「고물로 수집해온 기차레이 토막 위에다 왼손 엄지손가락을 올
려놓고 망치로 까버렸습니다.」

「뭬야? 그럼 손가락이 으스러졌게?」

「맞습니다요, 그래도 제 놈들이 지은 죄가 있어서 그런지 신고
도 못 하고 나타나지도 못하고 있는 거죠. 어느 놈이든 또 걸리면
그놈처럼 그렇게 된다는 사실을 알기 때문에 이제 어느 녀석이고
우리 지역엔 얼씬도 못 할겁니다요.」

너스레를 떨며 대답을 하는 젊은 대원의 말을 듣고 그는 수긍하
듯 고갤 주억거렸다.

물론 이들의 행동이 무지막지하고 야만스럽다고 아니할 순 없
지만 오늘날 우리에게 던져주는 메시지 또한 시사하는 면이 적지

않다고 본다.

셀 수 없이 많은 민생 현안 사범에 대해 보다 강력한 처벌법을 강화한다면 범죄 예방에 효과가 있지 않을까 해서 해보는 말이다.

오랜 세월이 지난 지금 평택 지자체에서 운영되고 있는 〈평애미화원〉은 그의 젊은 날 정열과 땀으로 이룩해 놓은 〈평애원〉으로부터 이어져 내려오는 대체 부서였다. 어느날 그와의 인터뷰에서 앞날에 대한 꿈을 묻자, 전쟁 중 탈출을 위해 교전을 벌였던 해상의 위치를 알고 있기 때문에 그곳에서 격침된 보물선을 인양하는 것이 필생 소원이라는 굳은 결의가 서린 표정과 함께 타오르는 듯한 강렬한 눈빛을 나는 지금도 잊을 수가 없다.

내 안의 사람들

초판 인쇄 2023년 4월 1일
초판 발행 2023년 4월 3일
저 자 김춘권
발행인 김호운
편집주간 김성달
사무국장 이월성
편집국장 이현신
발행처 사단법인 한국소설가협회
등 록 제313-2001-271호(2001. 12. 13)

주 소 04175 서울 마포구 마포대로 12, 한신빌딩 302호
전 화 02) 703-9837, 팩 스 02) 703-7055
전자우편 novel2010@naver.com
한국소설가협회홈페이지 http://www.k-novel.kr
인 쇄 유진보라
총 판 한국출판협동조합 02) 716-5616

ISBN | 979-11-7032-097-5 *03810

정가 15,000원

사단법인 한국소설가협회는 소설가로만 구성된 국내 유일의 단체입니다.